Une
JUSTE
CAUSE

Andrew Grey

Une
JUSTE
CAUSE

ANDREW GREY

Publié par
DREAMSPINNER PRESS

5032 Capital Circle SW, Suite 2, PMB# 279, Tallahassee, FL 32305-7886 USA
http://www.dreamspinnerpress.com/

Une juste cause
Copyright de l'édition française © 2015 Dreamspinner Press.
Titre original: The Good Fight
© 2012 Andrew Grey.
Traduit de l'anglais par Vivian Dolls.

Illustration de la couverture :
© 2012 Anne Cain annecain.art@gmail.com.
Conception graphique :
© 2012 Mara McKennen.

Édition e-book en français : 978-1-63476-899-3
Édition imprimée en français : 978-1-63476-898-6
Première édition française : octobre 2015
Première édition : septembre 2012

Édité aux Etats-Unis d'Amérique.

À tous les peuples amérindiens qui luttent pour leur culture, leur mode de vie et leur dignité.

I

— BONJOUR JERRY, dit Peter alors qu'il s'approchait du banc où je m'asseyais habituellement dans le petit parc en face du grand magasin Darrington.

C'était un peu notre endroit à nous, où nous nous retrouvions pour déjeuner une fois par semaine quand il faisait beau. Lorsque ce n'était pas le cas, nous nous rejoignions au magasin, dans le petit bureau de Peter, mais c'était toujours agréable de s'asseoir dehors à l'ombre, même s'il y faisait plus chaud qu'en enfer.

— Tu es un peu en avance.

— J'en ai fini avec un projet et je pensais venir ici avant qu'un autre ne monopolise mon attention, lui répondis-je tout en me levant.

Peter me serra dans ses bras suffisamment fort pour m'étouffer. Il avait encore à la main le même panier-repas qu'il utilisait chaque semaine, et il l'avait vraisemblablement oublié au moment où il me dit bonjour de façon chaleureuse. Je m'attendais à ce qu'il me rentre dans le dos, mais pour une raison que j'ignore, ce ne fut pas le cas.

— Comment vont les affaires ? lui demandai-je une fois qu'il eut reculé, désignant le magasin de mon regard.

— Comme d'habitude. C'est calme à cette période de l'année, répondit Peter en prenant place sur le banc.

Je m'assis également. Darrington était l'un des nombreux grands magasins qui agonisaient. C'était toujours là où il fallait faire ses courses à Sioux Falls, mais une grande partie du commerce traditionnel s'était déplacé vers les centres commerciaux qui se trouvaient au sud de la ville, près du Walmart et du Lowe. Cela faisait des années que cet endroit se mourrait à petit feu, cependant d'une manière ou d'une autre, ils avaient réussi à tenir bon, et cela en disait long sur la communauté et les gens qui travaillaient là. Depuis que j'avais fait la connaissance de Peter un an plus tôt, j'avais résolument refusé de faire mes courses ailleurs, par loyauté envers Peter et parce que j'aimais ce vieux magasin, avec ses colonnes sculptées et recouvertes de dorures qui s'alignaient le long de l'allée principale, ainsi que sa fontaine au carrelage coloré qui était située au milieu du bâtiment.

— Tu devrais passer après le déjeuner. On a de très grosses réductions sur les vêtements d'été, dit Peter tout en examinant ma tenue, constituée d'un short en jean, d'un vieux tee-shirt de l'université du Wisconsin et d'une paire de tongs. Et Dieu seul sait à quel point tu en as besoin.

— J'aime me sentir à l'aise, protestai-je.

J'avais rarement besoin de rencontrer d'autres personnes pour mon métier, ou même de sortir de chez moi. Je pouvais donc m'habiller comme je voulais, et j'étais un hédoniste en quête de douceur et de confort. Tant que je me sentais bien, je me moquais bien de mon apparence.

— Tu n'es pas obligé de ressembler à un sans domicile fixe, répliqua Peter alors qu'il hissait le panier-repas sur ses genoux pour l'ouvrir.

Une protestation se forma sur mes lèvres, mais je me retins et je me rendis compte qu'il avait probablement raison. Ce que je portais actuellement, surtout comparé avec la tenue de travail élégante de Peter, donnait l'impression qu'il était en train de déjeuner avec un clochard.

— D'accord, une fois que nous aurons fini de déjeuner, je viendrai faire les boutiques avec toi, promis-je, levant les mains en signe de reddition. Je ne suis pas venu ici pour me faire accoster par la brigade de la mode, ajoutai-je, un sourire aux lèvres.

Peter frappa mon épaule du plat de la main et gloussa avant de défaire la fermeture éclair du sac et d'en sortir un récipient en plastique qu'il me tendit.

— Qu'est-ce qu'a préparé Leonard ? demandai-je, enlevant le couvercle sans attendre la réponse.

— Salade de poulet à l'ananas, répondit Peter avec ce qui ressemblait à de l'impatience alors qu'il me tendait une fourchette et un pain pita.

J'attrapai le sac à mes pieds et en sortis deux bouteilles de thé glacé que j'avais achetées dans une supérette sur le chemin.

— Leonard te passe le bonjour et m'a dit de te rappeler que tu dînais avec nous samedi soir.

2

— J'ai hâte d'y être, lui répondis-je honnêtement.

Les déjeuners que je prenais avec Peter toutes les semaines et les dîners auxquels j'étais invité presque tous les week-ends étaient les seuls repas qui ne sortaient pas d'une boîte et que je ne mangeais pas devant l'ordinateur. En ce qui concernait la nourriture, si je pouvais la passer au four micro-onde et ne plus y penser, je me fichais complètement de faire la cuisine, mais Leonard et Peter essayaient de changer cela. Récemment, Leonard s'était mis à me demander de l'aider en cuisine. Il n'avait jamais rien dit, mais je savais qu'il tentait de m'enseigner les rudiments de la cuisine.

— Est-ce que je peux apporter quelque chose ? demandai-je avec appréhension.

— Des pommes de terre, répondit Peter, et je dus réprimer un soupir.

Peter me disait toujours d'apporter une bouteille de vin. Je me retournai pour vérifier s'il était sérieux, et de toute évidence il l'était, parce qu'il continua à manger comme s'il ne venait pas de lâcher une bombe culinaire sur moi.

— Leonard s'occupera des steaks, donc une simple salade pommes de terre serait parfaite.

Le voilà – ce léger tremblement autour de sa bouche. Peter leva les yeux, et ils rencontrèrent les miens. Il posa sa fourchette sur la boîte et rejeta sa tête en arrière dans un grand éclat de rire.

— Bon Dieu, on dirait que je t'ai demandé d'avaler des insectes, haleta Peter entre plusieurs éclats de rire. Contente-toi d'apporter une bouteille de vin. Ce sera probablement plus sûr pour toutes les parties concernées.

— Non, tu m'as demandé d'apporter des pommes de terre et je le ferai, lui dis-je d'un ton de défi, et le rire de Peter mourut alors qu'il prenait conscience de ce que je venais de dire. Oui, vous avez peut-être décidé de prendre en main vos vies, mais vous êtes âgés et vous avez vécu une vie heureuse, alors vous pouvez partir dans un grand fracas, ou un bon cas de botulisme.

Ce fut à mon tour de glousser, et Peter frappa mon bras encore une fois, et son rire revint.

— En plus, je peux montrer à Leonard à quel point j'ai fait des progrès.

Nous retournâmes à notre repas, et mon regard balaya le parc et son belvédère, son herbe verte et ses immenses arbres où des criquets chantaient.

— Comment va le travail ? demanda Peter, et j'avalai ma bouchée de paradis avant de siroter du thé de ma bouteille.

— Très occupé. J'ai vérifié ce matin, et j'ai six mois de travail prévu, et ça, c'est si je travaille soixante heures par semaine. Sinon c'est neuf mois. C'est bien d'être occupé, mais je dois refuser de nouveaux clients qui ne sont pas en mesure d'attendre leur tour. Je le faisais également à San Francisco, mais sur ce marché, je déteste y être obligé.

Chaque fois que je devais dire à un client potentiel que je ne pouvais rien faire pendant son échéance, cela me tuait parce que je savais que je n'entendrais probablement plus jamais parler de lui. J'avais toujours eu peur, depuis que je volais de mes propres ailes en tant que designer web contractuel, que le travail se tarisse et que je finisse par essayer de trouver un moyen de me nourrir. Cela n'était bien évidemment pas arrivé. Je savais qu'une partie de mon succès pouvait être attribué à la manière dont j'avais toujours été en mesure d'obtenir ce que le client voulait et ce dont il avait besoin. Mais cette même partie de moi détestait voir les clients aller voir ailleurs, parce que je ne voulais jamais les décevoir, même si en vérité je rencontrais rarement un seul d'entre eux. Après tout, je vivais maintenant à Sioux Falls, dans le Dakota du Sud, et nombre de personnes avec qui je travaillais vivaient soit sur une côte soit sur l'autre.

— J'y ai réfléchi, dit Peter, et j'eus un léger mouvement de recul.

Cela ne pouvait pas être une bonne chose. À chaque fois que Peter se mettait à réfléchir à propos de quelque chose, cela ressemblait habituellement au sirop pour la toux que l'on me donnait lorsque j'étais petit. C'était peut-être bon pour moi, mais quand cela descendait, cela avait immanquablement un goût affreux.

— Tu devrais embaucher quelqu'un pour t'aider, dit Pete. Il y a beaucoup d'étudiants de l'IUT qui viennent d'obtenir leur diplôme, et je parie que certains d'entre eux sont plutôt doués.

Je mis un certain temps avant de digérer cette idée. Elle n'était pas si mauvaise que ça.

— Je ne connais rien à l'embauche.

Peter se moqua.

— Non, sans blague ? dit-il, et j'eu un temps d'arrêt.

Est-ce qu'il venait bien de dire ce que j'ai entendu ?

4

— Qu'est-ce que tu crois que je fais – me tourner les pouces toute la journée ? J'embauche des gens. Je suis le directeur des Ressources Humaines, après tout.

L'espace d'une seconde il eut un air hautain, puis il gloussa.

— Je peux t'aider à éliminer des candidats et m'assurer que tu remplisses tous les bons formulaires.

— D'accord, dis-je avec hésitation. Mais est-ce que je pourrai en faire autant si je dois superviser d'autres personnes ?

— Je ne te parle pas d'embaucher une armée – une, peut-être deux personnes. Il faut que tu transmettes ton savoir à d'autres personnes.

Peter regarda les trottoirs presque vides autour du parc.

— Nous sommes au Dakota du Sud. C'est un endroit génial où vivre, à la portée de toutes les bourses, où la qualité de vie est correcte, en quelque sorte. Mais nous avons besoin de plus que les Black Hills, le parc des Badlands et le palais du maïs. Tu gagnes bien ta vie, et si tu embauchais des gens, ce serait également leur cas.

Peter continua de manger, parlant presque sans s'arrêter entre deux bouchées.

— Tu factureras tes clients un taux réduit pour les services de tes employés et tu vérifieras leur travail pour t'assurer que la qualité est au rendez-vous là où tu en as besoin. Je sais que tu factures cent-vingt dollars de l'heure pour toi, alors tu feras payer moins cher pour eux, disons cent dollars de l'heure, et tu les paieras quarante de l'heure, ce qui pour cette région est un salaire extraordinaire. Tu te feras de l'argent non seulement sur ton temps, mais aussi sur le leur.

Peter reposa la boîte en plastique et se tourna pour me regarder.

— Tu pourrais trouver des avantages pour l'assurance et cela, avec le salaire horaire, devrait attirer les meilleurs talents. Si tu as besoin d'aide, nous pourrions négocier les détails, mais cela pourrait rapidement devenir une affaire florissante.

L'excitation de Peter était contagieuse, et je trouvais que l'idée m'intriguait – je n'étais pas emballé, juste intrigué.

— Comment est-ce que je peux trouver des candidats qualifiés ? Je ne veux pas mettre une annonce dans le journal et me retrouver avec des tas de gens qui vont me harceler et m'envoyer des conneries, dis-je, un peu surpris de poursuivre avec cette idée.

Cependant l'idée avait du mérite, je le savais, et j'avais pensé engager de l'aide à plusieurs reprises. Je n'étais pas égocentrique, mais je croyais fermement être le meilleur dans ce que je faisais, et si la qualité en pâtissait, alors je perdrais mon gagne-pain.

— Laisse-moi m'en occuper. Je peux t'aider, et je ne te ferai pas perdre ton temps avec des personnes non qualifiées. Je peux te le jurer, me dit Peter avec détermination, et je me surpris à accepter.

— Est-ce que je vais devoir me trouver un bureau ou quelque chose du genre ? Je travaille à la maison, et j'aimerais bien que ça ne change pas.

J'appréciais vraiment cela. Je pouvais sortir de mon lit, attraper mon café et aller travailler en sous-vêtements si je n'avais pas envie de m'habiller. Cela n'avait aucune importance et j'en avais bien pris l'habitude.

— Transforme le vieil atelier de ton grand-père en un bureau, me suggéra Peter. Tu ne te serviras jamais des outils, et ils sont simplement posés là. Ils sont peut-être anciens, mais de bonne qualité. Tu pourrais probablement les vendre sans difficultés, et tu as un de ces... trucs radio d'internet.

Il fit un geste de la main de la manière dont il le faisait toujours lorsqu'il évoquait un sujet lié à la technologie.

— Donc tout le monde pourrait travailler comme ça.

— Est-ce que tu connais quelqu'un qui voudrait des outils ?

Je savais exactement à quoi Peter était en train de penser.

— Pourquoi est-ce que tu ne dirais pas à Leonard que s'il veut les outils, il peut les prendre ?

— On ne peut pas faire ça, protesta Peter.

— Bien sûr que si. Mon grand-père aurait voulu que ces outils qu'il a utilisés pendant toutes ces années, aillent à quelqu'un qui en prenne soin et s'en serve. Il détesterait les voir rester dans un coin et prendre la rouille, et moi aussi.

Un sentiment glacé de perte envahit mon cœur alors que je repensais à mon grand-père et à la dernière fois que je l'avais vu travailler dans son atelier. À l'époque il disait qu'il était en train de préparer quelque chose de particulier. Un an plus tôt, j'avais déménagé à Sioux Falls pour m'occuper du père de ma mère. Il était la seule famille qui me restait, en ce qui nous concernait tous les deux, et lorsqu'il m'avait appelé et dit qu'il avait besoin d'aide, j'avais fait mes valises et remménagé. Il avait tenu six mois, et j'avais pris soin de lui et travaillé de chez lui. Nous avions pu faire à nouveau connaissance, et je m'étais rendu compte à quel point je l'aimais et combien de temps j'avais perdu lorsqu'il était parti dans son sommeil. Mon grand-père m'avait laissé sa maison dans son testament. J'avais envisagé de la vendre et de retourner à San Francisco, mais à ce moment-là, j'avais fait la connaissance de Peter et Leonard, et par conséquent de presque tous les autres homosexuels de la ville, non qu'il y en ait beaucoup, et ils m'avaient convaincu de rester et de m'installer ici. Jusqu'à présent, je n'avais pas regretté d'être resté, puisque j'étais parvenu à éviter le reste de ma famille, à l'exception du jour des funérailles, et la petite ville dans les Grandes Plaines était rapidement devenue mon chez-moi.

— Leonard sera aux anges, dit Peter, et je sentis qu'il était excité. Mais tu sais que ce n'est pas nécessaire.

— Je sais, et c'est en partie pour cela que je te l'ai proposé.

Peter et Leonard étaient rapidement devenus des parents de substitution.

— Alors tu réfléchiras au fait d'embaucher quelqu'un pour t'aider ? confirma Peter, et je me demandai ce qu'il préparait. Nous nous inquiétons de savoir que tu travailles trop.

— Tu ne vas pas me croire, mais je fais moins d'heures ici que j'en faisais à San Francisco, avouai-je. La maison en elle-même me prend beaucoup de temps, et mon grand-père a laissé beaucoup de projets qui ont besoin d'être terminés.

Comme l'évier de la cuisine qui ne fonctionnait que lorsqu'il en avait envie, ou l'auvent de derrière où il fallait remplacer le sol. La plupart du temps j'engageais des gens pour faire le travail, mais il y avait des choses que j'aimais faire moi-même pour me changer les idées pendant un moment. Pas que cela fonctionnait vraiment, mais une distraction loin du codage HTML et Java était la bienvenue, et c'était parfois nécessaire pour rester sain d'esprit.

Peter n'eut pas l'air de me croire, mais il ne dit rien et commença à fermer le récipient qui avait contenu son repas. Je finis ma salade puis lui tendis le Tupperware, et il le rangea également. Ensuite, je me mis à l'aise sur le banc et finis mon thé.

— Est-ce que tu as vu les chutes d'eau depuis ton retour ? demanda-t-il.

— Oui. J'ai toujours adoré y aller quand j'étais enfant, dis-je, fermant les yeux l'espace de quelques secondes. J'avais l'habitude de me coucher dans l'herbe et d'écouter le bruit de l'eau des rapides, et l'hiver, la

7

glace et le froid transformaient tout en une sorte de paysage hivernal féerique de Noël, surtout avec les lumières colorées.

Je me souvenais encore de la dernière fois où j'étais allé aux chutes avant de quitter la ville pour de bon, ou du moins c'est ce que je croyais. J'avais dit à mes parents que j'étais homosexuel, c'était tout. J'avais voulu leur dire plus tôt, mais j'avais eu trop peur et je ne leur ai rien annoncé avant d'en avoir fini avec l'université. J'avais déjà une offre d'emploi et je leur avais dit une semaine avant la date où j'avais l'intention de quitter la ville. Après cette révélation, j'étais parti plus tôt que prévu et je ne m'étais pas retourné ni n'avais gardé contact avec qui que ce soit sauf avec mon grand-père, qui m'appelait fidèlement et qui avait même pris quelques fois l'avion pour venir me voir. Je lui avais alors fait visiter tout San Francisco…

— Jerry, est-ce que tu es encore avec moi ?

La voix de Peter me tira de ma rêverie.

— Où étais-tu parti ?

— Je pensais à mon grand-père, je suis désolé, dis-je d'un ton coupable.

Mon esprit avait de plus en plus tendance à vagabonder ces derniers temps. J'étais revenu dans cette ville après si longtemps. Parfois quelque chose d'inattendu déclenchait un souvenir réprimé ou oublié depuis longtemps, et parfois je me souvenais de quelque chose à propos de mon grand-père, la seule personne sur laquelle j'avais toujours pu compter pour avoir son amour inconditionnel.

— Tu disais ? l'incitai-je à poursuivre.

— Viens, dit Peter en se levant. Je t'emmène faire quelques emplettes et ensuite tu pourras rentrer chez toi retrouver tes ordinateurs.

La plupart du temps, j'étais plus à l'aise avec les machines qu'avec les gens. Mais je souris et acquiesçai tandis que Peter me conduisait de l'autre côté de la rue jusque dans le magasin climatisé.

— Jerry, voici Emile.

Peter me présenta à un beau brun dès que nous entrâmes dans le rayon des vêtements pour hommes.

— C'est lui qui va te conseiller dans tes achats aujourd'hui.

Je levai les yeux au ciel. Cependant Peter ne me vit pas ou choisit de m'ignorer.

— Emile, il a besoin de tout. C'est comme ça qu'il s'habille en temps normal.

Peter émit un bruit pour exprimer sa désapprobation avant de se retourner vers moi.

— Jamais tu n'attraperas un homme si tu ressembles à ça. Je sais que tu ne juges pas l'apparence et que tu veux quelqu'un qui soit disposé à voir ce que tu es réellement, mais mon chéri, on n'attrape pas les mouches avec du vinaigre.

Nous étions à Sioux Falls, et j'eus vraiment envie de rétorquer que je ne pensais pas que mettre un appât sur un hameçon ou non eut beaucoup d'importance étant donné qu'il n'y avait pour ainsi dire aucun poisson à pêcher, mais je me tus. Après avoir dit au revoir à Peter, je suivis Emile dans le rayon et le laissais 'm'aider' à choisir de nouveaux vêtements. Quand il eut fini, mon portefeuille était considérablement plus léger, mais il m'avait assuré que cela m'allait bien et il m'avait même écrit sur un papier ce qui allait avec quoi, parce que je n'en avais absolument aucune idée. La seule chose que je savais, c'était qu'il ne fallait pas mélanger les rayures avec des motifs à carreaux. Je passai au bureau de Peter pour dire au revoir avant de quitter le magasin, puis trimballai mes paquets jusqu'à ma voiture et rentrai chez moi.

La maison de mon grand-père, parce que c'est encore comme ça que je la considérais, était située à la limite d'une section de la ville, plutôt que dans les banlieues actuellement en pleine expansion. Elle n'était pas particulièrement grande, mais c'était l'une des plus vieilles maisons de la ville, et mon grand-père l'avait toujours adorée. Je garai la voiture, déchargeai les paquets, puis allai jusqu'à la porte de derrière avant d'entrer. Après avoir posé les sacs dans ma chambre, j'allai immédiatement à mon ordinateur pour me mettre au travail, la liste des choses à faire s'allongeant chaque minute.

Le LENDEMAIN matin, je me levai et pris une douche avant d'enfiler un vieux short et un tee-shirt. J'avais encore une certaine fierté après tout, et je refusais de porter des vêtements sales – à moins d'être désespéré et d'avoir oublié de faire une lessive. J'avais même déballé mes nouveaux vêtements et les avais mis dans le lave-linge. Il était hors de question que je porte des vêtements neufs sans les laver et couper ces étiquettes qu'ils cousaient à l'intérieur des chemises. Elles me rendaient toujours fou. Quoi qu'il en soit, après avoir pris ma tasse de café, je m'installai devant l'ordinateur et me mis au travail.

Mon téléphone sonna vers environ dix heures. Mon premier réflexe fut de l'ignorer et de continuer à travailler. Je commençais tout juste à résoudre l'un des problèmes avec lequel je m'étais débattu toute la matinée.

— Quoi ? dis-je distraitement en répondant dans le combiné de ce pénible appareil.

— Bonjour à toi aussi, mon rayon de soleil, dit Peter.

Je soupirai.

— Désolé. Je suis au beau milieu d'un problème dans le codage que je suis censé livrer à la fin de la journée, et j'en ai presque fini. Ce foutu truc est presque parfait, à l'exception de la boucle qui s'obstine à tourner une fois de plus que ce qu'elle est censée faire. Je crois que je venais de trouver la réponse mais tu m'as appelé à ce moment-là.

Tout cela s'emmêla dans un méli-mélo de mots et de frustration.

— Respire un grand coup et mets un marque-page là où tu en es ou un truc du genre pour ton codage.

Peter me laissa une seconde, et je m'assurai de mettre en évidence la ligne de code que je soupçonnais d'être la coupable.

— J'ai trouvé quatre personnes qui pourraient potentiellement travailler avec toi. Quand peux-tu les rencontrer ?

Peter parlait doucement, et je savais qu'il était au travail et ne voulait pas qu'on l'entende.

— Déjà ? dis-je, puis je m'interrompis.

Je savais que je m'étais fait avoir. Il était impossible que Peter vienne tout juste de trouver ces personnes.

— Depuis combien de temps est-ce que tu préparais ton coup ?

— D'accord, dit Peter en gloussant, tu m'as eu. J'ai reçu un coup de fil de l'IUT parce qu'ils ont des étudiants qui viennent d'obtenir leur diplôme et qui ont du mal à trouver du travail dans la région. Ils sont qualifiés et, de ce que je peux en dire, plutôt doués. Le problème, c'est la fuite des cerveaux. Nous avons de bonnes écoles, mais sans les emplois qui vont avec, ils s'en vont.

C'était vraiment un activiste, et je dus admettre qu'il avait probablement raison.

— D'accord, je les verrai demain matin entre dix heures et midi. Je veux des CV et dis-leur d'apporter une application qu'ils ont conçue et codée eux-mêmes. Je veux voir des exemples de leurs travaux. Je veux aussi qu'ils emmènent des ordinateurs portables s'ils en ont un, parce qu'ils vont avoir besoin de coder pour moi avant que j'envisage d'embaucher un seul d'entre eux.

Je partais du principe que je n'allais pas perdre de temps et d'efforts pour des personnes qui étaient incapables de réaliser quoi que ce soit, et la meilleure manière de m'en assurer, c'était de les obliger à faire leurs preuves. C'est comme ça que j'avais obtenu mon premier emploi dans le codage.

Peter demeura silencieux pendant quelques secondes.

— Autre chose ?

Je supposai que Peter était en train de prendre des notes.

— Non. Ils peuvent venir à la maison.

Je tins le téléphone sous mon menton et repris le travail, et l'erreur me sauta aux yeux. Je changeai les paramètres de la variable et relançai l'application. Cette fois-ci, elle fonctionna parfaitement.

— Génial.

— Pardon ? dit Peter.

— Rien, je viens juste de corriger mon erreur. Y a-t-il quelque chose d'autre que je doive leur faire remplir ?

— Je t'apporterai des copies des formulaires ce soir. Il faudra que tu t'assures de les signer, et tu devras les classer pour garder une trace écrite à des fins juridiques. Tu n'en auras probablement pas besoin à cause de la taille de ton entreprise, mais je préfère être prudent.

Peter s'interrompit et je supposai qu'il était en train d'écrire.

— Merci Peter. Je te garderai un martini au frais, lui dis-je en riant.

Peter disait toujours que je préparais les meilleurs martinis, mais je n'en buvais pas alors je ne savais pas s'il avait raison. Pourtant, je les faisais de la même façon à chaque fois, alors tout le monde était content.

— C'est entendu. J'appellerai Leonard pour voir s'il veut se joindre à nous, et il pourra ramener la camionnette et commencer à transporter les outils.

— Ça m'a l'air bien. Je te verrai donc ce soir.

Je raccrochai le téléphone et me demandai dans quoi exactement je venais de m'embarquer. Je n'avais même pas encore accepté d'embaucher une autre personne, et Peter en avait déjà quatre prêtes à passer un entretien. Non que cela ait une importance, parce que je savais que si aucune d'entre elles n'était acceptable, je ne les prendrais pas. Si j'avais de la chance et que par hasard une d'entre elles était prometteuse, alors je serais un imbécile de ne pas l'embaucher pour soulager un peu la pression.

De plus, j'avais pleinement l'intention de profiter honteusement de Peter. S'il était déterminé à jouer les fouineurs avec moi et à me forcer à cela, alors il allait bien falloir qu'il m'aide. Me secouant la tête pour la vider de toute pensée, je bougeai ma souris pour sortir de veille la rangée d'écrans et me remis au travail.

À un moment dans la journée, j'engloutis un sandwich tout en travaillant. J'avançai de manière extraordinaire. L'après-midi se changea en un temps de travail magique où tout avait l'air de bien se passer et où le code semblait s'écrire tout seul sous mes doigts. J'étais au top de ma forme et parvins à finir une quantité stupéfiante de travail. Quand j'entendis la sonnette, j'étais tellement occupé par ce que je faisais que je m'en rendis à peine compte. Ce n'est que lorsque Peter me tapota l'épaule que je finis par lever le nez de mes écrans.

— J'y suis presque, je ne peux pas m'arrêter maintenant où je vais tout perdre, dis-je, retournant à mes écrans.

Mes doigts continuèrent de voler sur le clavier jusqu'à ce que j'aie fini l'ébauche du programme que j'allais intégrer à la base de données du site web du client. Cela constituerait le cœur de leur système et leur rapporterait probablement beaucoup d'argent. Je savais qu'ils allaient l'adorer. Après avoir cliqué sur 'enregistrer', je reculai de la rangée d'écrans et clignai des yeux à plusieurs reprises pour me réhabituer à nouveau au monde réel.

— Excuse-moi Peter, dis-je en me levant de mon confortable fauteuil de bureau. Si tu veux bien aller t'asseoir dans le salon, je vais aller préparer les martinis.

Je jetai un coup d'œil autour de moi.

— Où est Leonard ?

— Il est dehors dans l'atelier en train d'emballer certains outils, expliqua Peter. Il va venir d'ici peu. Il m'a dit qu'il allait tout charger dans la camionnette et que tu y jetterais un coup d'œil avant qu'on rentre pour t'assurer que nous n'emportons rien de ce que tu voudrais garder.

— J'ai déjà fait l'inventaire et j'ai récupéré le peu que je souhaitais conserver, lui dis-je tout en ouvrant le meuble dans la salle à manger qui contenait le peu d'alcools que je possédais.

Je sortis le gin et le vermouth avant d'attraper le pichet. Je commençai à mélanger, mesurant les ingrédients et les versant sur une grande quantité de glace avant de les mélanger rapidement. Ensuite, après avoir rajouté trois olives fraîches dans chaque verre, je versai les boissons.

Peter prit son verre et en but une gorgée quand j'entendis la porte arrière s'ouvrir. Leonard nous rejoignit, comme attiré par un aimant.

— Les meilleurs martinis au monde, s'exclama Leonard après en avoir bu une gorgée et trinqué avec Peter.

Je me sortis un soda light, et nous nous assîmes tous dans le salon. Les meubles – des fauteuils confortables et un canapé usé – étaient toujours les mêmes que ceux que ma grand-mère avait achetés il y avait de cela des lustres. Je n'avais pas eu le temps de remplacer quoi que ce soit, et franchement, je n'avais pas eu le cœur de le faire non plus. Lorsque je m'asseyais dans le même fauteuil que mon grand-père avait utilisé pendant des années, c'était un peu comme s'il était encore là avec moi.

— Ton grand-père travaillait sur des projets qu'il n'a pas eu le temps de finir, expliqua Leonard en posant son verre sur la table basse. Est-ce que tu veux les conserver ?

Je secouai la tête.

— Non. Je ne trouverai jamais le temps de les finir, alors si tu les veux, je t'en prie, prends-les. Il y a également du bois là-dedans, et si tu peux t'en servir, emporte-le aussi.

C'était triste de ranger les affaires, mais je savais qu'il fallait le faire. Je voyais l'excitation de Leonard, ses yeux bleus étaient écarquillés comme un enfant dans un magasin de jouets.

— Il y a une grande collection d'outils anciens dans les coffres de l'angle. Je te les ai mis de côté, dit Leonard tout en soulevant à nouveau son verre. Ils ont trop de valeur pour être donnés. Je les voudrais bien, mais je ne peux pas les prendre. Tu devrais trouver un collectionneur ou un antiquaire qui pourra te les racheter à leur juste prix.

— Merci, Leonard, Peter et toi êtes les meilleurs.

Je n'étais pas certain de savoir que dire d'autre. Il aurait pu tout emporter et je n'y aurais vu que du feu. Mais ils étaient comme ça – des gens attentionnés et honnêtes comme j'en avais rarement rencontrés.

— Nous sommes là pour t'aider, tu le sais, dit doucement Peter, et j'acquiesçai.

Il y avait des moments où la prise de conscience du temps que j'avais gaspillé me frappait violemment. Il y avait une seule personne qui m'avait aimé inconditionnellement de toute ma vie, et maintenant il n'était plus là. J'avais passé des années loin de lui parce que je n'avais pas compris à quel point il comptait pour moi. Je fermai les yeux et hochai la tête, tentant de forcer la peine à s'en aller. Je me rendis compte une fois de plus à quel point j'étais seul.

— Est-ce que tu as tout installé pour demain ? demandai-je dans un coassement.

J'avais désespérément besoin qu'on change le sujet de la conversation.

— Oui, répondit Peter. J'ai laissé les formulaires sur la table dans la salle à manger, et j'ai programmé les quatre rendez-vous d'un quart d'heure chacun entre dix heures et midi. Assure-toi qu'ils soient ponctuels et fais de ton mieux pour être gentil. Je sais que tu es exigeant, et il le faut, mais en même temps tu peux être respectueux.

Peter finit son verre et le reposa.

— Je sais que tu ne seras pas méchant ou quoi que ce soit, mais ne soit pas trop dur, du moins pas dès le début.

J'acquiesçai, et une fois que j'eus oublié ma colère, je me rendis compte que Peter avait probablement raison. Le premier entretien d'embauche que j'avais passé en Californie s'était révélé ardu et après cela j'avais obtenu le poste, mais je m'étais souvent demandé si cet effort en avait valu la peine.

— Je m'assurerai qu'ils parlent plus que moi et j'écouterai ce qu'ils ont à dire. Même si j'ai bien l'intention de voir ce dont ils sont capables.

— Bien évidemment. Tout ce que je te demande, c'est d'être poli et pour info, ce que je te dis maintenant, je le dis à tous ceux qui font passer des entretiens aux candidats au magasin. L'entretien est un art, et s'il est effectué correctement, tu peux faire ressortir beaucoup de détails.

Peter se leva, aussitôt imité par Leonard. Je les raccompagnai tous les deux jusqu'à leur camionnette, et Leonard insista pour que j'en vérifie l'arrière. Ensuite, je les serrai tous les deux dans mes bras et leur fis au revoir de la main alors qu'ils s'éloignaient dans l'allée. Je soupirai dans la chaleur de la soirée et rentrai à l'intérieur. J'étais sur le point de me remettre au travail, mais je décidai que j'avais suffisamment avancé. À la place, je commandai une pizza et m'installai dans le canapé du salon pour la soirée.

LE LENDEMAIN matin, je me levai tôt, pris une douche, me rasai et m'habillai avec les vêtements que je venais tout juste d'acquérir. J'en étais à ma troisième tasse de café et déjà au travail lorsque la sonnette retentit.

Un peu nerveux, je traversai la maison pour ouvrir la porte. Un jeune homme se tenait sur le pas de la porte, sautillant nerveusement d'un pied sur l'autre. L'énergie et l'excitation transpiraient de chaque pore de sa peau.

— Bonjour, je suis Bryce Morton, dit-il, me serrant vigoureusement la main. Vous devez être M. Lincoln ; enchanté de faire votre connaissance.

Il me sourit, me serrant toujours la main.

— M. Harmon m'a dit d'être ici pour dix heures pile.

Il vérifia à sa montre, puis me sourit de nouveau.

— Je t'en prie, appelle-moi Jerry, et entre, dis-je en retirant ma main et je lui désignai la salle à manger d'un geste de la main. Je travaille à la maison, et je suis en train de préparer un espace de travail digne de ce nom.

Au moins l'atelier était en cours de nettoyage.

— Pas de soucis, dit rapidement Bryce, et j'entendis l'excitation dans sa voix. Je t'ai cherché sur Google après l'appel de M. Harmon pour me dire qu'il avait organisé l'entretien.

Bryce posa sa sacoche sur la table. Je pris la chaise en face de lui alors qu'il continuait à parler, ses yeux bleus pétillant d'intérêt, des mèches de cheveux blonds retombant sur ses yeux.

— Tu as effectué des travaux extraordinaires. Je n'arrive pas à croire que tu sois ici à Sioux Falls et qu'il soit possible que je travaille avec toi.

Bryce sourit et ses mains tremblaient lorsqu'il tira sa chaise pour s'asseoir. Ce gamin débordait d'énergie, ça c'était certain.

— Est-ce que tu as apporté un CV ? demandai-je, et il me le tendit avant de récupérer ce qui ressemblait à un vieil ordinateur portable dans sa sacoche.

Il le poussa sur le côté, et j'entendis le bip de la machine qui démarrait. Je parcourus rapidement la feuille de papier, notai mentalement un certain nombre de choses, y compris le fait que Bryce avait une excellente moyenne et avait pris un certain nombre de cours liés à l'informatique.

— Est-ce que tu as l'intention de continuer en licence ? demandai-je en remarquant qu'il avait eu son diplôme de BTS.

Bryce s'immobilisa et son énergie eut l'air de disparaître.

15

— Un jour peut-être, répondit-il, et à en juger par le regret qui se lisait dans ses yeux, il en mourait d'envie. J'ai eu du mal à payer l'école. Alors jusqu'à ce que j'aie un emploi et que je puisse mettre un peu d'argent de côté, je ne pourrai pas y aller. Je n'ai que ma mère, et elle a encore deux autres enfants à charge. Ils vivent en dehors de Mitchell, alors j'ai dû me débrouiller seul ces deux dernières années.

Bryce releva le menton et ses yeux s'éclaircirent. Il était peut-être nerveux, mais il était également fier de ce qu'il avait accompli jusqu'à présent. Je vérifiai ses informations personnelles et vis qu'il était âgé de vingt-deux ans. Je supposai qu'à en juger par son expérience personnelle, il était allé à l'école tout en travaillant à temps partiel.

— Je comprends. J'ai moi aussi travaillé pendant mes études, lui dis-je avant de mettre le CV de côté et d'attraper le bloc-notes que j'avais sorti un peu plus tôt. J'aimerais que tu me dises ce que tu aimes dans le développement de logiciels.

J'avais compris depuis un bon moment qu'il fallait de la passion et de l'excitation pour développer des systèmes uniques et dynamiques.

Bryce se pencha en avant sur sa chaise.

— Tu sais quand tu arrives à finir ce puzzle que personne d'autre n'arrive à résoudre ? Et que tu le regardes pendant un moment et puis la réponse te vient ? C'est comme ça. Il n'y a rien de mieux que lorsqu'on te donne un problème ou une situation et d'être capable de s'en sortir en le décryptant et en le codifiant. La plus grande réussite qu'on puisse accomplir, c'est de faire faire quelque chose à un ordinateur que personne d'autre n'a fait auparavant. Lorsque j'ai commencé l'école, je voulais concevoir et programmer des jeux vidéo parce que j'adorais les graphismes, et peut-être qu'un jour c'est ce que je ferais, mais je me suis rendu compte à l'école que c'est de résoudre le problème, quel qu'il soit, qui était vraiment génial.

— D'accord, dis-je, ressentant ce tressautement dans l'estomac qui n'apparaissait qu'en la présence d'un autre véritable allumé de l'informatique. Voyons ce que tu es capable de faire.

Je mis la main dans ma poche et lui tendit une clé USB.

— Il y a deux dossiers sur cette clé. L'un d'entre eux est un logiciel complet qui a un problème. Je veux que tu te serves des spécifications qui vont avec pour trouver ce qui ne va pas et corriger. L'autre dossier est un ensemble de spécifications. J'aimerais que tu développes ce simple système en HTML.

Je donnai la clé à Bryce et il la brancha sur son ordinateur portable. Après avoir copié les fichiers, il la débrancha et me la rendit.

— De combien de temps est-ce que je dispose ? demanda-t-il, et je le vis ouvrir les dossiers, son attention toute entière déjà tournée vers le problème.

C'était un bon signe, et je commençais à avoir une impression positive à propos de Bryce.

— J'aimerais avoir tes solutions d'ici cinq heures aujourd'hui. Tu peux travailler dans le salon si tu veux.

L'une des choses qui m'inquiétaient, c'était que les candidats se fassent aider par quelqu'un d'autre.

— Je veux que tu résolves ces problèmes par toi-mêmes, sans aide extérieure.

Il fallait vraiment que je voie ce que chaque candidat était en mesure de faire par lui-même. Ce que je lui avais donné n'était pas particulièrement difficile, mais cela mettrait à l'épreuve sa capacité à résoudre des problèmes et m'aiderait également à déterminer quelles étaient ses compétences de base en développement.

— Y a-t-il des questions que tu voudrais me poser ?

— De combien est la rémunération ? demanda Bryce, se détournant de l'écran de son ordinateur pour me regarder dans les yeux.

— Honnêtement, cela dépendra de ton niveau de compétence.

Je sentis un sourire arriver tandis que Bryce hochait la tête pour montrer qu'il avait compris.

— Je suppose qu'au début ce serait un salaire de dix-huit à vingt dollars de l'heure, mais cela pourrait rapidement augmenter si tu es doué. Je suis un expert et je suis payé à l'heure, et plus je pourrais facturer pour tes heures, plus tu gagneras. Personnellement, je me moque de savoir si tu as fait de longues études ou non – si tu es doué, tu t'en sortiras bien.

— Est-ce que je peux travailler de chez moi ? demanda-t-il.

— Peut-être que tu le pourras, mais pas dès le début, répondis-je.

Bryce eut d'autres questions à propos des avantages et des horaires. Il posa également des questions sur le matériel avec lequel il travaillerait, et je lui montrai mon bureau. Il fut incontestablement impressionné. Je notai mentalement de faire une liste du matériel que j'aurais besoin d'acquérir pour la personne que j'allais embaucher. Nous discutâmes des avantages et des horaires de travail. Ses questions étaient pertinentes, et lorsqu'il s'installa sur l'une des chaises du salon avec son ordinateur sur les genoux, j'avais une bonne impression de lui.

La sonnette retentit, le prochain candidat était déjà arrivé. J'allai aussitôt répondre. Un autre jeune homme se tenait sur le perron. Je le fis entrer, puis le soumis de la même manière à l'entretien, ainsi que le jeune homme suivant. Je ne reçus pas les mêmes signaux encourageants de leur part, mais je leur donnais les exercices. L'un d'entre eux abandonna au bout d'un quart d'heure, et je le remerciai d'être venu. Il eut l'air déçu, mais je le remerciai tout de même. L'autre admit sa défaite juste avant l'arrivée du dernier candidat. Je remarquai que Bryce avait l'air perdu sur son ordinateur, scotché à son clavier alors que je raccompagnai le troisième candidat jusqu'à la porte. Après lui avoir serré la main, je lui dis au revoir. J'étais sur le point de refermer la porte lorsque je vis un homme qui remontait l'allée. Alors qu'il se rapprochait, je sentis ma gorge se dessécher aussitôt. Je dus me rappeler qu'il s'agissait d'un entretien d'embauche et qu'il n'était pas question de draguer comme dans un bar homosexuel de Castro.

— Je suis John Black Raven, dit-il avec un sourire, et nous nous serrâmes la main.

— Jerry Lincoln. Enchanté de faire ta connaissance.

La chaleur qui émanait de sa main était surprenante. Je dus détacher mes yeux des siens, qui étaient profonds et sombres, presque noirs.

— Entre et nous irons discuter dans la salle à manger.

Je lui fis signe d'entrer, et John jeta un coup d'œil dans le salon lorsque nous passâmes devant. Bryce leva les yeux de son travail, et il sourit et fit un signe de tête à John, qui en fit de même avant de continuer.

— Je suppose que toi et Bryce vous vous connaissez.

— Oui. Nous avons eu de nombreux cours ensemble, répondit John avant de prendre une chaise.

Il me tendit son CV et je le lus rapidement.

— Tes notes sont bonnes et tu as beaucoup d'expérience.

Il semblait que John avait eu deux emplois à la fois pendant des années. La plupart d'entre eux avaient l'air d'être du travail physique, terriblement pénible.

— Aucune en développement de logiciel, commentai-je.

Il était également plus âgé que les autres, il avait presque vingt-sept ans.

18

— Non. J'ai travaillé dur pour me payer l'école, et c'est le premier entretien que je passe.

Ses yeux brillaient d'intensité et de détermination, et je fis de mon mieux pour ne pas regarder ses cheveux noirs et luisants attachés en une queue de cheval, sa peau hâlée ou ses lèvres pleines. Cet homme était là pour un emploi et il fallait que je reste maître de moi-même.

— Mais je travaille toujours dur, et les ordinateurs ont l'air de me parler.

Je fus intrigué.

— Comment ça ?

— Il semblerait que j'aie un esprit fait pour ça. Mes professeurs ont toujours accordé des points supplémentaires pour résoudre des problèmes, et je trouvais toujours immédiatement les réponses, répondit John d'un ton plutôt doux qui avait presque l'air musical. Je n'ai pas beaucoup d'expérience réelle parce qu'avant que je puisse aller à l'école, il n'y avait pas d'opportunités.

John se rassit sur la chaise, l'indécision se lisant dans ses yeux, et je pensais qu'il n'allait pas entrer dans les détails.

— J'ai grandi à la réserve, et il y a très peu d'opportunités là-bas.

J'avais entendu des rumeurs et des histoires, mais j'avais pensé qu'en général il s'agissait de contes nés de stéréotypes étroits d'esprit.

— Je suis parti pour tenter d'avoir une vie meilleure, ajouta-t-il avant de se taire.

Des quatre entretiens, celui-ci était assurément le plus difficile. Certaines choses étaient pourtant manifestes. John était quelqu'un qui travaillait dur, et à en juger par ses notes, cela s'était étendu à son travail scolaire.

— Quel genre de choses est-ce que tu voudrais savoir ? lui demandai-je, et il posa les questions habituelles à propos du salaire et des avantages, ce à quoi je donnai la même réponse qu'aux autres.

Je lui montrai mon lieu actuel de travail et lui expliquai à propos du bureau qui était en cours de création.

— Est-ce que l'assurance couvrirait également des enfants ? demanda John avec hésitation.

— Tu devrais pouvoir les ajouter, lui répondis-je, notant à moi-même qu'il fallait que je voie pour changer ma police d'assurance santé si j'allais embaucher des gens. Tu en as combien ?

John parut triste.

— Aucun.

Je pensais que sa question associée avec sa réponse était bizarre, mais cela ne me regardait vraiment pas, alors je laissai tomber.

— Il y a quelque chose que je voudrais que tu fasses pour moi afin de pouvoir juger de ton niveau de compétences, dis-je à John lorsque nous retournâmes dans la salle à manger.

Je lui tendis la clé USB, et je le regardai sortir un ordinateur portable très ancien. Ensuite, après avoir transféré les fichiers, je le fis s'installer dans le salon.

— J'ai terminé, dit Bryce avec un grand sourire une fois que John fut installé, et je le fis venir dans la salle à manger pour qu'il me montre son travail.

Bryce avait effectivement trouvé l'erreur et l'avait corrigée. Il avait également développé l'application que je lui avais demandée.

— Je suis même parvenu à faire afficher des messages éloquents à la gestion des exceptions.

Bryce me le montra et je ne pus retenir un sourire.

— Cela m'a l'air bon, dis-je, assez satisfait, parce que j'avais au moins un candidat avec du potentiel.

Je m'assurai d'avoir ses coordonnées exactes, et après avoir serré la main de Bryce et lui avoir dit au revoir, il partit avec un sourire aux lèvres.

Puis je m'arrêtai à nouveau dans le salon, et John leva le nez de son travail.

— Est-ce que tu as mangé ? demandai-je, et il hocha la tête. Je vais travailler. Viens me chercher quand tu auras terminé.

John acquiesça à nouveau, et je m'assis à ma console pour travailler. Si je tournais la tête je pouvais le voir, et j'avais du mal à regarder ailleurs. Il était stupéfiant, d'une manière discrète et réservée. Ses yeux détenaient une intensité et une douleur qui m'intriguaient, mais c'était ses cheveux dont je ne pouvais pas me détourner. Je n'eus de cesse de me demander à quoi il ressemblerait une fois détachés autour de son visage expressif. Je m'efforçai de me concentrer sur mon travail et me cachai derrière mes écrans. Je me mis à la tâche mais j'échouai en cela également. Je ne cessai de me demander ce que j'avais vu chez John pour, aussitôt ensuite, jeter des coups d'œil à côté de l'écran juste pour le voir pendant quelques secondes.

J'avais vécu à San Francisco et j'avais vu des hommes vraiment sexy pratiquement tous les jours de ma vie – des hommes qui descendaient la rue et faisaient presque se retourner toutes les têtes. Ces hommes ne provoquaient habituellement rien en moi. Bien sûr, ils étaient beaux à voir et étaient très séduisants, mais aussitôt qu'ils ouvraient la bouche, une espèce de charabia incompréhensible en sortait. Chaque mot était ponctué de 'genre'. 'Genre, nous sommes allés au magasin, et, genre, il m'a attrapé les fesses, et je lui ai dit, genre, mec, genre, ne fais pas ça'. J'avais effectivement entendu cela dans une conversation et j'avais eu envie de gifler l'homme. D'une certaine manière, je savais que John était très différent de ces hommes-là. Il y avait assurément de l'intelligence au fond de ces yeux-là, et son charme/sa beauté se consumait lentement juste en dessous de la surface. Cela transparaissait dans la manière dont il marchait et se comportait – fier, la tête haute. Je me forçai à détourner les yeux de John et me remis au travail pendant un moment.

— Je pense avoir fini, dit John en se levant du canapé.

Reconnaissant d'avoir quelque chose d'autre à faire que de fixer John du regard, je me levai et le rejoignis à la table.

— J'ai corrigé le problème avec le programme, c'était facile, dit-il. Mais je n'étais pas vraiment sûr de ce que tu voulais avec les spécifications. Sur la droite, tu disais que tu voulais que chacun des graphiques soit aligné avec les liens appropriés. Je ne savais pas si tu voulais qu'ils soient fixes ou non, alors je les ai fait défiler.

Il actualisa la page, et les graphiques se déroulèrent le long du côté de l'écran de haut en bas.

— Si tu cliques sur un graphique, il peut te renvoyer sur les autres pages si tu les crées.

Je souris et lui jetai un regard à la dérobée.

— Je m'attendais à retrouver la méthode simple mais au lieu de cela tu m'as donné plus. Très bien.

J'étais plus qu'un peu impressionné. Il avait livré quelque chose qui allait au delà de ce à quoi je m'attendais, et il l'avait fait dans les mêmes délais que Bryce.

— Je prendrai ma décision la semaine prochaine.

— Merci, dit John, et nous nous serrâmes la main.

Puis il rassembla ses affaires et je le regardai partir. Dès que la porte fut refermée, je laissai échapper un long soupir avant de me diriger vers la cuisine. J'attrapai un soda light et en bus les trois quarts d'un trait tandis que je passai en revue dans ma tête les deux candidats qui avaient le plus de chances de réussir. Après avoir jeté la canette au recyclage, j'étais sur le point de me remettre au travail lorsque le téléphone sonna.

Je décrochai le vieux téléphone fixe.

— Bonjour, répondis-je, m'asseyant à mon poste de travail.

— Jerry, comment est-ce que cela s'est passé ? demanda Peter avec excitation. Je t'avais dit que je pouvais te trouver des candidats qualifiés, et je t'ai envoyé des personnes avec qui je savais que tu pourrais travailler.

— Comment est-ce que tu les as trouvées ? questionnai-je, me demandant comment il avait bien pu rassembler aussi rapidement un groupe de personnes pas trop mal qualifiées.

Peter soupira doucement, et je l'entendis bouger lorsque le téléphone grésilla légèrement.

— Tous les étés, il y a une classe qui obtient son diplôme, et à un moment donné, la plupart d'entre eux ne trouvent pas d'emploi et viennent ici chercher n'importe quoi afin de pouvoir travailler. Je t'ai simplement envoyé certains des plus qualifiés. J'aurais pu embaucher n'importe lequel de ces hommes au magasin, mais ils auraient fini dans une impasse, ou par partir. Alors, qu'est-ce que tu en as pensé ?

Peter ne se laissait pas décourager.

— Deux d'entre eux étaient géniaux, et je dois décider lequel des deux j'ai besoin d'embaucher. Ils sont tous les deux qualifiés et je pense pouvoir travailler avec n'importe lequel.

Je supposai que Bryce et Johns seraient tous les deux d'une grande aide, et une partie de moi avait une préférence en particulier, mais je mis un point d'honneur à ne pas penser avec ce cerveau-là et à prendre les bonnes décisions pour mon affaire.

— Prends ton temps et penses-y. Ton instinct te dira ce qu'il faut que tu fasses, me dit Peter avec optimisme, et je levai les yeux au ciel en prenant la pièce vide à témoin.

— C'est ce que je vais faire, promis-je.

Après avoir discuté brièvement de tout et de rien, nous raccrochâmes et je me remis au travail.

J'avais perdu la plus grande partie de la journée et les dates butoir paraissaient toujours imminentes, alors je m'installai et tentai de ne pas penser à cette peau rouge cuivrée, ces cheveux longs et noirs et ces yeux profonds. Me mettant dans le code, j'y parvins plutôt bien, et ce ne fut que lorsque mon estomac se mit à gronder que je m'arrêtai et préparai quelque chose pour le dîner. Leonard m'appela pendant que je mangeais pour demander s'il pouvait venir emballer quelques outils de plus, et je passai la soirée à l'aider à les charger à l'arrière de sa camionnette. Ce soir-là nous fîmes deux voyages jusqu'à chez lui et Peter.

— Ce sont les boîtes d'outils anciens. Celle-ci est fermée mais je n'ai pas pu trouver la clé. Elle a l'air d'être vide, expliqua Leonard tandis qu'il me montrait les choses qu'il avait laissées, une fois que nous eûmes fait le dernier voyage.

Nous déplaçâmes les trois boîtes en bois dans le grenier, et je supposai que lorsque j'en aurais l'occasion, je chercherais la clé parmi la myriade que mon grand-père m'avait laissée.

— Cela devrait faire un bel emplacement pour un bureau, dit Leonard pendant que nous nettoyions et balayions l'ancien atelier.

L'endroit tout entier sentait le bois frais, une odeur que j'associerai toujours, je le savais, à mon grand-père. Après avoir sorti la poubelle, j'éteignis la lumière et fermai la porte de l'atelier, avec un peu l'impression d'avoir laissé une partie de mon grand-père derrière moi.

— Est-ce que ça va, Jerry ? me demanda Leonard qui se trouvait derrière moi, et je hochai la tête une fois, pas prêt à me retourner parce que mes émotions étaient sur le point de faire surface. Tu sais que ce n'est pas grave que tu te sentes mal à l'idée de te séparer de ses affaires. C'est normal, et le fait de passer à autre chose également.

Je sentis de longs bras fins m'attirer à eux, et ils me serrèrent tellement fort que je frôlai la mort.

— Tu sais que Peter et moi nous t'adorons, et nous sommes là si tu as besoin de quoi que ce soit.

Je le savais, pourtant ma seule réponse fut de serrer Leonard dans mes bras et d'apprécier la sensation d'être enlacé par quelqu'un pendant un moment.

— Ça va aller, dit Leonard, et je le sentis me frotter doucement le dos.

Je perdis complètement la notion du temps. Lorsque Leonard finit par me lâcher, nous retournâmes calmement à sa camionnette. Après lui avoir dit au revoir et l'avoir regardé partir en voiture, je rentrai dans la maison vide. Épuisé, j'allumai la télévision et m'endormis rapidement sur le canapé. Lorsque je me réveillai quelques heures plus tard, je montai à l'étage, me débarbouillai puis me glissai sous les couvertures. Aussi fatigué que je l'étais, je supposai que je dormirais à poings fermés, mais la plus grand partie de la nuit je ne fis que voir un visage en particulier, aux yeux sombres encadrés par des cheveux noirs luisants. Lorsque je me réveillai le lendemain matin, j'avais pris ma décision : je savais qui j'avais besoin d'embaucher.

II

— ALORS TU as fait ton choix, dit Peter quelques jours plus tard pendant que j'étais assis dans la cuisine chaleureuse qui leur appartenait à Leonard et à lui. Est-ce que tu pourrais me dire lequel tu as décidé d'embaucher et pourquoi ? Pas que je sois là pour te faire changer d'avis, mais parfois cela peut aider d'exprimer des décisions importantes.

Je n'étais pas certain de la manière dont je pourrais expliquer cela à Peter, mais je décidai d'essayer.

— Bryce et John ont les qualifications, et lorsque je leur ai donné le projet à finir, John est allé bien au-delà de mes espérances.

— John, c'est l'amérindien, c'est ça? demanda Peter, et je hochai la tête tandis que le reflet de John apparut brièvement dans mon esprit.

Cela faisait des jours que je tentais sans succès d'arrêter de penser à lui.

— Continue, me dit Peter, m'invitant à poursuivre.

— Ils ont tous les deux l'air d'être dynamiques et de travailler dur. Bryce est plein d'énergie et me fait penser à un lapin d'Energizer. Une fois qu'il a commencé, il va probablement travailler jusqu'à ce que je le force à s'arrêter. John est un peu plus vieux et plus mûr. Il a l'air d'être d'humeur égale et de travailler aussi dur. Ce n'était pas un choix facile à faire.

— Alors, tout bien considéré, tu as choisi John parce qu'il a dépassé tes attentes. C'est une bonne décision, dit Peter, et je fis non de la tête.

— J'ai choisi Bryce, dis-je, et Peter eut l'air surpris.

En fait, son expression était à la limite de la stupéfaction, mais je dus reconnaître qu'il ne prononça aucun des mots que je m'attendais à entendre.

— Je pense que nous travaillerons mieux ensemble.

Peter continua de m'observer et si je n'avais pas fait preuve de bon sens, j'aurais dit qu'il était en train de me déshabiller du regard, et c'était un peu perturbant.

— Quelle est la véritable raison ? demanda Peter tout en continuant de me fixer du regard. Je ne suis pas en train d'essayer d'influencer ta décision, mais de ce que je viens d'entendre, la personne avec qui tu travaillerais le mieux est John, alors qu'est-ce que tu me caches ?

Je me mordis la lèvre inférieure, et celles de Peter se relâchèrent pour devenir un sourire.

— J'ai cru comprendre que John était séduisant.

— Je ne peux pas m'empêcher de penser à lui, avouai-je. Il a ces yeux et ces cheveux et... comment est-ce que je pourrais travailler avec lui tous les jours alors que j'ai à peine pu détourner les yeux de lui pendant l'entretien ?

Je ne savais pas comment exprimer autrement ce que je ressentais.

— Lorsque je travaille, je n'ai pas besoin de distraction, et John en est une grosse. Ce n'est pas que je pense qu'il n'a pas les capacités pour cet emploi, parce que je sais qu'il les a, mais je ne crois pas être en mesure de faire *mon* travail s'il est dans les parages.

Voilà, je l'avais dit, et Peter pouvait me hurler dessus s'il le voulait, mais j'avais été honnête.

— Eh bien, Dieu merci, dit Peter alors qu'il levait son verre de martini. Pas que je sois d'accord avec ta logique mais nous commencions à penser que tu étais un eunuque en quelque sorte.

Peter sirota sa boisson, jetant un coup d'œil par dessus le verre.

— Cela fait un an que tu es ici et tu n'as pas eu un seul rendez-vous, et tu ne parles jamais de personnes de San Francisco. Je suppose que tu fréquentais des gens quand tu étais là-bas.

— Bien sûr que oui, dis-je sèchement et j'attrapai le martini que Peter avait préparé pour Leonard, buvant une grande gorgée du verre.

Il me fallut tout ma volonté pour m'empêcher de tousser après avoir avalé le mélange fortement alcoolisé. Reprenant mon souffle, je bus le reste du verre d'un trait, puis le reposai sur le comptoir.

— Je suppose que les choses ne se sont pas bien passées, dit Peter avec sa capacité exaspérante de dieu de l'euphémisme. Est-ce que tu veux en parler ?

— Non. Je serai peut-être prêt dans une décennie ou deux, mais pas maintenant.

26

Je regardai autour de moi pour voir si je ne trouvais pas le pichet comme d'habitude, et Peter l'attrapa et l'éloigna.

— Tu n'as pas besoin de noyer tes problèmes dans l'alcool. Cela ne t'aidera pas, crois-moi. Tu ne feras que te réveiller tout aussi malheureux *et* avec la gueule de bois. Si tu ne veux pas parler de ce qui s'est passé, ce n'est pas grave, mais sache que nous sommes là si tu as envie d'en discuter.

— Je le sais, c'est simplement que je ne sais pas quand je serai prêt.

J'aimais San Francisco, mais il y avait des personnes et des souvenirs dont j'avais été plus qu'heureux de m'éloigner, et la demande d'aide de grand-père avait été un bon prétexte. J'avais pu aider à retisser des liens avec mon grand-père tout en laissant derrière moi des personnes et des décisions vraiment stupides.

— Tu n'es pas… commença Peter, et je le vis prendre une gorgée de son verre, ses yeux se remplissant d'inquiétude, … malade, n'est-ce pas ?

— Non, répondis-je, et les traits de Peter se détendirent. Disons que certaines choses à San Francisco étaient trop faciles et trop… facilement accessibles. Maintenant, peut-on changer de sujet, s'il te plaît ?

— D'accord, dit Peter, et Leonard entra par la porte de derrière, une assiette de poulet qui venait du gril dans les mains. Alors vas-tu annoncer à Bryce qu'il a décroché le travail ?

— Je pensais appeler Bryce et John demain, et j'espérais passer le week-end à transformer l'atelier en un bureau rudimentaire.

— Je vais te donner un coup de main, proposa Leonard. Il y a suffisamment de courant, et ton grand-père avait fini les murs et le plafond ainsi que l'isolation. Il devait y travailler toute l'année et il avait compris que s'il voulait y travailler l'hiver, il fallait qu'il fasse quelque chose à propos du chauffage. Alors tout ce qu'il faut qu'on fasse, c'est bien nettoyer et repeindre, remplacer les lumières par quelque chose de plus joli que de simples néons, et tu auras un bon endroit pour accueillir des bureaux et des affaires.

— Je t'aiderais bien mais il faut que je travaille samedi, dit Peter, et je souris.

— J'apprécie tout ce que vous avez fait tous les deux. Alors samedi soir je vous emmène dîner.

C'était le moins que je pouvais faire.

— Vous pouvez choisir le restaurant.

— N'importe lequel ? demanda Peter, et je ris alors que ses yeux s'écarquillaient.

— Oui, n'importe lequel. Vous m'avez invité tant de fois et vous avez été tellement gentils envers moi. Alors choisis le meilleur restaurant de la ville car vous le méritez, et nous y irons samedi soir.

Cela faisait du bien de faire à nouveau des projets de sorties. À San Francisco, j'avais beaucoup d'amis, et même si je travaillais beaucoup, j'avais également le temps de m'amuser. Depuis que j'étais ici, je n'en avais pas fait autant et il était peut-être temps de changer cela.

— Quoi qu'il en soit, je pourrais peut-être décrocher un rencard, qui sait, si je peux trouver l'un des quatre autres homosexuels de la ville du même âge que moi.

Peter se moqua.

— Il y en a au moins six.

Ensuite nous éclatâmes tous de rire et commençâmes à apporter la nourriture sur la table.

Comme d'habitude, dîner avec Peter et Leonard, c'était comme être chez moi. Nous parlions du même genre de choses que celles dont j'aurais parlé avec mes parents s'ils étaient encore dans ma vie. Parfois cela me faisait de la peine, et j'avais passé beaucoup de temps sur la côte Ouest à essayer d'oublier. Peter parla de sa journée au travail et s'inquiéta de l'avenir du magasin.

— Je ne suis pas sûr de combien de temps encore nous pourrons tenir, se lamenta Peter comme à son habitude, et Leonard le calma doucement, comme toujours.

— Tout ira bien. Ce sera bientôt le quatre juillet, et tu sais que cela amène toujours des gens en ville, lui dis-je. Est-ce que tu sais si le magasin va faire cette vente sur le trottoir comme il l'a fait l'an dernier ?

Cela excita Peter, et il se mit à parler sans s'arrêter. Il travaillait au Darrington depuis qu'il était au lycée, et il avait gravi les échelons au fil des décennies.

— Bien sûr, répondit Peter avec un sourire d'excitation. Et pour la première fois depuis des années, je n'aurai pas à travailler ce jour-là, ajouta-t-il tout en glissant son bras dans celui de Leonard, alors nous pourrons passer toute la journée ensemble.

Le sourire qu'ils partagèrent me réchauffa le cœur. Nous continuâmes de manger. Ensuite, j'aidai à nettoyer jusqu'à ce que Peter me chasse de la cuisine. Leonard et moi nous rassîmes à l'ombre, regardant le soleil descendre et nous imprégnant de la chaleur du jour qui commençait à s'estomper. Des amis comme ceux-là valaient tout l'or du monde.

LE LENDEMAIN matin, j'allai à mon bureau et décrochai le téléphone.

— Est-ce que Bryce est là ? demandai-je.

— C'est moi, répondit-il très rapidement, comme s'il était sur le point de sursauter.

— C'est Jerry Lincoln, commençai-je.

— Est-ce que j'ai eu le poste ? demanda Bryce, et je ne pus m'empêcher de rire.

— Oui, en effet. Est-ce que tu peux venir lundi matin ? Nous pourrons remplir les papiers et discuter de ton emploi du temps et de ce que j'attends.

J'entendis un cri de joie et je souris. Cela devait être aussi agréable qu'un matin de Noël. Je me souvins de l'effet que cela m'avait fait lorsque j'avais décroché mon premier emploi, et entendre Bryce se réjouir ne me dérangeait pas.

— Amène ton ordinateur portable, comme ça nous pourrons faire les réglages pour que tu puisses travailler avec le wifi. Je préparerai aussi un ordinateur pour que tu t'en serves.

— Est-ce que j'aurai mon propre bureau ?

Bryce était comme un enfant dans un magasin de bonbons.

— Oui, tu l'auras.

À condition que je nettoie et que je prépare le lieu qui va nous servir de bureau. Mais j'en avais bien l'intention.

— J'ai du travail que tu pourras commencer dès le début, alors sois prêt et volontaire à commencer.

Un autre cri de joie s'ensuivit, et il accepta de venir à la maison avant huit heures du matin. Après avoir raccroché, je repoussai l'appel que je redoutais, et à la place, j'allai vers la cuisine pour me faire une tasse de café. Après l'avoir rapportée à mon bureau, je décrochai le téléphone et entendit quelqu'un parler.

— Jerry, est-ce que c'est toi ?

— Bonjour ? dis-je en catastrophe, pensant reconnaître la voix.

— Oui, Jerry, c'est Phil Grundauer.

— Salut Phil, dis-je avec un sourire, me penchant en arrière sur ma chaise. Comment vont les affaires ?

Phil était l'un de mes meilleurs clients.

— Vraiment bien – trop bien.

Phil parlait toujours tellement vite que j'arrivais à peine à comprendre ce qu'il disait.

— Écoute, je vais aller droit au but : nous avons décidé de faire cette mise à jour complète d'infrastructure réseau que tu nous as présentée l'an dernier, et nous aimerions que tu conçoives et crées toutes les interfaces adressées aux clients. Nous allons procéder en quatre phases sur six mois. Nous allons rapidement démarrer la semaine prochaine, et nous pensons t'envoyer les exigences et les spécifications dans deux mois. Est-ce que tu serais partant dans ce cas-là ?

Je déglutis et fermai les yeux, serrant fort les paupières et secouant la tête. Je leur avais présenté cette idée un an auparavant, alors que je cherchais du travail, et maintenant que j'en avais assez pour tenir des moins, ils voulaient se lancer.

— Jerry, est-ce que tu es là ?

— Oui, je suis là. Écoute, j'ai assez de travail pour trois ou quatre prochains moins. Est-ce que ça peut attendre jusque là ?

Pitié, pitié.

— Ils font pression pour commencer, maintenant que l'argent a été attribué. Je sais que c'est un peu tard pour te prévenir.

Il s'interrompit et dans mon esprit, je voyais Phil dans son bureau en train de regarder autour de lui comme un personnage de dessin animé.

— Ils te paieront une prime sur ton taux habituel si tu peux commencer dans deux mois, et puisque je sais que tu auras probablement besoin d'embaucher du monde en plus pour t'aider, nous paierons même en avance au lieu de payer à l'heure pour que tu puisses démarrer.

L'occasion était trop bonne pour la laisser filer, et mon cerveau se mit à tressaillir, tentant de comprendre comment j'allais pouvoir faire marcher tout ça. Phil avait raison – j'avais bel et bien besoin de plus d'aide. Avec six à neuf mois de travail qui m'attendaient déjà et puis ce travail là, j'allais être très sollicité, même avec l'aide de Bryce.

— C'est d'accord. Envoie-moi les informations initiales et la demande de proposition, ainsi que l'étendue du travail que vous voulez nous faire faire. Tu connais la marche à suivre. J'y jetterai un coup d'œil

30

et je t'appellerai la semaine prochaine pour finaliser les paramètres de base du projet.

Je n'arrivai pas à croire que j'étais en train d'accepter cela, mais la proposition était trop belle et la rémunération trop importante pour que je les laisse filer.

— Très bien. Je t'enverrai les informations, et nous pourrons finaliser tout cela la semaine prochaine. Merci, Jerry. Tu me sauves la vie pour cette fois-ci.

Phil raccrocha et je me demandai immédiatement ce que diable je venais de faire.

Jamais je n'allais pouvoir remplir ces engagements, même si je travaillais douze heures par jour pendant les six prochains mois, ce que je ferais probablement, quoi qu'il en soit. Je me penchai sir mon bureau, attrapai le CV de John et le fixai du regard. Je n'étais pas certain de vouloir m'entourer de deux développeurs plutôt inexpérimentés, mais je ne voyais pas d'autre option. Ce n'était pas comme si j'étais en Californie, où j'aurais pu trouver des développeurs expérimentés à peu près partout, que j'aurais payés un salaire élevé. Non, je n'avais qu'une seule option qui s'ouvrait à moi. Alors je décrochai le téléphone.

Une partie de moi était aux anges à la pensée de revoir John. Son visage, ainsi que ce que j'imaginais du reste de sa personne, avait occupé le premier rôle dans mes rêves pendant des jours. Alors que je commençai à composer le numéro de téléphone, je me rappelai que j'étais idiot. Je ne savais pas si John était homosexuel et ma fascination pour lui était complètement inappropriée. À l'exception de la tâche à effectuer, je chassai toute pensée hors de mon esprit et composai le numéro, puis je guettai la sonnerie.

— *Hau.*

J'entendis une voix retentissante et familière Au début, je me demandai ce que j'étais en train d'entendre.

— Est-ce que John est là, s'il-vous-plaît ? demandai-je avec hésitation.

J'avais probablement fait un mauvais numéro. Je regardai le CV pour m'en assurer.

— C'est John, dit-il calmement.

— John, c'est Jerry Lincoln.

— Oui, j'attendais ton appel.

Il avait l'air étonnamment sombre.

— Des amis m'ont dit que Bryce avait eu le poste. Mais c'était gentil de ta part de m'appeler. J'apprécie vraiment.

Je notai mentalement de garder à l'esprit à quel point cette ville était petite et les nouvelles allaient vite. Tout le monde se connaissait, ou connaissait quelqu'un qui connaissait les personnes qu'ils ne connaissaient pas. Cela paraissait presque plus rapide qu'internet.

— Quand tu travailles pour moi, tu ne dois pas faire ce genre de suppositions.

Je m'interrompis et attendis qu'il ait compris ce que je venais de lui dire. J'entendis un petit soupir puis plus rien.

— John, est-ce que tu m'as entendu ?

— Est-ce que tu me proposes un emploi ?

Il avait l'air de ne pas y croire.

— Oui. J'ai assez de travail pour le moment pour nous tenir occupés pendant des mois, Bryce, toi et moi. Alors oui, j'ai décidé de vous engager tous les deux. J'aimerais que tu sois là lundi matin pour huit heures, et que tu amènes ton ordinateur portable.

Je lui expliquai les mêmes choses qu'à Bryce, et il accepta sans hésiter.

— Où allons-nous tous travailler ? demanda-il, et je lui expliquai que j'allai faire de l'atelier un bureau.

— J'ai des amis qui vont m'aider à le finir samedi.

En fait je me sentais excité à l'idée d'avoir un vrai bureau au lieu de celui que j'avais improvisé dans la maison.

— Est-ce que tu as besoin d'aide ? demanda John, et ce fut à mon tour d'être surpris. Je suis très doué pour construire des choses.

Au début je pensais qu'il me l'avait probablement proposé parce qu'il avait pensé que c'était ce qu'il fallait faire, mais il avait l'air tellement dynamique que je me retrouvais à accepter avant même d'avoir pu me remettre en question.

— Nous commençons à neuf heures, lui dis-je, et il répondit qu'il serait là puis raccrocha.

Mon cœur battait violemment dans ma poitrine à l'idée de revoir John. Je savais que j'étais un peu idiot, mais j'avais hâte de le revoir. J'aurais dû me remettre au travail pour commencer la journée, mais au lieu de cela, j'appelai Peter.

— Je les ai embauchés tous les deux, dis-je, et je lui donnai des explications à propos du nouveau travail que j'avais obtenu ce matin. J'ai assez de travail pour au moins huit mois, peut-être plus.

— Et ta fascination pour John ? me taquina Peter.

Je pouvais déjà imaginer son sourire malicieux.

— Je ferai avec, répondis-je. C'était probablement ridicule, de toute façon. Je ne l'ai rencontré qu'une seule fois et j'ai pensé qu'il était séduisant. Ce n'est pas comme si j'étais incapable de me contrôler.

— Je n'ai jamais dit le contraire, convint Peter. Je suis content que tu aies embauché les deux. J'ai le sentiment qu'ensemble, ils vont être un atout énorme pour ton entreprise, et je doute que tu viennes à le regretter.

J'entendis Peter se déplacer.

— Je te parlerai au dîner demain.

Peter raccrocha, et je me mis enfin au travail, la conscience vraiment tranquille au sujet de ma décision.

TÔT SAMEDI matin et bien éveillé, je sortis et allai à Lowe pour acheter de la peinture et des fournitures pour terminer le bureau. La nuit précédente, j'étais tombé par hasard sur un magasin de moquette qui proposait de grands carrés de moquette commerciale et j'avais pensé qu'on pourrait s'en servir pour recouvrir le sol bétonné. Je rentrai à la maison vers huit heures et demie et j'étais en train de tout traîner dans le nouvel espace de bureaux.

— Bonjour, appela Leonard tandis qu'il traversait la pelouse tout en tenant une tasse de café à emporter. Alors, que faut-il que nous fassions ?

La question était plus destinée à lui-même qu'à moi. Il entra à l'intérieur. Il poursuivit :

— Je vois que tu as de la moquette, c'est bien. Nous pourrons la poser lorsque la peinture sera sèche. Nous devrions probablement ajouter des plinthes pour finir les murs, mais cela peut attendre plus tard. Le principal est de nettoyer et de peindre les murs. Est-ce que tu as le reste des fournitures de bureau ?

— J'ai acheté deux jolis bureaux et deux chaises hier. Ils seront livrés plus tard dans la journée.

— Alors nous ferions mieux de nous y mettre, dit Leonard avant de poser sa tasse sur le rebord de la fenêtre et d'attraper le balai à franges.

Nous commençâmes par le plafond et continuâmes jusqu'en bas. Alors que nous étions en train de balayer le sol, j'entendis frapper doucement à la porte. Je me tournai et vis John se tenant dans l'entrée. Il portait un vieux tee-shirt et un jean.

— Est-ce que je peux être utile ? demanda-t-il avec hésitation.

Je lui fis signe d'entrer et fis les présentations.

— Leonard, voici John Black Raven. Il va travailler avec moi à partir de lundi. Il a proposé d'aider à préparer le bureau quand je l'ai appelé hier.

Ma gorge devint sèche tandis que je les regardais se serrer la main. Puis John recula et regarda autour de lui sans rien dire, l'air un peu mal à l'aise.

— Nous sommes sur le point de finir le nettoyage, et ensuite nous pourrons commencer la peinture.

— Qu'est-ce que c'était comme endroit ? demanda John. À quoi servait cette pièce ?

— C'était l'atelier de mon grand-père, répondis-je, regardant John se mouvoir dans la pièce.

Il ne répondit pas, mais finit par se retourner et sourire. J'en eus l'estomac noué. Jamais de ma vie je n'avais vu un simple sourire transformer un visage séduisant en une chose divine, mais celui de John y était assurément parvenu.

— Ce sera un bon endroit pour travailler, déclara-t-il.

Il se mit immédiatement à aider Leonard à étendre les toiles de protection. Je me demandai à quoi cela rimait, mais John avait l'air content, et je n'allais pas le remettre en cause.

Nous ouvrîmes et mélangeâmes la peinture, puis nous nous saisîmes de pinceaux et de rouleaux. Comme Leonard avait la main sûre, il se proposa pour faire les bordures. Je saisis également un pinceau et commençai dans un coin opposé pendant que John se mettait à peindre méthodiquement les murs au rouleau. Je ne sus pas vraiment à quel point j'étais productif, parce que j'eus davantage tendance à observer John qu'à peindre. Son jean moulait ses hanches, et à chaque fois qu'il s'étirait vers le haut pour peindre jusqu'au plafond, j'avais un aperçu momentané d'une bande de chair couleur cuivre qui attirait mon regard comme un aimant, et lorsqu'il était tourné vers moi, des lignes séduisantes qui se formaient juste au dessus de ses hanches et menaient dans son jean.

— Tu n'arriveras pas à finir quoi que ce soit si tu continues à l'observer, murmura Leonard, et je le vis cligner de l'œil avant de retourner travailler.

Je me sentis rougir. Je me tournai loin de l'objet de ma fascination et me forçai à travailler, ce qui fut difficile. Nous finîmes la bordure, puis Leonard se saisit de l'autre rouleau. Cela ne leur prit pas longtemps pour terminer la première couche de peinture, et comme je n'avais presque rien à faire, j'attendis qu'ils finissent. Je me faisais un peu l'effet d'un voyeur alors que je captais chaque mouvement fluide que John faisait, et lorsqu'il fut tourné loin de moi, j'eus la vision ponctuelle du bas de ses reins. Je laissai presque échapper un petit gémissement, ce qui me permit de me ressaisir.

— Je reviens tout de suite, leur dis-je, et je me dirigeai vers la partie principale de la maison.

Comme la température était montée sans discontinuer pendant la journée, je saisis des boissons fraîches dans le réfrigérateur, ainsi que de quoi grignoter, avant de retourner vers l'atelier. Ils étaient tout juste en train de finir, et la pièce avait l'air impeccable. J'avais décidé de peindre les murs en blanc cassé, et ces derniers luisaient nettement sous les rayons du soleil qui brillaient à travers les fenêtres. Je me souvins qu'il fallait que je trouve quelque chose pour recouvrir ces dernières ou sinon nous allions rôtir pendant les après-midis ensoleillés.

Leonard et John posèrent enfin leurs rouleaux de côté et prirent les sodas frais avec un sourire de gratitude.

— La peinture sèche plutôt vite, commenta Leonard, et je vis John hocher la tête.

Il n'avait pas beaucoup parlé.

Je récupérai des sacs plastiques pour recouvrir les pinceaux et les rouleaux afin qu'ils ne sèchent pas.

— Pourquoi n'irions-nous pas manger un peu ? D'ici la fin du repas, nous pourrons probablement passer une deuxième couche de peinture.

— Bonne idée, déclara Leonard, et je regardai John qui hocha la tête.

Je fermai la porte, et Leonard ouvrit la marche vers son pick-up. J'aurais bien proposé de prendre le volant, mais c'était la prérogative de Leonard. Peter m'avait dit que depuis qu'ils étaient ensemble, il pouvait compter sur les doigts de la main le nombre de fois où Leonard l'avait laissé conduire quand ils allaient quelque part ensemble.

— Joli pick-up, dit John alors qu'il grimpait dedans et se décalai au milieu de la banquette.

Je montai également et fermai la portière. J'écoutai John et Leonard parler de pick-up, de moteur et de chevaux tout le long du trajet jusqu'au café-restaurant. Heureusement, la conversation s'arrêta lorsque nous arrivâmes.

— As-tu grandi à la réserve ? demanda Leonard à John, et il fit oui de la tête.

— Bien que je n'aie pas pu rester, répondit-il doucement. La vie est dure là-bas, et je voulais… quelque chose de plus. J'ai pris tout le travail que j'ai pu trouver et j'ai économisé afin de pouvoir aller à l'école. J'ai travaillé dur, et maintenant j'ai un bon emploi.

John me sourit, et je sentis mon cœur rater un battement. Je dû détourner le regard pour cesser de le fixer des yeux comme une adolescente énamourée.

— Comment est la réserve ? demandai-je.

Le visage de John s'assombrit.

— Tout le monde connaît tout le monde parce que nous avons tous grandi ensemble. C'est comme une famille étendue en quelque sorte, mais très pauvre. Le taux de chômage est très élevé, et nombreux sont ceux qui boivent trop pour oublier. Il n'y a pas beaucoup d'opportunités, et c'est la raison pour laquelle je suis parti. Une partie de moi ne voulait pas. Mon peuple possède une culture riche et animée, et j'aime en faire partie. Mais je ne peux pas gagner ma vie là-bas.

Le serveur s'approcha, et nous passâmes tous commande.

— Maintenant, je conserve dans mon cœur les manières de mon peuple tandis que je fais mon chemin.

À en juger par l'expression du visage de John, je supposai qu'il apprécierait que nous changions de sujet.

— Comment t'es-tu intéressé à l'informatique ?

— J'ai supplié ma mère pour avoir un ordinateur, et elle m'en a trouvé un vieux dans un vide-greniers. Il fonctionnait encore, et je l'ai remonté. Puis j'ai économisé mon argent afin d'en acheter un meilleur. J'ai toujours su que je voulais devenir le Bill Gates de mon peuple.

John se tourna vers moi.

— Je veux te remercier de m'avoir donné une chance.

C'était maintenant à mon tour de sourire.

— Tu l'as mérité, dis-je, et je me rendis compte que j'avais probablement pris la bonne décision le jour précédent.

Le serveur nous apporta nos boissons, et je tentai de me retenir de me tortiller nerveusement sur mon siège. De temps à autre, John me frôlait et j'avais envie de tendre le bras pour caresser le sien juste pour vérifier si sa peau était aussi lisse et douce qu'elle en avait l'air.

— Les tâches que je vous ai données n'étaient pas faciles. Deux candidats ont abandonné et n'ont pas pu les finir. Donc tu as obtenu le poste selon tes compétences, et tu le conserveras selon ta capacité à apprendre et à développer.

— Est-ce comme ça que tu as débuté ? demanda John.

— Mon premier emploi était dans une entreprise technologique en Californie, où ils étaient très exigeants. J'ai dû passer une sélection bien plus difficile que celle à laquelle je vous ai soumis. Il y a eu des moments où j'ai presque abandonné, mais j'ai réussi. Une fois le poste obtenu, j'avais fait le plus difficile.

— Combien de temps es-tu resté là-bas ?

— Ils ont fait faillite un an après que j'ai débuté. Ils connaissaient la technologie, mais n'avaient aucune idée de comment faire tourner une entreprise. Mais j'ai beaucoup appris et je suis passé à autre chose.

John demanda pourquoi j'étais venu à Sioux Falls, et je lui parlai de mon grand-père.

— C'est le seul membre de ma famille à m'avoir accepté après leur avoir dit que j'étais homosexuel. J'ai été éduqué dans une famille chrétienne extrêmement fondamentaliste, et ils m'ont tourné le dos.

— Mais c'est ta famille, dit John avec incrédulité.

— Ce sont leurs croyances, et je ne peux pas leur faire changer d'avis. C'est une des choses que j'ai fini par accepter. Le frère de mon père est pasteur, et pour ma famille sa parole fait figure de loi.

L'arrivée de nos assiettes fut une bonne occasion pour changer le sujet de la conversation pour quelque chose de plus plaisant, mais cela ne semblait pas être prévu.

— Est-ce que ta famille t'a accepté ? demanda Leonard à John, et mon intérêt pour l'assiette en face de moi diminua considérablement.

Leonard avait un incroyable sixième sens pour détecter les homosexuels, et parfois il parvenait à atteindre l'essentiel sans tourner autour du pot.

— Oui, répondit John. Dans ma culture, on voit le fait d'être homosexuel d'une manière différente que dans celle des blancs… Enfin en quelque sorte. Certains nous appellent le double esprit. Mais être seulement homosexuel ne signifie pas que l'on possède les deux esprits.

John semblait avoir du mal dans ses explications.

— C'est une chose très spirituelle et très difficile à expliquer aux étrangers. Mais pour répondre à ta question, la plupart de ma famille a été compréhensive. On ne peut pas dire que ce soit le cas pour tout le monde dans la tribu.

John prit une bouchée de son sandwich.

— Et la tienne ? Ils ont été compréhensifs ? demanda John à Leonard.

— Je ne leur ai jamais dit. Peter et moi nous venons d'une époque différente de la vôtre, vous les jeunes. Je me suis contenté de quitter Terre Haute après ma période dans l'armée et je n'y suis jamais retourné. Ma famille avait beaucoup en commun avec la tienne, Jerry, alors je suis parti tracer mon chemin. Pourtant j'ai rencontré Peter au passage, et c'est tout. J'y suis bien retourné pour leur rendre visite, mais toujours seul et jamais pour très longtemps. Maintenant mes proches sont au courant, et certains d'entre eux me soutiennent, d'autres non, mais tant que j'ai Peter, je m'en contrefiche.

Leonard se pencha sur la table comme s'il était en train de partager un secret.

— Les homosexuels construisent leurs propres familles depuis toujours, et parfois ce sont les meilleures.

Leonard me sourit, et je hochai la tête en retour.

Nous ne parlâmes de rien en particulier pendant le reste du repas, et après cela nous retournâmes à la maison. La peinture était sèche, alors nous mîmes une seconde couche sur les murs avant de tout nettoyer. Je fis de mon mieux pour ne pas regarder John de trop près et me débrouillai pas trop mal… la plupart du temps. Je n'eus de cesse de me dire que cela n'avait aucune importance parce que John allait travailler pour moi, et cela signifiait qu'il fallait que je tienne mes mains et mon imagination dans mes poches, façon de parler.

J'avais espéré pouvoir poser la moquette, mais les vapeurs étaient trop importantes au point de me faire tourner la tête, j'ouvris alors les fenêtres pour laisser entre un peu d'air et fermai la porte une fois toutes les affaires enlevées. Nous avions tout juste terminé lorsque la sonnette retentit et les hommes arrivèrent pour livrer les meubles. Je les leur fis déposer au centre de la pièce. Après avoir fermé la porte à clé une fois de plus, je rejoignis Leonard et John dans la cuisine.

— Merci, John, tu as été d'une grande aide, lui dis-je.

— Est-ce que tu veux que je vienne demain pour t'aider à finir ? demanda John.

Je fus tenté d'accepter sa proposition.

— Je devrais être capable de poser la moquette et d'accrocher le nouvel éclairage, mais merci quand même.

Il fallait aussi que j'installe leurs postes de travail et que je déplace le mien jusque là, mais je pouvais également m'en occuper. John sourit, et je partis chercher mon chéquier. Je n'avais pas l'intention de faire travailler John toute la journée gratuitement, mais lorsque je tentai de le payer, il dit non de la tête d'un air de défi et refusa de prendre le chèque.

— Je te remercie encore une fois, John. Je te verrai lundi, lui dis-je alors que nous nous approchions de la porte d'entrée.

— De rien, répondit-il, et je le regardai partir.

Je rejoignis Leonard dans la cuisine après avoir fermé la porte.

— Tu aurais pu l'inviter à dîner, dit-il en finissant son verre. Il te plaît vraiment, n'est-ce pas ? Et ne le nie pas, parce que je t'ai vu épier le moindre de ses gestes toute la journée.

Leonard eut un sourire suffisant.

— Et ne pense pas un instant que cela soit à sens unique. Il n'a pas cessé de te regarder lui aussi.

— Vraiment ?

Leonard leva les yeux au ciel.

— Non. La seule raison pour laquelle il a passé la journée à travailler au bureau, c'est qu'il prend son pied avec les vapeurs de peinture. Ce type est aussi épris de toi que tu l'es de lui.

Leonard jeta sa canette de soda au recyclage.

— Cela n'a aucune importance, parce qu'il travaille pour moi, dis-je catégoriquement.

Leonard se moqua un peu.

— Tu te sers seulement de ça comme excuse. Tu te caches de toute forme de relation à cause de ce qui t'est arrivé avant que tu viennes ici.

Leonard leva les mains.

— Je ne dis pas que tu devrais te précipiter, et il faut que tu sois prudent, parce qu'il va travailler pour toi, mais ne le rejette pas non plus.

Il y a beaucoup à apprendre de cet homme, et si j'avais vingt ans de moins et que Peter n'existait pas, voir ce qu'il y a de caché au plus profond de ce regard langoureux m'intéresserait bien.

Leonard s'avança vers la porte.

— Je te vois au restaurant dans une heure.

Leonard partit sans rien ajouter de plus, me laissant le regard dans le vide, à me demander ce qui diable venait de se passer.

III

JE DORMIS à peine dans la nuit de dimanche à lundi. Mon esprit n'eut de cesse de passer en revue toutes les choses dont je voulais traiter avec Bryce et John. J'étais parvenu à poser la moquette et installer les bureaux ainsi que les postes de travail. La peinture n'avait pas séché suffisamment pour suspendre les éclairages avant hier soir, mais j'étais parvenu à finir cela également. J'étais même arrivé à trouver une extension de réseau et à m'y raccorder. Tout était prêt à être utilisé, sauf moi. J'avais maintenant des employés et des gens qui allaient compter sur moi pour vivre.

J'avais fait une liste détaillée des tâches pour chacun d'entre eux, et même si je ne m'attendais pas à ce qu'ils soient particulièrement productifs dès leur premier jour, je voulais réellement qu'ils comprennent comment cela fonctionnait. Je finis par abandonner l'idée de dormir et errai dans le nouveau bureau jusqu'à six heures. Il sentait encore un peu la peinture, mais la plus grande partie de l'odeur s'était évaporée. J'avais mis un climatiseur dans une des fenêtres, et il ronflait doucement. Avec tout le matériel informatique, il faudrait que je le laisse tourner tout le temps pendant l'été afin de le protéger. J'allumai mon poste de travail et m'assis pour travailler.

Il y avait deux portes qui menaient au bureau, une dans la maison et l'autre dehors. Cela faisait probablement des heures que je travaillais lorsque j'entendis frapper à la porte de dehors. Je me rendis compte que je me tenais au milieu du bureau et que je ne portais que mes sous-vêtements lorsque je me levai pour aller ouvrir la porte. On frappa à nouveau.

— Une petite minute, appelai-je et je courus jusqu'à la porte, qui n'était heureusement pas vitrée.

La déverrouillant, je me dirigeai vers celle qui menait à la maison.

— Entrez, je reviens tout de suite, annonçai-je, et je fermai ensuite la porte derrière moi.

Je traversai la maison en courant jusqu'à ma chambre, enfilai en hâte un jean et un tee-shirt avant de me dépêcher de retourner au bureau. Je m'arrêtai juste devant la porte et l'ouvrit doucement.

— Bonjour à vous, dis-je, quand je vis qu'ils me regardaient tous les deux.

— Je t'avais dit qu'il était en sous-vêtements, dit malicieusement Bryce à John avant de se tourner vers moi. Ton tee-shirt est à l'envers.

Il ricana à nouveau, et John se tourna tandis que je l'enlevais et le retournais avant de l'enfiler.

— Alors, vous vous connaissez déjà tous les deux, c'est bien, commençai-je, désireux d'avoir une conversation sur un sujet autre que moi et mes sous-vêtements. Vous pouvez prendre un bureau chacun. Ces systèmes sont installés sur mon réseau, et je vous ai accordé les permissions et installé de la place pour vos travaux.

Je le leur montrai sur le poste que Bryce avait choisi.

— J'ai un système de courrier électronique, et vous avez chacun une adresse.

Ensuite je leur expliquai comment tout fonctionnait.

— J'ai une première tâche pour chacun d'entre vous qui vous attend dans votre boîte de réception. J'ai pensé qu'il serait mieux de nous réunir à la fin de chaque journée pour passer en revue l'avancement et planifier la journée suivante.

Ils avaient tous les deux l'air excités.

— Vos premières tâches ne sont pas très difficiles, mais elles font partie d'un système que je suis en train d'assembler. Il faut que nous développions ce système, que nous le testions, et qu'il soit prêt à être livré dans trois semaines.

— Tu veux dire qu'on va travailler pour de vrai ? demanda Bryce.

— Oui, vous allez travailler pour de vrai. C'est un travail que le client paye, et cet argent me permet de vous donner un emploi, alors je veux que vous fassiez tous les deux de votre mieux.

Je soupirai tout en les regardant tous les deux.

— Je n'aurais pas engagé un seul d'entre vous si je ne pensais pas que vous en étiez capables, ajoutai-je de façon rassurante. Si vous avez des questions, posez-les, mais réfléchissez-y avant s'il vous plaît. J'ai également du travail à faire.

— Nous avons compris, dit John. Est-ce que ça va si on en discute ensemble avant de venir te voir ?

— Si vous pensez que cela peut vous aider, répondis-je.

Le problème sur lequel je travaillais avant qu'ils arrivent me rappelait déjà.

— J'ai placé vos bureaux ensemble exprès. Après le déjeuner je vous montrerai comment enregistrer vos heures de travail. Nous facturons le client pour chaque heure passée sur le projet. Je veux que vous facturiez tous les deux entre trente-cinq et quarante heures par semaine.

À ces mots, ils s'installèrent à leurs bureaux respectifs, et je vis Bryce se caler sur son siège, cliquer sur la souris, puis se mettre à taper sur le clavier, et lire. John s'installa également à son bureau, mais il avait l'air d'être en admiration.

— Est-ce que c'est le mien ? demanda John en levant les yeux.

— Pour que tu travailles, oui. C'est ton ordinateur, et tu seras le seul à y avoir accès.

— C'est vraiment génial, commenta Bryce.

Je jetai un coup d'œil à son écran. Il avait déjà lancé son application et était en train de commencer sa tâche. Je les fis travailler sur des composants systèmes de base, et j'avais écrit des spécifications détaillées pour qu'ils puissent tous les deux s'y mettre. Peter m'avait conseillé de m'assurer de leur donner des tâches faciles qu'ils soient en mesure de faire et ainsi éprouver un sentiment d'accomplissement. Il m'avait aussi dit de préparer d'autres tâches, ce qui faisait que j'avais une liste pour chacun d'entre eux.

Bryce et John dialoguaient. En réalité, Bryce parlait et John répondait à ses questions. Au bout d'un moment, cela aussi cessa et nous travaillâmes tous en silence. Je m'assis à mon bureau et me mis également au travail. Je m'étais inquiété du fait que je ne serais pas en mesure de me concentrer avec John si près de moi, mais il semblait que cela ne soit pas le cas. Cependant, je me surpris à lui jeter des coups d'œil quelques fois, et une fois je vis qu'il m'observait aussi.

J'étais encore en train de me faire au nouveau décor. Je n'avais pas établi d'heure pour le déjeuner et j'étais tristement célèbre pour manger à mon bureau. Lorsque j'eus faim, j'allai dans la maison pour me préparer un sandwich, et je demandai aux garçons s'ils en voulaient un aussi. Bryce avait apporté son repas, mais John accepta. Je lui ramenai une assiette et un soda. Avant de me remettre au travail, je pris mentalement note qu'un mini frigo dans le bureau serait probablement un atout. J'écoutai le claquement des claviers pendant quelques minutes avant de retourner à ma tâche.

— Je crois que j'ai fini ça, me dit Bryce vers la fin de la journée.

Je ne me levai pas de mon bureau, mais regardai entre les écrans.

— Assure-t'en. Il faut que nous soyons efficaces et précis. Sers-toi des spécifications que je t'ai données comme d'une liste pour vérifier. Ensuite, essaie de la terminer. Si John et toi vous voulez regarder le travail de l'autre, ça me va, mais lorsque vous donner un travail au client ou à moi pour le regarder, assurez-vous que cela soit le meilleur travail que vous puissiez rendre.

Je savais que Bryce était excité et voulait faire ses preuves. Or, le plus important n'était pas d'être rapide, mais de travailler correctement. Bryce se remit à l'ouvrage. Bientôt, je l'entendis à nouveau travailler, et je sus qu'il avait trouvé des choses qu'il avait manquées.

VERS CINQ heures, je me levai et m'aventurai vers là où ils étaient en train de travailler tous les deux. Lorsque j'étais au beau milieu de quelque chose, je travaillais souvent jusque dans la soirée, mais je n'attendais pas d'eux qu'ils le fassent. Je savais également qu'être dérangé en plein travail n'était pas une bonne chose. Mes jambes me faisaient mal parce que j'étais resté assis trop longtemps, aussi quittai-je rapidement le bureau. Je me promenai dans la maison jusque sous l'auvent de l'entrée. Des nuages étaient en train d'arriver et la température avait chuté à cause du soleil qui était dissimulé. Je m'assis dans l'un des vieux fauteuils que mon grand-père avait fait des années auparavant, et fermai les yeux pour réfléchir. J'entendis la porte s'ouvrir et se refermer près de moi.

— Est-ce que Bryce et toi en avez fini pour aujourd'hui ? demandai-je sans ouvrir les yeux.

Ne me demandez pas comment j'ai su que c'était John, je le savais c'est tout.

— Oui. Il est en train d'éteindre son ordinateur, dit John.

J'étais sur le point de me lever lorsque j'entendis ce qui ressemblait à des reniflements. J'ouvris les yeux et vis un enfant en short et en tee-shirt qui trainait les pieds le long de l'allée, regardant autour de lui en reniflant.

— Maman, appela-t-il, et je le regardai alors qu'il continuait de se rapprocher de la maison. Maman, appela-t-il à nouveau.

Les reniflements se firent plus bruyants, et lorsqu'il se rapprocha, je vis des larmes qui coulaient le long de ses joues. Je me levai, descendit les marches et allais lentement vers l'allée où je m'agenouillai devant lui tandis que j'entendais le tonnerre gronder au loin. Je le vis sursauter.

— Maman, hurla-t-il, et je lui touchai le bras pour le calmer.

— Qu'est-ce qui se passe ? lui demandai-je en regardant dans de grands yeux noirs et un visage rond et sombre encadré par des cheveux noirs de jais.

J'entendis la porte de l'une des maisons voisines se fermer d'un coup sec.

— C'est un des gamins peaux-rouges. Contente-toi de le laisser là.

Je me tournai et lançai un regard noir au vieux M. Hooper, écumant de colère. Pour autant que je m'en rappelle, il avait toujours été un ronchon et un casse-pieds de service, mais pour la première fois de ma vie j'envisageai de frapper ce vieux connard. Au lieu de quoi, je l'ignorai.

— Est-ce que tu es perdu ? lui demandai-je, et l'enfant renifla et fit oui de la tête. Comment tu t'appelles ?

— Keyan, répondit-il.

Je regardai John puis le garçon.

— Tout va bien se passer. Je suis Jerry et voici – j'étais sur le point de dire John lorsqu'il m'interrompit.

— Akecheta, dit John.

Puis le garçon renifla une fois, ensuite ses yeux s'écarquillèrent comme s'il voyait John pour la première fois. Le tonnerre gronda à nouveau, et la brise, qui soufflait doucement jusqu'à présent, se leva, sifflant à travers les arbres et autour de la maison.

— Pourquoi est-ce que tu ne viendrais pas t'asseoir avec nous sous l'auvent, dis-je à Keyan. Ta mère est probablement en train de te chercher.

Je supposai qu'elle était en train de le chercher désespérément. Le fait que Keyan ait erré ne faisait rien pour aider. Si elle ne se montrait pas sous peu, j'appellerais la police. Il hocha la tête au moment où il y eut un éclair, suivi par des coups de tonnerre. Keyan sursauta et couina avant de se dépêcher d'aller sous l'auvent. Il se tint près d'une des balustrades de devant et regarda la rue d'un bout à l'autre, ses yeux cherchant sa mère. Bryce sortit, et je les vis parler avec John avant qu'ils s'assoient tous les deux.

— Rentrez à la maison vous deux. Je vais m'en occuper, leur dis-je.

Bryce jeta un coup d'œil vers l'ouest, et je savais qu'il était en train de se demander s'il allait arriver chez lui avant que l'orage éclate.

— Vas-y, Bryce. Nous passerons en revue les choses demain matin.

Il hocha la tête et nous souhaita bonne nuit à tous les deux avant de se dépêcher d'aller jusqu'à l'allée puis de monter dans sa voiture.

Les premières gouttes de pluie touchèrent le trottoir alors que les feux arrière de Bryce disparaissaient de notre champ de vision. Le vent se leva, et je fis déplacer Keyan avec gentillesse un peu plus loin sous l'auvent au moment où le ciel s'ouvrait.

— Je ferais mieux d'appeler la police, dis-je à John, et il posa la main sur mon bras pour m'empêcher de rentrer à l'intérieur tout en secouant la tête.

— Non, dit John. Elle sera bientôt là.

Je commençai à avoir des doutes à ce sujet, mais acceptai d'attendre quelques minutes de plus. Alors que je cherchais mon téléphone dans ma poche, j'entendis un cri dans la rue, et le garçon couru vers le bord de l'auvent. John l'arrêta, et quelques secondes plus tard une femme tenait le garçon dans ses bras. Il pleurait, et alors qu'elle balançait son fils d'avant en arrière, elle avait l'air d'être trempée jusqu'aux os.

— Je t'ai cherché partout, le réprimanda-t-elle nerveusement avant de le serrer très fort dans ses bras une fois de plus.

La pluie tomba de plus belle, martelant le sol et le trottoir.

— Je vous en prie, asseyez-vous en attendant que la pluie s'arrête, lui dis-je.

Elle hocha la tête, s'asseyant sur l'une des chaises en bois, son fils près d'elle.

— Il s'est éloigné et je l'ai cherché partout, expliqua-t-elle.

J'aurais voulu lui demander ce qui s'était passé, mais comme n'importe quelle mère, elle avait l'air simplement soulagé de l'avoir trouvé.

Je me tournai vers John avant d'aller à l'intérieur. Je revins avec une serviette que je lui tendis. Elle s'essuya le visage et les mains avant de me la rendre.

— Merci pour la serviette et pour avoir aidé Keyan, dit-elle.

Je pris une minute pour vraiment la regarder. C'était une femme qui attirait l'œil avec ses pommettes prononcées et ses grands yeux, ses cheveux noirs tirés en arrière dans des tresses qui pendaient le long de son dos. Elle attirait tellement le regard qu'elle aurait pu être une star de cinéma.

— Je vous en prie. Nous l'avons trouvé il y a un quart d'heure. Il a seulement eu une jolie frayeur, dis-je, et elle sourit, le regard baissé fixé sur la pluie.

Nous ne parlâmes pas beaucoup. Lorsqu'enfin la pluie se calma, elle souleva Keyan dans ses bras, et après nous avoir remerciés à nouveau, elle se dépêcha de descendre la rue.

— C'est gentil ce que tu as fait, je t'en remercie, me dit alors John.

Je me tournai pour le regarder, confus.

— Tu l'as aidée, expliqua-t-il.

Il regarda vers l'auvent du voisin où le vieux Hooper nous observait.

— Trop de gens sont comme lui.

John inclina la tête, et je sentis mon indignation vertueuse monter.

— Espèce de vieux connard, marmonnai-je.

D'habitude, je ne jurais pas, mais je ne pus m'en empêcher cette fois-ci.

— John, est-ce que ça te dérange si je te pose quelques questions ? Je ne pense à rien en te les posant, mais elles ne te sembleront peut-être pas politiquement correctes.

— Tu peux me demander tout ce que tu veux, dit John d'un ton un peu méfiant.

La pluie repartit un peu, et le ciel s'assombrit à nouveau. C'était le début de la soirée, mais on aurait dit qu'il était plus tard avec l'obscurité.

— Est-ce que tout le monde est beau dans ta tribu ?

Je me rendis compte de quoi cela avait l'air et secouai la tête.

— Pas que j'aie rencontré beaucoup d'amérindiens, mais cette dame, son fils… toi.

Je savais que j'avais l'air d'un idiot, si seulement je m'étais tu.

— Tu penses que je suis beau ? demanda John.

Je le vis se rapprocher, un sourire aux lèvres, tandis que je hochai la tête.

Mon cœur battait par à-coups dans ma poitrine, et l'odeur prononcée de John se mélangeait avec celle plus fraîche de la pluie.

— Je pense aussi que tu es un très bel homme, me dit John, et nos regards se croisèrent.

J'aurais pu me perdre dans ces yeux très profonds qui me fixaient en retour.

Je secouai lentement la tête.

— Je suis pâle et maigrichon, murmurai-je, ne voulant pas rompre le charme sous lequel ses yeux me maintenaient. Tu es   mystérieux et fort.

Je voulais le toucher pour savoir si sa joue était aussi douce et lisse qu'elle en avait l'air, et si le goût de ses lèvres était aussi intense et terreux que l'odeur de son souffle et du musc qui émanaient de lui comme l'eau de pluie. Je sentis mon corps être attiré vers lui, mes fantasmes et mon désir prenant le pas sur mon cerveau. John se rapprocha. Je savais que je ne devrais pas faire ça, mais je désirais l'embrasser plus que tout au monde.

— Est-ce que ce gamin peau-rouge a trouvé sa mère ?

Je me reculai de John avec un gémissement étouffé et lançai un regard noir en direction de l'autre auvent. Je sentis John se tendre à côté de moi, comme s'il se préparait à se jeter sur mon voisin.

— Vous savez, M. Hooper, commençai-je calmement, c'est préférable de se taire et d'avoir l'air idiot que de l'ouvrir et de nous ôter tout doute !

À la fin, les mots sortirent sèchement de ma bouche, et je pense que le vieux schnoque reçut le message, parce qu'il se leva, tremblant, et il eut l'air de vouloir me brûler du regard. Il ouvrit sa porte d'entrée avec un grognement et rentra à l'intérieur, sa moustiquaire se fermant d'un coup sec derrière lui. Lorsque je me tournai à nouveau vers John, j'aperçus un air choqué qui se changea rapidement en un sourire.

La pluie s'était en grande partie arrêtée, et le ciel continuait de s'éclaircir, des rayons de soleil dépassant déjà des nuages.

— Je devrais y aller, dit John, et je hochai la tête, le regardant descendre l'escalier.

Arrivé en bas, il s'arrêta et se retourna. Il attendit et il avait l'air d'être sur le point de vouloir dire quelque chose. Il entrouvrit même les lèvres, mais se retourna et se dirigea vers sa voiture.

— Je te verrai demain matin, se contenta-t-il de dire, et je fis oui de la tête, le regardant partir, curieux de savoir ce qu'il avait eu sur le bout de la langue.

LES DEUX semaines suivantes furent normales, ou correspondaient à ce que je m'attendais être désormais la norme. Bryce et John semblaient bien travailler ensemble, ce dont j'étais extrêmement reconnaissant. John avait commencé à s'ouvrir un peu plus, surtout à Bryce, et ils parlaient tout en travaillant, ce que j'avais tendance à trouver un peu distrayant, mais puisqu'ils ne bavardaient pas de manière stupide, j'avais appris à faire avec. Il n'y avait pas eu d'autres baisers manqués. Une partie de moi aurait voulu qu'il en fût autrement, mais le reste de ma personne était reconnaissante de ne pas avoir de complications en plus.

Vendredi en fin d'après-midi, j'entendis Bryce et John parler en chuchotant à l'autre bout du bureau, et je leur jetai un coup d'œil à travers les écrans.

— Quelque chose ne va pas ? demandai-je, et ils prirent tous les deux un air un peu coupable, et firent non de la tête.

Ensuite, je les vis s'encourager silencieusement l'un l'autre à propos de quelque chose avant de se remettre au travail.

— C'est vendredi, et vous avez travaillé dur tous les deux. Alors finissez et prenez votre week-end. Passez un bon quatre juillet. Je vous verrai mardi, leur dis-je avec un sourire, supposant que j'avais répondu à leur question.

À en juger par les chuchotements et ce qui ressemblait à des bruits de mouvements précipités, c'était le cas.

— À plus tard, Jerry, appela Bryce. Profite bien du pont !

— Toi aussi, dis-je volontiers.

Peter et moi avions eu une discussion à ce sujet, et nous avions établi une liste de congés payés. Il m'avait aussi mis en contact avec un avocat, et nous étions sur le point de constituer en société mon affaire, qui était petite mais en pleine croissance. Je continuai à travailler, et après une demi heure je me rendis compte de deux choses : d'une, je n'étais pas seul, et de deux, que John ne travaillait pas et semblait attendre quelque chose.

— Est-ce qu'il y a un problème ? demandai-je doucement tout en continuant de m'interroger sur une longue liste de déclarations pour trouver ce qui n'était pas aligné.

— Est-ce que je peux te parler ? demanda John à mi-voix, même pour lui.

Je finis ce que j'étais en train de faire puis me levai, m'étirant après être resté assis pendant si longtemps.

L'expression de John m'arrêta net. J'en étais venu à les connaître plutôt bien, Bryce et lui ces deux dernières semaines. Je savais quand ils étaient désorientés ou bouleversés en voyant leur regard. J'avais aussi vu de l'excitation et de la joie lorsqu'ils avaient résolu un dilemme de programmation difficile et obtenu les bons résultats. Mais c'était une nouvelle expression que je n'avais jamais vu auparavant chez John, de la peur teintée d'inquiétude.

— Bien sûr, répondis-je alors qu'une sensation de froid se saisissait de mes entrailles. Est-ce que tu veux en parler ici ou à la maison ?

Il avait l'air encore moins sûr de lui, alors je lui montrai la porte de la main, supposant que nous pouvions tout aussi bien nous mettre à l'aise. J'avais le sentiment que cela allait prendre du temps.

— Qu'est-ce qui te préoccupe ? l'invitai-je à poursuivre une fois que nous fûmes assis dans les fauteuils du salon.

— J'ai besoin d'aide, commença John, et ensuite il s'arrêta comme s'il n'était pas certain de savoir par où il devait commencer. Est-ce que tu te souviens de ce garçon que nous avons trouvé il y a quelques semaines ?

— Oui.

— Est-ce que tu t'es demandé pourquoi je ne voulais pas que tu appelles la police ?

John était en train d'y venir, et je dû faire taire mon impatience habituelle, ce que ne fut pas facile, et le laisser me dire ce qu'il voulait à son propre rythme.

— Très franchement, j'ai pensé que j'étais trop impatient et que tu demandais plus de temps.

John fit non de la tête.

— J'avais peur pour le garçon.

Il soupira.

— C'est peut-être difficile à comprendre pour toi, mais je vais essayer de t'expliquer. Je ne sais pas si c'est différent dans d'autres endroits, mais si tu avais appelé la police et qu'ils avaient trouvé ce petit garçon sans sa mère, ils auraient appelé les services pour l'enfance.

— Si sa mère n'était pas arrivée, cela aurait été la chose à faire, dis-je.

— Pas si tu es amérindien. Comment est-ce que je peux t'expliquer ça ?

Il eut l'air très frustré.

50

— L'État a tendance à mettre les enfants amérindiens dans le système de placement en familles d'accueil à tout moment. À la réserve nous appelons ça 'le trou noir'.

John se déplaça sur le bord de son siège et eut l'air agité comme je ne l'avais jamais vu. En fait, il avait l'air plus bouleversé que ce que je m'attendais de la part de cet homme stoïque.

— Une fois qu'un enfant amérindien entre dans une famille d'accueil, il n'en sort plus jamais. L'état se fait beaucoup d'argent avec nos enfants. Le gouvernement fédéral paye davantage l'État pour qu'il place les enfants avec des besoins spéciaux en famille d'accueil. L'État obtient six cent dollars par mois du gouvernement pour un enfant normal, mais il en reçoit mille deux cent pour un enfant ayant des besoins spéciaux.

— D'accord. Je suppose que les enfants aux besoins spéciaux sont plus difficiles à placer.

Je n'arrivais pas à comprendre où John voulait en venir.

— Ça, je peux le comprendre.

— Non, tu n'y es pas. L'État a décrété que tous les enfants amérindiens étaient des enfants aux besoins spéciaux, alors ils obtiennent plus d'argent pour les loger et les nourrir, cela représente des millions de dollars par an. Alors si tu avais appelé la police, ils auraient emmené Keyan aux services pour l'enfance. Sa mère aurait pu se battre pendant des années pour le récupérer et les services pour l'enfance se seraient complètement opposés à elle à cause de l'argent.

— Cela semble un peu tiré par les cheveux.

John devait exagérer.

— Ça ne l'est pas. Les services pour l'enfance du Dakota du Sud sont l'une des plus grosses agences de l'état, avec un budget immense qu'ils se battent pour conserver, et ils le font aux dépends de nos enfants.

John avait presque l'air de me supplier, et je n'étais pas certain de savoir ce qu'il voulait que je fasse.

— Comment est-ce que tu le sais ?

J'avais le sentiment que d'une certaine façon il le savait par expérience.

— Ma sœur jumelle est morte il y a six mois dans un accident. Elle n'était pas mariée et avait deux enfants.

John sortit son portefeuille et me montra une photo d'un garçon d'environ trois ans et d'une petite fille de cinq ou six ans.

— Elle m'a nommé tuteur, mais je n'avais pas de travail, et les services sociaux les ont placés en famille d'accueil. Ils ont dit que j'avais besoin d'avoir un emploi stable et un logement. Donc j'ai trouvé un appartement et obtenu un emploi. C'était difficile comme travail et ça ne payait pas beaucoup, mais je l'ai quand même fait et suis allé à l'école. L'assistante sociale, une mocheté blanche, a dit qu'il fallait que je trouve quelqu'un pour m'en occuper. Alors j'ai envoyé un message à la tribu, et nombre de femmes m'ont dit qu'elles s'occuperaient de Mato et Ichante. J'ai même reçu des lettres d'elles, mais l'agence a refusé de les accepter et a dit que j'avais besoin que les membres de ma famille soient agréées pour la garde d'enfants. La tribu toute entière est comme une famille, mais ils ne veulent pas écouter. Mes parents sont trop loin, et ils ne sont pas en mesure de s'en occuper, sinon ils auraient aidé.

Je tendis le bras et touchai la main de John.

— C'est pour cette raison que tu avais posé la question de l'assurance pendant l'entretien ?

— Oui. J'ai dit à la vieille mocheté blanche que j'avais un bon travail qui proposait une assurance, et elle m'a demandé une preuve. Alors, est-ce que tu voudrais bien écrire une lettre indiquant mon salaire et que tu proposes une assurance qui couvrira les enfants si je peux les récupérer ?

Il avait l'air d'être dans tous ses états.

— Bien sûr. Elle sera prête lorsque tu viendras travailler mardi. Quand est-ce que tu as rendez-vous avec elle ?

— Jeudi à neuf heures. J'espère que ça ne te dérange pas ? demanda John.

— Bien sûr que non. Si tu veux, tu pourras rattraper le temps que tu auras raté afin de ne pas perdre une partie de ton salaire. Est-ce qu'il y a autre chose que je peux faire ? demandai-je, et John fit non de la tête. C'était quand la dernière fois que tu les as vus ?

— Il y a cinq mois. Les parents de la famille d'accueil ont dit qu'ils ne voulaient pas d'intrusion. Mais ce qu'ils veulent réellement, c'est les élever comme des blancs. La dernière fois que je les ai vus, on leur avait donné des noms anglais. Il s'appelait Mike et elle était tout à coup devenue Ione ou quelque chose du genre. Ils savent très peu de choses à propos de notre culture ou de notre façon de vivre, et si je ne peux pas les récupérer, ils vont grandir sans rien connaître de notre héritage.

— Lorsque tu verras l'assistante sociale mercredi, dis-lui que tu veux leur rendre visite et que s'il le faut tu prendras un avocat. Aussi, procure-toi son nom et demande-lui de te l'épeler. Assure-toi de l'écrire. Pareillement, demande le nom de son responsable. Si elle demande pourquoi, réponds que tu en as besoin pour savoir qui désigner pour l'action en justice et quels noms donner à la presse.

— Comment est-ce que cela pourrait m'aider ?

— Il faut qu'elle ait peur de toi, et les bureaucrates du gouvernement ont mortellement peur de la publicité. Cela peut rapidement mettre un terme à une carrière. Quelques fois, tu as seulement besoin de jouer un peu le jeu. Elle sait qu'elle ne peut pas légalement te refuser le droit de voir tes proches, surtout pas quand tu fais ton possible pour être en mesure de subvenir à leurs besoins. Si tu penses que cela peut t'être utile, je viendrai avec toi.

— Tu ferais ça ? demanda John avec incrédulité.

— J'adore les enfants, lui dis-je. Bien sûr que je viendrai avec toi, si cela signifie que tu vas pouvoir voir ta nièce et ton neveu. Si nos situations étaient inversées, je remuerais ciel et terre pour récupérer les enfants de ma sœur. Je le ferais quand même, même si cela fait des années que je ne les ai pas vus. S'ils le demandaient, je serais là.

Je repoussai cette vieille peine parce qu'il n'était pas question de moi.

— Merci, dit John, et il se leva pour s'en aller. Mais je pense que j'ai besoin de faire ça seul.

Je hochai lentement la tête pour montrer que je comprenais.

— Est-ce que tu as prévu quelque chose pour les vacances ? demandai-je, et John fit non de la tête. Peter, Leonard, et moi, nous allons dîner et ensuite voir les feux d'artifice dimanche. Tu peux te joindre à nous si tu veux.

Je n'étais pas certain que John accepte, mais je ne voulais pas qu'il passe le week-end seul.

— Je ne veux pas vous déranger toi et tes amis, dit John.

— Ce ne sera pas le cas. Nous passons toujours un bon moment, et après le dîner, Peter nous rassasie toujours Leonard et moi avec ses desserts, au point qu'aucun de nous ne peux plus bouger. Ensuite, après les feux d'artifice, nous rentrons tous chez nous. Je les appellerai pour vérifier, mais il y a toujours beaucoup à manger, et j'aimerais que tu viennes.

— Merci, répondit John alors qu'il se dirigeait vers la porte.

Je n'étais pas sûr qu'il accepte ou non et j'étais sur le point de lui poser la question lorsqu'il ajouta :

— À quelle heure dimanche ?

— Nous pouvons nous retrouver ici à seize heures, et ensuite nous irons rejoindre Peter et Leonard au restaurant.

John accepta, et je l'entendis sortir de la maison et fermer doucement la porte derrière lui.

IV

DIMANCHE, JE m'habillai confortablement, mais j'avais également envie d'être bien habillé. Je savais que John venait, et même si ce n'était pas un rencard – du moins je continuai de me répéter que ce n'en était pas un – je trouvais que j'éprouvais la nervosité et l'impatience d'un premier rendez-vous, y compris le fait d'essayer un million de choses différentes avant de me décider pour un short kaki et une chemise blanche.

Quand la sonnette retentit, j'étais quasiment épuisé. Je me dépêchai de descendre l'escalier et faillis trébucher dans ma hâte. Me redressant, je ralentis mon allure et ouvris la porte. John avait l'air parfait dans son short noir et sa chemise presque blanche qui rendait sa peau tellement plus intense contre le tissu pale.

— Entre, lui dis-je. Est-ce que tu veux boire quelque chose ?

— Un Soda ou de l'eau, s'il te plaît, répondit-il, et je fermai la porte derrière lui avant d'aller à la cuisine.

Je lui tendis le soda lorsque je revins puis m'assis sur la chaise en face de lui. Je ne savais pas trop quel sujet aborder. Je savais que le travail était sûr, mais nous n'étions pas au travail et cela me paraissait incongru. Je ne voulais pas lui poser de question sur sa nièce et son neveu.

— Est-ce que tu as passé un bon week-end ?

Je savais que c'était lamentable, mais c'était un peu énervant de se fixer du regard sans rien dire.

— Oui. J'ai rattrapé mon retard sur les tâches ménagères et fait quelques recherches sur des techniques de programmation.

J'eus un gloussement.

— De la lecture pour se distraire.

Heureusement, John avait le même sens de l'humour que moi, et il rit également.

— J'avais l'habitude de lire toute sorte de guides et de tutoriels sur les langages de programmation lorsque je débutais. Tu ne peux pas apprendre tout ce que tu veux connaître d'un cours ou même d'un autre programmeur. Parfois il faut que tu voles de tes propres ailes pour cela. Je n'ai jamais pris un seul cours de développement web, j'ai appris tout seul. Les écoles peuvent te donner les bases de la logique, les procédés, et même comment résoudre des problèmes, mais elles ne font qu'aborder le codage, et pour bien l'apprendre il faut vraiment que tu travailles par toi-même.

— Je l'ai compris à la fin de la deuxième journée, me dit John avec un grand sourire. Tu nous as mis au défi dès le début, et c'était extraordinaire.

Il posa sa cannette vide sur un dessous de verre.

— Est-ce que tu veux autre chose ? J'ai de la bière et de quoi faire des martinis.

— Non, merci. Je ne bois pas. J'ai vu ce que pouvait faire l'alcool à la réserve, et je n'ai pas besoin de ça.

Il regarda la pièce autour de lui.

— Je n'ai rien contre l'alcool. C'est simplement que j'ai peur de finir par aimer un peu trop ça, alors je préfère ne pas m'en approcher.

— Je comprends. Quand j'étais au lycée, j'étais pareil pour la cigarette. Je n'ai jamais essayé de fumer parce que j'avais peur de finir par aimer ça.

Je me levai et pris les cannettes et les jetai au recyclage.

— Peter et Leonard nous ont invités chez eux pour prendre l'apéritif, alors nous devrions probablement y aller.

Nous partîmes. Je conduisis jusqu'à la maison de Peter et Leonard. Tout le long du trajet, je m'inquiétai à propos de l'interrogatoire musclé que Peter allait inévitablement me faire subir. Heureusement, ce fut un véritable gentleman. Il accueillit chaleureusement John et lui proposa un fauteuil et un verre, avant d'immédiatement se mettre à lui servir continuellement de la nourriture. Ce n'est que lorsque John s'excusa pour aller aux toilettes que l'inquisition commença.

— Alors que se passe-t-il entre vous deux ? demanda Peter dès que John fut assez loin pour ne plus entendre, et j'eus immédiatement l'impression d'être revenu au temps du lycée.

— Rien du tout. Il travaille pour moi, tu te souviens ?

Peter fit un mouvement exagéré de la tête.

56

— Tes yeux ne décollent pas de lui d'une seconde, et il t'observe en permanence. Cela fait un quart d'heure que vous êtes arrivés ici, et je parie que vous n'avez pas détourné les yeux l'un de l'autre plus de deux minutes au total.

— Peut-être, mais il ne se passe rien du tout, répondis-je doucement. Il travaille pour moi et je l'aime bien. Il est intelligent et il rit quand j'essaie de plaisanter. Mais tu sais que je ne peux rien faire de plus. Ça ne serait pas correct.

Je ressemblais à un disque rayé, et je savais que je commençais à douter de mes propres convictions, parce que j'avais envie d'approfondir les choses avec John. Et si je tentais l'expérience et que cela n'aboutissait à rien ? Cela mettrait en péril mon entreprise aussi bien que mon cœur. Et Bryce alors ? Qu'est-ce qu'il penserait si John et moi sortions ensemble ?

— Peter, n'insiste pas, dit Leonard en venant à mon secours.

J'entendis des bruits de pas dans le couloir et changeai immédiatement de sujet

— Pour quelle heure avons nous réservé ?

J'avais besoin d'une opportunité pour réfléchir et prendre un peu de distance avec les commentaires superflus de Peter concernant mes relations.

— Il nous reste encore une heure, répondit ce dernier, et la conversation s'orienta vers des sujets plus normaux.

C'était amusant, mais je passais une grande partie de l'heure qui suivit à écouter, et j'appris des choses extraordinaires à propos de John. Il aimait les histoires d'aventure autant que moi, et il y avait beaucoup de livres que nous avions lus tous les deux. Il aimait également les romans policiers, et je lui proposai de lui prêter certain de mes romans de Dick Francis, et en retour il accepta de me passer certains de ses livres de Tony Hillerman. Nous aimions tous les deux les films pleins d'action et d'explosions.

— J'adore aussi travailler avec mes mains, dit John à Leonard.

Ils discutèrent tous les deux pendant un moment de menuiserie jusqu'à ce qu'éventuellement ils sortent pour aller jeter un coup d'œil à l'atelier de Leonard. J'aidai Peter à nettoyer, et quand ils revinrent, il était temps de partir au restaurant.

Peter avait choisi un endroit où nous étions souvent allés, et la serveuse nous installa à une table près des fenêtres de l'entrée. John et moi nous retrouvâmes assis côte à côte, selon les intentions de Peter bien entendu, et ce dernier maintint la conversation animée et fluide tout au long du dîner. Je me rendis compte que je continuais de regarder John, et il avait l'air de passer un bon moment. À quelques reprises il me sourit et ma gorge devint subitement sèche à chaque fois. Peter et Leonard étaient de bons hôtes et ils étaient doués pour que tout le monde se sente inclus dans la conversation, moi y compris, ce qui parfois pouvait être un vrai défi. Surtout lorsque John se mettait à rire, le ton de sa voix résonnant à travers moi comme des percussions.

— Tu as vraiment envisagé de rejoindre l'armée ? demanda Peter, me tirant hors de mes pensées vagabondes.

— Oui. Il n'y a pas beaucoup d'opportunités à la réserve, et après le lycée j'étais sur le point de faire ce que beaucoup de personnes plus jeunes avaient fait et rejoindre l'armée.

John jeta un coup d'œil dans ma direction.

— J'avais rencontré le recruteur et j'avais même ramené à la maison les formulaires qu'il fallait que je remplisse.

— Qu'est-ce qui s'est passé ? demandai-je doucement.

— J'ai compris qui j'étais et qu'il faudrait que je mente, et je n'avais pas envie de faire ça. J'ai jeté les formulaires et j'ai cessé de répondre à leurs coups de fils. Quand le recruteur m'a suffisamment harcelé, j'ai fini par lui dire pourquoi je ne m'engageais pas, et il m'a laissé tranquille. Ça s'est passé peu de temps après que j'ai révélé mon homosexualité à ma famille.

— Comment est-ce qu'ils l'ont pris ?

John me jeta un coup d'œil avec de répondre.

— Aussi bien qu'on peut s'y attendre, je suppose.

Il m'avait déjà parlé de son expérience et je décrochai un peu, observant ses lèvres bouger et la manière dont sa pomme d'Adam montait et descendait lorsqu'il déglutissait. De là où j'étais assis, je voyais une touffe de poils à la naissance de son cou, et je commençai à me demander quel goût pouvait avoir sa peau. De temps à autre, je sentais légèrement son odeur, et je dus me faire violence pour ne pas me rapprocher de lui et le renifler.

— Ma mère voulait que je parte accomplir une quête spirituelle.

Je sortis de mon délire.

— Est-ce que tu l'as fait ?

L'idée me fascinait.

— Oui. C'était une expérience très instructive qui m'a aidé à me concentrer sur ce qui comptait réellement dans ma vie.

Il attrapa son verre d'eau et en prit une gorgée avant de le reposer sur la table. Je pense que nous attentions tous qu'il continue mais il garda le silence, et la conversation continua.

Après dîner, nous allâmes jusqu'au parc en voiture et posâmes des couvertures par terre pendant que Peter ouvrait le panier qu'il avait apporté, et nous mangeâmes le dessert en attendant. Tandis que l'obscurité tombait, je vis Peter et Leonard se tenir par la main avec prudence alors qu'ils étaient assis ensemble sur la couverture. Le ciel continua de s'assombrir, et des enfants jouaient autour de nous avec des bâtons fluorescents qui clignotaient, le tout accompagné de moult conversations, de tonnes de rires anticipés et de cris de délectation.

Puis une unique fusée explosa dans le ciel, mettant fin aux ténèbres tandis que toutes les voix se taisaient immédiatement. Je sentis John se rapprocher un peu plus près de moi. Une autre fusée, énorme, explosa en un chrysanthème de feu, suivit d'une autre, et encore une autre.

Je sentis la main de John sur la mienne.

Au début, je crus que c'était peut-être un accident, mais elle revint encore une fois. Je retournai ma main et sentis ses doigts s'entrelacer aux miens. Je continuai de regarder les feux d'artifice, mais mon attention était uniquement concentrée sur l'endroit où la main de John était liée à la mienne, la chaleur de sa paume, sa peau légèrement rugueuse. C'était comme si mon être tout entier était concentré là où sa main caressait la mienne. Je sais que cela semble un peu stupide et par trop théâtral, mais c'est ce que je ressentais – c'était à la fois étonnamment innocent et intime. Il y avait des familles tout autour de nous qui se seraient probablement déplacées si elles avaient vu ce simple geste, et peut-être que c'était ce qui le rendait si particulier. J'avais eu des relations sexuelles avec d'autres hommes et j'avais eu des petits-amis spéciaux, mais cela paraissait… plus que cela. Nous ne faisions que nous tenir la main, et c'était probablement mon imagination, mais le geste avait son importance.

Les feux d'artifices se mirent à éclater plus rapidement, se rapprochant tandis que le spectacle accélérait. Je sentis les doigts de John se resserrer sur les miens, et je me tournai légèrement lorsqu'une fusée explosa, éclairant son visage et illuminant son grand sourire joyeux. Je souris également, resserrant ma prise sur sa main alors que le spectacle atteignait son apogée. Tous les yeux étaient braqués sur le ciel, cependant j'observai la lumière qui jouait sur la peau de John. Je le vis se tourner vers moi puis se rapprocher. Toute chose et toute personne autour de moi disparurent, le fracas des fusées s'estompa à l'arrière-plan alors qu'il rapprochait son visage du mien. Le sol trembla à la fin, et l'espace d'une seconde je crus qu'il s'agissait de mon cœur.

Le monde entier se tut lorsque l'écho du bouquet final s'estompa. Des gens crièrent et applaudirent, voire sifflèrent pour exprimer leur grande joie. Puis ils commencèrent à bouger, et je détournai le regard de celui de John, et sa main glissa hors de la mienne alors que les gens commençaient à se lever et à rassembler leurs affaires. Nous fîmes de même, suivant la foule tandis qu'elle sortait peu à peu du parc et se dirigeait vers les nombreuses voitures.

John et moi rentrâmes chez Peter dans l'une de leurs voitures, et après leur avoir dit au revoir, je ramenai John chez moi. Après m'être garé dans l'allée, je coupai le moteur et restai sans bouger dans la voiture. Je ne voulais que cette soirée s'achève.

— Est-ce que tu veux boire quelque chose ?

John hésita l'espace d'une seconde.

— Ce serait gentil merci.

La soirée était encore chaude, mais l'air était frais et agréable. Certaines nuits d'été donnaient l'impression que l'on était dans un sauna, mais celle-ci était sèche. Aussi apportai-je les boissons dehors. Lorsque je revins sous l'auvent, je vis John assis sur la vieille balançoire que mon grand-père avait installée là. J'adorais ce siège quand j'étais enfant. Je lui tendis sa boisson, puis m'assit à côté de lui, ne sachant pas si je devais lui prendre la main ou non, mais il répondit à cette question pour moi lorsqu'il me prit la mienne.

— À quoi penses-tu ? demandai-je comme il ne disait rien.

— Mato et Ichante, dit-il, et je sentis qu'il serrait légèrement ma main. Ils auraient adoré voir les deux d'artifice, et j'aurais pu leur acheter des bâtons lumineux comme l'ont fait les autres.

Il cessa de se balancer et se tourna vers moi.

— Je me demande souvent ce qu'ils sont en train de faire et s'ils sont bien traités. La mocheté blanche dit que c'est le cas, mais je sais qu'elle ment parfois. Je le vois à la façon dont ses yeux bougent.

Il se remit à se balancer.

— Je vais insister pour les voir lorsque je la verrai.

— C'est une bonne idée, dis-je.

Nous restâmes sans rien dire, nous balançant d'avant en arrière en nous tenant la main.

Je ne parvenais pas à me souvenir de la dernière fois où je m'étais assis avec quelqu'un et où j'étais simplement heureux qu'il soit là sans discuter de quoi que ce soit. Je finis mon soda et posai de côté la canette. Je n'avais pas envie de bouger de peur que nos mains se séparent.

— Est-ce que ta tribu a des jouets traditionnels pour les enfants ? lui demandai-je.

Je le sentis bouger sur le siège.

— Bien sûr, répondit-il. J'ai un oncle qui sculpte des chevaux dans le bois, et une tante qui fabrique des poupées selon les méthodes ancestrales. Ce ne sont pas ma vraie famille, mais je pense que tu as compris. Pourquoi cette question ?

— Je te suggère d'apporter un cadeau lorsque tu iras leur rendre visite, dis-je, me tournant pour rencontrer son regard. Aie quelque chose à leur offrir de leur héritage. La famille d'accueil ne peut pas s'opposer à ce que tu leur apportes un jouet.

John hocha la tête et sourit.

— Merci d'être aussi compréhensif.

Je le vis se rapprocher encore une fois, et cette fois-ci je ne pris aucun risque. Je lâchai sa main, l'amenai à sa joue, et caressant doucement sa peau, je l'attirai à moi.

Nos lèvres se touchèrent avec hésitation au début. John avait le goût du vent et sentait la prairie. Ses lèvres étaient à la fois douces et fermes alors que je les mordillais doucement. J'entendis un doux gémissement. Le baiser devint plus passionné, et je sentis ses lèvres s'écarter. J'en profitai, glissant ma langue entre elles, le goûtant pleinement. Je le retins tendrement par la nuque de ma main tandis que je dévorais sa bouche. Jamais je ne serais rassasié de lui en un seul baiser, mais je ne manquai pas d'essayer. Mes peurs et mes doutes, si prononcés plus tôt dans la soirée, n'étaient nulle part en vue, probablement parce que je sentais le sang dans ma tête aller à toute vitesse vers le sud tandis que mon sexe s'érigeait immédiatement.

J'entendis un autre petit gémissement et sentis que John se rapprochait. L'obscurité nous dissimulait et nous continuâmes de nous embrasser frénétiquement. Pendant la brève seconde où nous nous séparâmes pour respirer, je souhaitai être dans un endroit plus confortable et propice à ce genre d'activité. Mais dès que John m'embrassa de nouveau, toute pensée qui ne le concernait pas quitta mon esprit. J'enroulai mes bras autour de lui, l'attirant contre mon corps. Je le sentis trembler d'une excitation qui semblait refléter la mienne. La banquette de la balançoire était inhabituellement longue, et je pressai John contre les coussins, le sentant bouger sous moi. Je savais que ses jambes pendaient de la balançoire, mais cela ne parut pas le déranger, si je me fiais à l'intensité de ses baisers et la manière dont il m'étreignait étroitement.

Délaissant les lèvres de John, j'avançai le long de son cou en l'embrassant, enfouissant mon nez contre sa peau. Il avait le goût et l'odeur que j'avais imaginés : intenses, musqués et virils. Lorsque je léchai la naissance de son cou, je le sentis se tortiller puis pousser un long et profond gémissement. Il y avait tant de choses que j'avais envie de lui faire, et mon esprit – enfin le peu qui fonctionnait encore – était complètement obscurci par un désir ardent. Je désirais John plus intensément que jamais je n'avais désiré personne. Mais au plus profond de mon cerveau, un semblant de raison revint à la vie et je retournai à ses lèvres, l'embrassant passionnément une dernière fois avant de calmer lentement les baisers.

Nos lèvres se séparèrent et je tentai de voir ses yeux, mais on y voyait très peu dans l'obscurité. Je me levai lentement, me reculant pour que John puisse s'asseoir, puis me rassis à nouveau à côté de lui. Je sentis qu'il s'appuyait contre moi, sa tête reposant contre mon épaule. Nous ne parlâmes pas pendant un long moment. Je passai un bras autour de lui et le tins près de moi tandis que nous nous balancions d'avant en arrière. Je ne sus pas exactement combien de temps nous demeurâmes ainsi. Je finis par sentir John bouger. Me levant, je l'aidai à faire de même, et il se dirigea vers les marches de l'auvent.

— Merci pour cette soirée mémorable, murmura-t-il, et je le sentis s'éloigner.

Je le regardai descendre les marches puis aller jusqu'à sa voiture. Ensuite je rentrai à l'intérieur.

LE MATIN suivant, celui que j'avais accordé à John et à Bryce comme un jour de congé, je passai la plus grande partie de la journée à travailler, ou du moins à essayer. Mon esprit n'avait de cesse de revenir à ce baiser qui m'avait fait tomber à la renverse. À un moment, je me demandai si cela avait été une erreur, mais c'était impossible. Je me surprenais à sourire à chaque fois que j'y pensais. J'étais toujours inquiet à l'idée de mélanger travail et vie privée. De plus, je continuai de me répéter que ce n'était qu'un baiser – un baiser génial mais cela restait un baiser. Cela ne voulait pas nécessairement dire que John avait des sentiments pour moi ou qu'il avait ressenti la même chose.

Lorsque j'y eus bien réfléchi une énième fois, je me trouvai enfin en mesure de penser à autre chose. Je pus enfin avancer dans mon travail, et une fois que j'eus commencé, je ne m'arrêtai que lorsque mon estomac gronda pour me dire que j'avais manqué le dîner. Après avoir fini, je me préparai quelque chose à manger, puis allai me coucher.

Mardi, je me levai tôt et fus au bureau alors que le soleil commençait à briller à travers les fenêtres. Je passai la plupart de mon temps à planifier la semaine et à m'assurer que Bryce et John avaient leurs tâches de la semaine dans leurs boîtes de réception. Je vérifiai également le statut de tous les projets et les dates butoir que j'avais établies afin d'être certain de pouvoir honorer mes engagements. John fut le premier à arriver, et il me dit bonjour joyeusement avant d'aller directement à son bureau et de se mettre au travail.

— J'ai la lettre que tu m'as demandée, dis-je, et j'attrapai le morceau de papier dans l'imprimante, la signai puis me dirigeai vers le bureau de John.

— Merci, dit-il, regardant la porte puis moi. Je… commença-t-il puis il s'interrompit. Je sais que je devrais dire quelque chose à propos de l'autre soir, mais je ne sais pas quoi dire.

— Contente-toi de dire ce que tu ressens, dis-je avec un sourire plein d'espoir avant de continuer. Je ne regrette pas du tout ce qui s'est passé.

— Moi non plus, mais j'ai peur que cela n'affecte notre travail. Cet emploi est important pour moi, et je l'apprécie vraiment. Je t'aime bien aussi, et… ce baiser… et…

John mordilla d'une manière enjôleuse sa lèvre inférieure.

Je sentis que je me mettais à faire un grand sourire, parce qu'un baiser que je lui avais donné deux jours auparavant avait encore la capacité de le troubler.

— D'accord. Lorsque nous sommes au travail, il faut que nous restions professionnels, et en ce qui concerne le reste, avançons étape par étape.

L'expression de John s'assombrit légèrement alors qu'il hochait la tête.

— Ne me traite pas différemment de Bryce. C'est un type bien.

— Je te le promets.

Je n'avais aucune intention de changer la manière dont je les traitais tous les deux au travail, en dépit de ce qui s'était passé entre John et moi. Je sentais que cette situation était semée d'embûches. Mais comme je voulais approfondir les choses avec John, j'étais prêt à prendre le risque s'il l'était aussi.

— Alors, en tant que patron, je t'ordonne de te mettre au travail, lançai-je malicieusement avec un clin d'œil, et il gloussa avant de s'installer devant son ordinateur.

Je retournai travailler en me sentant un peu comme si j'avais gagné au loto. Je finis par entendre Bryce entrer et dire bonjour. Je grognai quelque chose en retour. John avait dû faire de même, parce que j'entendis Bryce s'installer sur sa chaise et faire un commentaire en aparté.

— Fais attention, ou tu vas finir comme lui.

Cela lui valut un autre grognement tandis que je continuai à travailler pour finaliser un logiciel à livrer au client.

Le reste de la journée de travail fut normale, et je me rendis compte que je pouvais me concentrer. Nous déjeunâmes tous les trois ensemble dans la cuisine, en plaisantant et en riant comme à l'accoutumée. Vers la fin de chaque journée, j'avais pris l'habitude de vérifier la complétude et l'exactitude du travail que John et Bryce avaient fini.

— Bryce, appelai-je doucement, et il vint jusqu'à mon poste de travail. Tu as fait quelques erreurs ici.

Je les lui indiquai et lui conseillai une méthode pour les corriger.

— C'est la troisième fois que tu fais cette même erreur.

J'essayai de ne pas avoir l'air frustré, mais c'était difficile. Je dus me rappeler que John et Bryce étaient jeunes et encore en train d'apprendre.

— Essaie d'aller un peu moins vite. Tu as saisi ce qui était difficile ? Mais tu rates certaines des choses les plus simples, probablement parce que tu vas vite.

Bryce ouvrit la bouche, probablement pour présenter ses excuses, mais il la referma aussitôt.

— Laisse-moi te poser cette question : si tu étais le client, est-ce que tu voudrais qu'on te rende ça ? demandai-je, et Bryce réfléchit pendant quelques instants puis fit non de la tête. Alors assure-toi toujours que ton travail corresponde à quelque chose que tu veuilles présenter à un client. Maintenant, la bonne nouvelle, c'est qu'il semble que ta logique complexe soit correcte, alors corrige-moi ça et renvoie-le moi. Une fois que John aura fini sa dernière partie, nous les rassemblerons et nous contrôlerons le tout une dernière fois.

— Je suis désolé, Jerry, dit Bryce.

Mais je l'interrompis :

— Tu n'as aucune raison de l'être, dis-je assez fort pour que John l'entende également. Nous sommes une équipe, et nous faisons tous des erreurs à un moment donné, moi y compris. Le plus important, c'est d'apprendre de nos erreurs, insistai-je pour Bryce. Afin de rendre cela plus intéressant, je donne cinquante dollars au premier d'entre vous qui trouve une de mes erreurs.

Bryce se dépêcha de retourner à son bureau, et je le vis se remettre directement au travail. Je regardai mes e-mails pour voir où John en était et vis une note me disant de ne pas prendre en compte ce qu'il venait de m'envoyer. Il était en train de tout recontrôler. Lorsqu'il m'envoya effectivement son programme, je trouvai quelques petites erreurs et les mis en évidence afin qu'il puisse les corriger.

À la fin de la journée, j'étais épuisé et éteignis mes appareils en même temps que les garçons avant de fermer le bureau et de me diriger vers la maison. Bryce nous dit au revoir et partit, tandis que John me suivait à l'intérieur. Il s'assit sur l'une des chaises de la cuisine.

— On dirait que quelque chose te tracasse, soufflai-je avant d'attraper deux sodas dans le réfrigérateur.

— Non, je suis seulement un peu nerveux, je suppose.

Je ne pus retenir un rire.

— Bienvenue au club.

— Ets-ce que tu es sorti avec beaucoup d'autres hommes ? me demanda-il avant de prendre une gorgée de sa cannette.

— En quelque sorte. J'ai vécu à San Francisco pendant quelques temps, et il y a de tout là-bas. Quand j'y ai emménagé la première fois, j'ai couché avec pas mal d'hommes, mais ça n'avait aucune importance. J'ai fini par fréquenter des gens, et j'ai rencontré quelques hommes sympathiques.

— Est-ce que ça a été difficile de quitter San Francisco ? me demanda John.

— Oui et non, répondis-je.

Je n'étais pas certain d'être encore prêt à parler de la situation que j'avais laissée à San Francisco, alors je répondis à côté.

— C'était difficile de quitter la ville, mais je suppose qu'en quelque sorte j'étais prêt, vu qu'après la mort de mon grand-père, j'ai décidé de rester ici. L'hiver dernier a été difficile à supporter, ça je peux te le dire, mais autrement, ça s'est plutôt bien passé.

— Est-ce que tu as laissé quelqu'un derrière toi ?

John se mordit la lèvre. J'avais remarqué qu'il le faisait toujours lorsqu'il était nerveux.

— Pas vraiment.

Je fis le tour du comptoir et m'assis sur le tabouret en face de John.

— Les choses à San Francisco peuvent être vraiment faciles. J'avais un bon emploi dans les technologies, et je passais beaucoup de temps à faire la fête. Cela m'a mené à essayer de faire tout un tas de choses pour m'amuser et relâcher la pression. J'étais essentiellement idiot et ça a commencé à me dépasser. Ensuite j'ai rencontré Brad, et il m'a aidé à régler mes problèmes. C'est lui qui m'a convaincu de sortir seul.

Il me manquait tous les jours, mais je ne le dis pas à John.

— Est-ce que tu l'aimais ? demanda John.

J'acquiesçai.

— Oui, mais plus comme un grand frère. Ce n'était pas un amant, mais l'un des meilleurs amis que j'ai jamais eu. Il est mort du sida trois mois après mon départ. Il l'a eu en prenant de la drogue et ne s'est pas rendu compte qu'il était séropositif avant de mourir.

Je voyais encore son expression sérieuse lorsqu'il m'avait fait asseoir et m'avait expliqué sa façon de voir les choses de la vie.

— Brad m'a fait très peur et m'a montré ce qui pouvait m'arriver si je ne faisais pas le ménage, et je l'ai plus fait pour lui que pour moi au début.

Je berçai la canette de soda dans mes mains avec nervosité.

— Je n'ai parlé de cela à personne.

À son crédit, John s'assit en silence et m'écouta.

— Après sa mort, je suis retombé dans certaines de mes vieilles habitudes, mais je suis resté loin de la drogue. Dieu merci.

Je continuai de jouer avec la cannette, et John posa sa main sur la mienne.

— Tu n'es pas obligé d'en parler si tu n'es pas prêt, me dit-il doucement.

— J'ai eu des ennuis avec des gens que je n'aurais pas dû approcher, commençai-je, tout en me demandant pourquoi je me lançai là-dedans. J'étais dans une des boîtes vraiment coûteuse de la ville, avec des hommes vraiment séduisants. Je ne me sentais pas à ma place en quelque sorte, mais lorsque Carlos s'est approché de moi et m'a demandé de danser, j'ai trouvé que c'était agréable. La plupart des hommes qui vont dans ces lieux y vont pour coucher avec quelqu'un, mais il m'a traité avec respect et m'a même ramené à la maison. Il s'est présenté le jour d'après et m'a proposé d'aller dîner, ce que nous avons fait. Pendant un mois, ma vie s'est composé de mon travail et de Carlos, et je suis tellement tombé amoureux de lui que je ne voyais plus rien de ce qui m'entourait.

Je soupirai doucement, me souvenant à quel point j'avais été idiot.

— Nous passions tout notre temps ensemble, et il était mieux que toutes les drogues que j'avais jamais prises. Je pensais qu'il m'aimait vraiment, mais ensuite il a commencé à me donner des programmes informatiques pour que je travaille dessus, et je me suis rapidement rendu compte qu'il s'agissait de programme de sécurité et qu'il voulait que je les craque.

Je me mis à trembler, me souvenant du jour où j'avais compris dans quoi je m'étais embarqué.

— J'ai tout copié ; j'ai rendu tous les originaux que Carlos m'avait donnés et je l'ai évité comme la peste, mais il m'a retrouvé. Il s'est avéré que Carlos faisait partie d'un syndicat mexicain. La dernière fois que je l'ai vu, je lui ai dit que j'avais donné une copie de tout ce qu'il m'avait passé à un avocat et qu'il les enverrait à la police ainsi que son nom et une liste de ceux que j'avais aperçus avec lui si jamais il m'arrivait quoi que ce soit.

Je me sentis frissonner à ce souvenir.

— Bien évidemment je ne l'ai pas fait, mais il ne le savait pas, et quelques semaines plus tard, j'ai reçu le coup de fil de mon grand-père et j'ai décidé qu'un changement de décor ne serait pas une mauvaise chose.

— Est-ce que tu crois avoir été suivi ? demanda John en jetant un coup d'œil dans la pièce.

— Non. Carlos n'a jamais vraiment été particulièrement subtil. Il était beau comme un dieu, entre autres choses, mais pas particulièrement intelligent. Lorsque j'ai quitté San Francisco, j'ai envoyé anonymement tout ce que j'avais au FBI. J'avais vraiment envie de simplement disparaître et de ne plus jamais le revoir afin de pouvoir oublier à quel point j'avais été stupide. Je n'ai rien fait pour lui, et la plupart de ce qu'il m'a donné à faire était bien au delà de mes compétences, mais Carlos pensait qu'un crack de l'informatique en valait un autre. Ce qu'il m'a donné était assez compromettant et aux dernières nouvelles, il était incarcéré dans une prison fédérale. Quitter la Californie était probablement une bonne chose, et je me plais ici. Je peux travailler n'importe où, et maintenant Bryce et toi vous êtes là à travailler avec moi.

Je souris, me demandant si John pensait que j'étais un idiot fini. À l'époque, je le pensais assurément.

— J'aurais certainement dû savoir qu'un homme comme Carlos voulait quelque chose de ma part, marmonnai-je, et John resserra sa prise sur ma main.

— Je ne sais pas. Tu es un bel homme, et n'importe qui aurait de la chance de te connaître, me dit-il.

Je le regardai pendant quelques secondes, me demandant s'il était sincère.

Et il en avait assurément l'air, surtout lorsqu'il rapprocha son visage du mien. Il glissa sa main le long de mon bras puis de mon épaule, prenant mon visage en coupe alors qu'il nous attirait dans un baiser. Lors de notre précédent baiser, j'avais pris les choses en main, mais cette fois-ci je me retins, même si mon instinct me poussait à faire un bond en avant. John approfondit rapidement le baiser, et alterna entre tirer sur mes lèvres et pénétrer ma bouche de sa langue.

Je gémis comme un enfant, j'en voulais plus et en même temps je voulais que John me l'accorde, au lieu de me contenter de prendre. Et il me l'accorda. Il me sembla presque qu'il était capable de lire dans mon esprit, mais peut-être qu'il lisait mon corps. On m'avait déjà dit une fois que mon langage corporel trahissait toujours ce que je ressentais. John eut l'air de le relever, et m'embrassa passionnément puis avec douceur exactement quand j'en avais besoin.

Nous nous séparâmes pour reprendre notre souffle, haletants. Je le vis se relever et faire lentement le tour du comptoir, glisser ses mains le long de ma jambe tout en approchant. Sans réfléchir, j'écartai les jambes et John s'arrêta entre elles. J'étais sur le point de me lever également, mais il me maintint sur le tabouret. Il se pressa contre moi et m'embrassa à nouveau. Cette fois-ci, il n'y avait plus de comptoir entre nous et plus aucune manière de dissimuler mon excitation. Mes jambes bondissaient et mes bras tremblaient alors que John caressait mes dents de sa langue avant de replonger à nouveau, la suçant la et léchant avec une force qui fit vibrer ma tête.

— John, haletai-je lorsqu'il se recula légèrement. Il faut que nous arrêtions, ou sinon…

— Ou sinon ? me défia-t-il, donnant un rapide petit coup de langue contre ma lèvre supérieure avec la légèreté d'une plume.

— Je ne serai plus en mesure de m'arrêter, coassai-je en fermant les yeux.

D'une certaine manière, il fallait que je diminue la surcharge sensorielle qui menaçait de me faire basculer et d'emporter la fragile mainmise que j'avais sur toute sorte de retenue.

— Il faut que nous y allions doucement, marmonnai-je dans ma barbe, espérant à moitié que John ne m'entendrait pas et que j'aurais une excuse pour explorer la peau chaude et le corps que j'avais observé et imaginé pendant des semaines.

John s'arrêta et s'éloigna. Nous étions tous deux essoufflés. Je savais que j'étais tout rouge et je sentais le sang traverser mes veines, la plus grande partie encore accumulée au niveau de mon entrejambe.

— Tu as probablement raison, dit-il à contrecœur, et je glissai du tabouret sur des jambes tremblantes et attendis que mon esprit se vide. Je crois que je ferais mieux d'y aller.

Je ne voulais pas qu'il s'en aille.

— J'étais sur le point d'aller me chercher quelque chose pour dîner…

Je savais que c'était une invitation déloyale, mais je ne voulais pas qu'il se sente obligé. J'obtins un sourire et un autre baiser qui me laissa pantelant et prêt à suggérer que l'on saute le dîner pour aller directement au dessert. Mais je me maîtrisai et appréciai le doux baiser.

— Je pense que nous ferions mieux d'aller manger.

— Je te suis, dit-il, et après avoir attrapé mon portefeuille et mes clés, nous sortîmes.

J'aurais aimé dire que nous avions trouvé un petit endroit tranquille et romantique pour dîner, mais au lieu de cela nous finîmes dans un grill franchisé dans un centre commercial. La nourriture était bonne, même si le restaurant était un peu bruyant et rempli de touristes. Au final, cela n'eut pas l'air d'avoir la moindre importance, parce que nous discutâmes et nous nous racontâmes nos plaisanteries les plus stupides, auxquelles nous rîmes tous les deux. Cela ressemblait vraiment à un rencard, mais sans la nervosité ni les maux de cœur habituels. Lorsque le serveur nous apporta l'addition, je payai, et nous sortîmes ensuite dans la chaleur de la nuit. L'air nous assaillit alors que nous traversions le parking. Une fois à nos voitures, nous nous arrêtâmes et nous nous fixâmes du regard pendant quelques secondes avant de rire nerveusement. J'avais envie de l'embraser pour lui dire au revoir, mais il y avait des choses qui ne se faisaient pas sur un parking dans le Dakota du Sud, et ç'en était assurément une. Je lui donnai une claque sur l'épaule et m'avançai vers ma voiture.

— Je te reverrai quand tu seras revenu de ton rendez-vous avec la mocheté blanche.

Je souris en me servant du surnom que John lui avait donné, et il hocha nerveusement la tête avant d'ouvrir la portière de sa voiture et de monter dedans. Je fis de même, puis je sortis du parking et rentrai chez moi.

J'envisageai d'aller travailler, mais décidai de ne pas le faire. J'ignorai la télévision pendant un moment tout en continuant de penser à John. Après l'avoir éteinte, j'errai dans la maison vide avant de me décider à aller me laver et me coucher. J'avais passé des mois seul ici, mais après quelques baisers et un dîner, les choses avaient changé. C'était agréable d'avoir quelqu'un avec qui passer du temps en dehors des soirées occasionnelles avec Peter et Leonard.

Dans la salle de bain à l'étage, je me déshabillai et jetai mes vêtements dans la corbeille, et je notai mentalement qu'il fallait impérativement que je fasse une lessive, sinon travailler en sous-vêtements allait devenir ma seule option. Je refermai la corbeille, ouvris l'eau puis me glissai sous le jet chaud. Comme d'habitude, je lavai d'abord ma tête, puis mon corps. J'avais bien l'intention de faire vite afin de pouvoir aller me coucher, mais mon imagination avait assurément d'autres idées. Mes yeux se fermèrent, et je vis la silhouette de John à travers les motifs de la porte de la douche, puis la vitre coulissa et il se tint là dans toute sa splendeur, avec sa peau d'un bronze rouge. Il entra dans la douche et ses mains furent sur ma peau, sa paume contre mon torse, ses doigts taquinant un de mes tétons. Je commençai à trembler et à haleter. Je le voyais presque se mettre à genoux, l'eau coulant à flot sur nous deux. Lorsque la chaleur de sa bouche entoura mon membre, je trouvais l'eau plus fraiche en comparaison de cette chaleur humide et en fusion. Je donnai des coups de hanches, et John vint à ma rencontre à chaque mouvement, la succion et l'étroitesse m'écrasant, et je ne pus plus me maîtriser. Je jouis précipitamment et hurlai, le son résonnant sur le carrelage.

Je luttai pour reprendre mon souffle tandis que l'eau se déversait sur moi et devenait rapidement froide. Je clignai des yeux à plusieurs reprises avant de fermer le robinet, et tentai de me libérer de mon dernier délire. Je sentais encore le picotement de la main imaginaire de John sur ma peau lorsque je sortis de la douche et me séchai avec une serviette. Je nettoyai la pièce en souhaitant que le véritable John soit là avec moi, et tirai les couvertures de mon lit.

Allongé sur le dos, je fixai le plafond et imaginai comment ce serait d'avoir John allongé à côté de moi. Je ne pouvais m'empêcher de me demander si cette fascination que j'avais pour lui était identique à toutes les fois précédentes. La première fois que j'avais vu Carlos, avec son teint mat, son visage ciselé et son corps de rêve, j'avais ressentis la même chose. Lorsque nous n'étions pas ensemble, je souhaitais qu'on le soit et n'avais de cesse d'imaginer comment il serait. Bien évidemment, je savais maintenant que les meilleures fois que j'avais eues avec Carlos n'existaient que dans mon imagination, parce que le véritable Carlos avait rarement été à la hauteur.

Je regardai les lumières des voitures qui passaient occasionnellement se refléter au plafond et me demandais si je ne faisais pas la même chose avec John. Je l'avais fait tant de fois, pas seulement avec Carlos, bien qu'il soit le pire. J'avais ressenti la même chose avec tous mes précédents petits-amis, et je me demandais si… Je soupirai, me tournai sur le côté et fermai les yeux. Je ne voulais pas que ce que je ressentais pour John ne soit rien de plus que ce j'avais ressenti pour Carlos. Je voulais que cela soit réel, et j'espérai que ça l'était.

— Je suis un imbécile, dis-je tout haut dans la pièce vide.

Au moins, je m'étais forcé à prendre le temps et c'était la seule chose qui m'indiquerait si ce que j'espérais avec John était bien réel ou uniquement le fruit de mon imagination.

V

J'ÉTAIS DÉJÀ au travail lorsque Bryce arriva le lendemain matin. Je n'avais pas beaucoup dormi et j'avais mal à la tête. J'avais pris des antidouleurs et étais assis à mon bureau, essayant de me concentrer.

— Où est John ? demanda Bryce, et je levai les yeux de l'écran.

Ma tête lui fut reconnaissante pour cette pause.

— Il avait un rendez-vous et sera en retard.

Ce n'était pas à moi de raconter à Bryce les affaires de John.

— Il arrivera un peu plus tard.

Je me réinstallai derrière mon ordinateur mais éprouvai de la difficulté à me concentrer.

— Fais-moi un rapide compte-rendu de ce sur quoi tu es en train de travailler. Est-ce que tu as eu le moindre problème ?

Je me levai et avançai vers la petite table que j'avais ajoutée au bureau. Cela nous donnait un endroit pour déjeuner ainsi que pour déposer des affaires et parler loin de nos bureaux.

— Laisse-moi prendre mes affaires, répondit Bryce avec excitation.

Je m'assis pendant qu'il se dépêchait d'aller à son bureau avant de revenir avec ses dernières mises-à-jour.

— Tout est fini et prêt à être intégré la semaine prochaine, et je travaille sur la prochaine séries de projets que tu m'as donnés, me dit Bryce avec fierté en me tendant ses feuilles de vérification. Je les ai testés deux fois. Je crois que John a presque terminé lui aussi, et j'espère que lorsqu'il arrivera, nous pourrons vérifier nos applications mutuelles avant de te les envoyer.

— Tu as passé en revue toutes les spécifications ? demandai-je, et il acquiesça de la tête avant un grand sourire.

— J'ai également fait une recherche sur les conditions requises que tu aies rédigées et je les ai aussi vérifiées, et j'ai trouvé une contradiction dont je voulais te parler.

Bryce sortit le document et nous le passâmes en revue. Je lui répondis que ce qu'il avait trouvé était un changement que nous avions accepté avec le client, mais c'était néanmoins une belle trouvaille de sa part, et j'étais fier qu'il l'ait soulignée. Cela signifiait qu'il faisait attention et c'était une bonne chose. Nous passâmes en revue tout ce qu'il avait fait jusqu'à présent.

— On dirait que c'est moi qui retarde tout le monde, commentai-je, sachant que j'avais en charge les parties les plus difficiles du système. Nous serons prêts d'ici la semaine prochaine, ajoutai-je avec un sourire. Nous avons fait plus de progrès que ce à quoi je m'attendais.

Bryce se leva et retourna en silence à son bureau, le ronronnement de la climatisation constituant le seul bruit perceptible dans la pièce. Quelque chose n'allait pas, et je me demandais de quoi il s'agissait.

— Est-ce que je peux te poser une question ? S'enquit Bryce.

Je déglutis lorsque je le vis se retourner.

— Est-ce qu'il y a quelque chose entre John et toi ?

Il retourna avec prudence vers la table.

— Je vois la manière dont il t'observe parfois, hier en particulier, et je sais que toi aussi tu le regardes. Au début, je pensais que c'était parce que tu voulais garder un œil sur lui pour une raison que j'ignore, mais maintenant, je pense que vous êtes amoureux.

— Je suppose que c'est le cas, avouai-je. Il ne s'est rien passé entre nous de concret, mais effectivement je l'aime beaucoup.

Je levai les yeux de la table.

— Mais quoi qu'il arrive, nous resterons professionnels au travail, et je ne le préfèrerai pas à toi si cela nous mène à quelque chose.

Je ne sais vraiment pas si cela nous mènerait quelque part, même si j'avais de l'espoir – beaucoup d'espoir – depuis la nuit dernière.

— Nous prenons notre temps et… c'est un peu difficile d'en parler.

À ma grande surprise, Bryce gloussa légèrement avant de s'asseoir en face de moi.

— Tu es un homme juste, Jerry, et tu es également un homme plutôt solitaire. Je ne t'en veux pas pour ça, tant que tu es heureux.

Bryce sourit de toutes ses dents.

— Juste avant que tu m'embauches, j'ai fait la connaissance de Percy.

Bryce gloussa et se couvrit la bouche de la main.

— Je n'arrive toujours pas à me remettre de ce nom, dit-il avec un autre gloussement. Je ne sais pas pourquoi sa mère lui donné un nom pareil, mais elle l'a fait, et je le trouve vraiment adorable.

— Est-ce que c'est pour cette raison que tu es toujours pressé de partir ? Demandai-je, et il rougit légèrement.

— Percy a des horaires bizarres puisqu'il est infirmier, alors j'ai l'occasion de le voir uniquement à l'heure du dîner, et ensuite il faut qu'il parte travailler, m'expliqua Bryce.

— Si tu veux arriver et repartir une heure plus tôt, ça ne me dérange pas. Tant que tu fais ton travail correctement, cela ne me pose aucun problème.

De toute façon, je commençai habituellement une heure avant qu'ils arrivent, mais je comprenais que cela puisse représenter beaucoup pour Bryce.

Je le vis faire un grand sourire.

— Vraiment ?

On aurait pu penser que je venais de lui faire un cadeau particulier.

— Bien sûr. Maintenant, je pense que nous avons tous les deux du travail à faire, dis-je en me levant et me tournant vers mon bureau. Un jour, j'aimerais bien rencontrer Percy.

Il avait l'air sympathique, et j'étais curieux de savoir quel genre d'homme pouvait capturer l'attention de Bryce. Ce dernier me promit qu'il l'emmènerait un jour, et retourna à son bureau. Lorsque je parvins au mien, le seul bruit que j'entendis par-dessus la climatisation fut celui que faisait Bryce en tapant furieusement sur son clavier.

Mon mal de tête disparut enfin et je me remis au travail, mais je me pris à garder un œil sur la porte, cherchant John. Alors que la matinée avançait, je commençai à me faire du souci, puis j'entendis enfin des bruits de pas à l'extérieur et la porte s'ouvrit tandis que John entrait. Il alla directement à son bureau, et je l'entendis se déplacer, ainsi que des chuchotements entre lui et Bryce. Jetant un coup d'œil autour de mon écran, je tentai d'accrocher son regard, mais soit il était préoccupé, soit il m'évitait.

— Merde, marmonnai-je dans ma barbe.

J'avais été plutôt généreux dans mes conseils envers John, et si j'avais contribué à empirer sa situation ? Je continuai de jeter des coups d'œil de derrière mon écran, mais John demeura derrière le sien.

À l'heure du déjeuner, j'apportai de quoi manger de la maison, et nous mangeâmes à la table. John évita de nous parler, à Bryce et moi. Une fois qu'il eut fini de manger, Bryce me regarda d'un air compréhensif, puis quitta le bureau en disant qu'il allait faire une courte promenade au soleil.

— Qu'est-ce qui s'est passé, John ? demandai-je une fois que la porte se fut refermée derrière Bryce.

— Elle… elle m'a dit que cela ne faisait pas suffisamment longtemps que j'avais un emploi.

John leva les yeux vers moi. Il avait l'air d'être au bord des larmes.

— À chaque fois que je fais ce qu'elle veut, elle me dit de faire encore autre chose.

J'entendis une cassure dans sa voix.

— Est-ce que tu peux leur rendre visite ? demandai-je.

Il hocha lentement la tête.

— Au début elle a dit que non, et ensuite j'ai fait ce que tu m'as dit de faire et je lui ai dit que je voulais parler à son supérieur pour voir ce qu'il en pensait, et elle a cédé. Je peux leur rendre visite quelques heures samedi.

John paraissait nerveux et contrarié.

— Je fais ce qu'elle veut que je fasse, mais ce n'est jamais suffisant, dit-il, l'air abattu. Je ne vais jamais pouvoir les récupérer.

— Si, tu vas y arriver. Tu te débrouilles bien pour le moment, et je t'écrirai une lettre toutes les semaines s'il le faut, lui dis-je gentiment.

Cette femme commençait sérieusement à m'énerver, et je ne l'avais encore pas rencontrée. Je comprenais qu'il faille suivre les règles et les procédures, mais changer les règles à chaque fois n'était pas juste.

— Les enfants vivent en dehors de Chamberlain, n'est-ce pas ? demandai-je, et il acquiesça.

— Je vais avoir besoin de louer une voiture, parce que celle que j'ai n'est pas suffisamment fiable pour me permettre de faire l'aller-retour, commenta John, et je le voyais presque en train de faire mentalement la liste des choses qu'il lui faudrait faire.

— Si tu veux, je peux t'y emmener, lui proposai-je.

— Je ne peux pas te demander une chose pareille, dit-il.

— Tu ne me l'as pas demandé – c'est moi qui te le propose, rétorquai-je avec un sourire tout en lui touchant la main. Mais tu vas les voir, et c'est un pas en avant, tentai-je de l'encourager. Aujourd'hui tu as gagné une bataille contre la mocheté blanche, et une fois que tu auras vu les enfants et qu'ils t'auront vu, je sais que tu te sentiras mieux.

John fixa ses pieds, et je décidai de prendre un risque.

— Il faut que tu sois fort pour eux, parce que si tu abandonnes, alors Mato et Ichante n'ont aucune chance d'avoir un jour un foyer.

John leva la tête et ses yeux accrochèrent les miens ; la colère rendait son regard intense à en faire peur.

— Il faut que je me souvienne qui je suis et quelle est la signification de mon nom, dit-il avec fermeté. Je gagnerai cette guerre, bataille après bataille.

La posture de John se redressa et ses yeux s'embrasèrent. À cet instant, je vis son héritage s'enflammer en lui. Le dos droit et la tête haute, il alla à son bureau et s'assit sans rien dire. Bryce revint et se remit également au travail. Ils ne discutèrent pas comme ils avaient l'habitude de le faire. Je jetai un coup d'œil à plusieurs reprises autour de mon écran, et surpris Bryce une fois à me rendre mon regard. Il haussa les épaules et se remit au travail.

Après presque une heure, ce fut John qui brisa le silence.

— Jerry, dit-il, et je jetai un coup d'œil par dessus mon écran, j'apprécie ta proposition et j'aimerais que tu viennes avec moi samedi.

— Pas de souci, répondis-je, et nous partageâmes un bref sourire avant de nous remettre à travailler.

Après cela, j'entendis Bryce murmurer une question. Ils se déplacèrent tous les deux jusqu'à la table et passèrent du temps à discuter des applications sur lesquelles ils étaient en train de travailler à voix basse comme à leur habitude. Je me remis à mon travail, souriant à m'en décrocher la mâchoire. Lorsque j'avais proposé à John de l'emmener rendre visiter à son neveu et sa nièce, j'avais supposé qu'il refuserait parce qu'il voulait y aller seul. Cela ne faisait pas si longtemps que cela que nous nous connaissions, et je n'étais pas certain qu'il me fasse suffisamment confiance pour que je vienne. Je savais que ce voyage allait le rendre vulnérable, et il le savait aussi. Il fallait de la confiance pour laisser quelqu'un d'autre vous voir en étant vulnérable, et c'était cette confiance qui m'apportait le sourire.

JE ME levai tôt samedi matin. John m'avait dit qu'il était attendu à dix heures et demie à Chamberlain, et avec les indications qu'on lui avait données, il voulait avoir un peu plus de temps pour s'assurer de trouver l'endroit. Il était un peu plus de huit heures, et j'avais déjà pris ma douche, m'étais habillé et pris ma première tasse de café. Je supposai que si nous prenions la route d'ici huit heures et demi, nous serions vraiment en avance. Je continuai de guetter John et l'entendis enfin se garer dans l'allée. Je sortis sous l'auvent et vis qu'il était nerveux lorsqu'il me rejoignit.

— Je crois que nous ferions mieux d'y aller, dis-je, et il acquiesça sèchement de la tête.

Je finis mon café et saisis une glacière que j'avais préparée avant de sortir de la maison.

Un sac à la main, John vint à ma rencontre près de la voiture, et nous chargeâmes les affaires sur le siège arrière. Nous nous installâmes pour un trajet inintéressant dans l'ensemble. L'autoroute traversait des terrains généralement plats dans cette partie de l'État, parsemés à l'occasion de fermes ou de ranchs, et de temps à autre une petite ville venait casser le paysage, mais autrement, il n'y avait pas grand chose à voir.

— J'apprécie le fait que tu viennes avec moi, me dit John alors qu'il regardait par la vitre.

Je tendis le bras au-dessus du siège et lui touchai la main.

— Je suis heureux de pouvoir t'aider.

— J'ai apporté les jouets comme tu me l'as suggéré. Il a fallu les faire envoyer depuis la réserve, et ils sont arrivés juste hier, dit-il, continuant à regarder le paysage qui défilait.

— John, pourquoi est-ce que tes parents n'ont pas essayé d'obtenir la garde des enfants ?

Je m'étais toujours posé la question.

— Ma mère a essayé, mais elle a encore les plus jeunes de ses enfants à la maison, mon frère et ma sœur, trembla John. Je crois qu'elle avait peur que si elle en faisait réellement la demande, les services sociaux ne fassent une enquête sur elle, et ma sœur la plus jeune n'a encore que douze ans.

John ne poursuivit pas et je frissonnai. Ces gens ressemblaient plus à des terroristes prêts à détruire les familles qu'à des services sociaux.

— J'aurais pensé que l'objectif était de garder les familles réunies le plus possible, dis-je tandis qu'un nouveau frisson descendait le long de ma colonne vertébrale.

— Moi aussi, mais il y a beaucoup d'argent impliqué là-dedans. À la manière dont sont organisées les choses, l'argent que l'État obtient pour s'occuper des enfants est alloué aux services sociaux et non pas au Département du Trésor, ce qui fait qu'ils ont intérêt à ce que l'argent continue à rentrer, dit John.

Je le regardai juste à temps pour percevoir son air renfrogné.

— Je sais que cela fait un moment que tu es au beau milieu de tout cela, mais comment est-ce que tu as appris ça ? demandai-je.

— J'ai eu un professeur de sociologie qui l'avait étudié, et il a traité le sujet en classe. À l'époque, les étudiants étaient scandalisés, et on parlait même d'une campagne pour écrire une pétition, mais cela n'a pas vraiment abouti sur quoi que ce soit, mis à part le fait que j'ai appris beaucoup de choses sur les raisons pour lesquelles on me mettait des bâtons dans les roues à chaque étape.

Le ton de John était sévère et dur.

— Ça craint que les gens laissent l'argent faire obstacle aux familles, mais c'est ce qui est en train de se passer, et mon neveu et ma nièce sont coincés au beau milieu de tout cela !

Sa frustration et son venin me surprirent au début, mais je suppose qu'il en avait le droit.

— Comment est-ce que l'État a récupéré les enfants ? demandai-je.

— L'État a des pouvoirs limités à la réserve, or ma sœur vivait à Mitchell lorsqu'elle est décédée, et les services sociaux sont intervenus avant qu'aucun de nous ne puisse arriver là-bas. Il fallait que quelqu'un s'occupe des enfants, et l'État s'en est mêlé. Les familles d'accueil sont censées être temporaires, et une fois que je suis arrivé, je m'attendais à ce qu'on me donne la garde des enfants. Eh bien, j'avais tort. On m'a accueilli avec une montagne de papiers, de formulaires et de questions, tous destinés à garder les enfants amérindiens entre les mains de l'État.

John était très sérieux, et je l'entendis bouger sur le siège.

— Je sais qu'on dirait que je réagis de manière excessive, et au début j'ai moi-même eu des doutes à ce sujet, mais plus j'ai affaire à eux, et plus je commence à penser que le Dakota du Sud fait partie de l'Europe communiste de l'est plutôt que des États-Unis, avec tout le pouvoir qu'ils détiennent sur la vie des gens.

John bougea à nouveau sur son siège et regarda une fois de plus par la vitre.

— Si jamais je parviens à obtenir la garde des enfants, j'envisage sérieusement de déménager hors de cet état afin qu'ils ne puissent plus jamais me les enlever.

Sans réfléchir, je serrai plus fort le volant à la pensée que John puisse s'en aller, mais je m'efforçai de ne rien dire. Je savais que s'il obtenait la garde de son neveu et de sa nièce, ils auraient besoin d'être au centre de sa vie.

Nous continuâmes notre trajet en silence pendant un moment, et John finit par se rencogner sur le siège.

— Je me souviens la première fois que je l'ai vu quand j'étais enfant, commenta John en faisait référence à une pancarte qui indiquait le Palais du Maïs de Mitchell. Mon père nous avait emmenés rendre visite à un ami dans le Minnesota, et il s'est arrêté ici en chemin, pour qu'on puisse courir dans tous les sens pendant un moment. J'ai trouvé que c'était vraiment génial.

— Moi aussi. Je me suis arrêté la dernière fois que j'ai pris le volant en direction de l'ouest. Je pensais que c'était fascinant quand j'étais enfant, et je me souviens avoir regardé les peintures murales de dehors. Maintenant que je suis adulte, je trouve que cela semble avoir perdu de son éclat. C'est toujours intéressant, mais peut-être d'une manière kitch, un peu attrape-touriste.

John hocha lentement la tête.

— Je dois le reconnaître, mais c'est toujours assez joli, et si j'obtiens la garde des enfants, je les y emmènerai pour qu'ils puissent le voir.

— Lorsque tu auras récupéré les enfants, tu pourras les emmener voir toutes sortes de choses, ajoutai-je, et il eut un sourire qui voulait en quelque sorte dire merci.

Nous continuâmes à rouler la plupart de l'heure qui suivit avant de nous arrêter à Chamberlain, devant une petite maison aux jolies façades.

— Nous y sommes, dit John, ne faisant aucun effort pour sortir tout de suite.

Je l'entendis soupirer.

— Ça a l'air sympa.

Les haies étaient taillées avec soin, et le jardin était parfaitement entretenu. On pouvait voir quelques jouets sur le chemin, mais c'était la

79

seule chose qui cassait la perfection de la palissade blanche. John ouvrit sa portière.

— Je vais rester en retrait et te laisser aller leur dire bonjour seul, dis-je tout en ouvrant ma portière.

Tandis que John allait pour attraper les jouets qu'il avait apportés, je pris le sac afin qu'il ait les mains libres. Alors que nous traversions la rue, je vis la porte d'entrée de la maison s'ouvrir. Un petit garçon en sortit, suivi d'une petite fille plus âgée. Une fois que John eut traversé la rue, la fillette traversa en courant la pelouse.

— Oncle Akecheta ! cria-t-elle, et elle se lança dans les bras de John.

Mato la suivit, courant aussi vite que le lui permettaient ses petites jambes, et John le prit également dans ses bras. Je reculai et l'observai. Je vis des larmes dans ses yeux alors qu'il les serrait tous deux dans ses bras. Je ne comprenais pas ce qu'il disait, mais cela n'avait aucune importance, leurs pleurs et leurs câlins à tous en disaient plus long que ce que des mots auraient pu exprimer.

— Je croyais que tu nous avais oubliés, dit Ichante une fois qu'elle eut reculé.

— Jamais, dit John, la voix presque brisée, et ensuite il la reprit dans ses bras avant de tomber les fesses dans l'herbe.

Les deux enfants tentèrent de monter sur ses genoux en même temps, rampant pratiquement l'un sur l'autre pour l'atteindre.

— Est-ce qu'on peut rentrer à la maison avec toi ? demanda Ichante.

— Pas maintenant, mais avec un peu de chance, très bientôt, répondit John, et une boule se forma dans ma gorge, sachant à quel point cela devait le déchirer de devoir donner cette réponse-ci. Laisse–moi te regarder, dit-il, et Ichante recula et tourna sur elle-même comme une ballerine.

Je vis John tendre le bras et lui toucher la tête, passer ses doigts dans ses cheveux courts puis l'attirer à lui pour la prendre à nouveau dans ses bras. Mato s'accrocha à lui, et même si j'étais certain que John était en train de lui parler, il refusa de le lâcher et se contenta de répondre oui de la tête à ses questions.

Une femme menue apparut dans l'embrasure de la porte, s'essuyant les mains sur son tablier.

— Ione, Mike, faites entrer votre oncle, appela-t-elle doucement.

John se releva, portant Mato et tenant la main d'Ichante alors qu'il se dirigeait vers la porte d'entrée.

— Voici Jerry. C'est…

John hésita l'espace d'une seconde, puis reprit :

— … mon ami.

— Jerry Lincoln, M'dame, dis-je, et je lui tendis la main.

— Mary Caruthers, dit-elle avant de la prendre doucement dans la sienne pour une rapide poignée de main. Je suis contente que John puisse voir les enfants. Ils demandent tout le temps quand il va venir.

J'eu un temps d'arrêt avant de me tourner vers John puis de regarder à nouveau Mme Caruthers. Quelque chose ne tournait pas rond, et je n'arrivais pas à savoir ce dont il s'agissait.

— Je vous en prie, asseyez-vous dans le salon, proposa-t-elle d'un geste de la main. Je vais aller chercher quelques rafraîchissements, dit Mary sur un ton un peu nerveux avant de se dépêcher de sortir de la pièce.

John s'assit sur le canapé, un enfant de chaque côté de lui, parlant avec excitation. Mary revint et déposa un plateau sur la table avec un pichet de ce qui ressemblait à de la limonade, des verres en plastique ainsi qu'une tasse pour enfant munie d'un couvercle. Elle nous versa un verre chacun avant de tendre la tasse à Mato.

La maison paraissait parfaitement propre, et alors que je les observais, je vis que les enfants avaient l'air d'être traités avec le plus grand soin. J'avais peur qu'ils ne vivent dans de mauvaises conditions. Au moins cela n'était pas un souci.

— C'est qui ? demanda Mato en me montrant du doigt après avoir bu quelques gorgées.

— C'est M. Jerry, et c'est un de mes amis, dit John en me regardant, et je souris pour l'encourager. Lui et moi travaillons ensemble.

— Qu'est-ce que vous faites dans la vie ? demanda Mary tout en s'asseyant sur le bord de l'un des fauteuils et en me regardant.

— Je suis un expert en programmation informatique. Je développe des sites web et des applications complexes basées sur le web.

Je savais que je la prenais un peu de haut, mais je voulais l'impressionner.

— Cela fait quelques semaines que je travaille avec John, et il est plutôt doué.

Je supposai également que puisque j'étais ici en tant qu'ami et non pas en tant qu'employeur de John, je pouvais me la jouer décontracté. Mary eut un sourire, et je regardai à nouveau en direction de John.

— Je vous ai apporté quelque chose, dit John.

C'était le signal pour que je lui tende le sac que j'avais encore à la main. John fouilla à l'intérieur et en sortit un petit paquet enroulé dans un peu de tissu.

— Un ami à moi l'a fait pour vous, et une amie de votre mère a tissé l'étoffe pour vous.

Mato prit le paquet dans ses petites mains, le retournant à plusieurs reprises. Le tissu glissa et Mato tint un cheval sculpté en bois dans ses mains.

— Un jour tu pourras monter un cheval comme celui-là, dit John.

Mato se tortilla pour descendre de ses genoux et se mit à jouer par terre.

Mary l'enjamba et ramassa le tissu, et je la vis le passer entre ses doigts.

— Je m'assurerai de placer ceci dans ses affaires, dit-elle. Est-ce que c'est un motif traditionnel ?

— Oui, répondit John d'une voix cassée.

Ensuite il fouilla le sac et en sortit un autre paquet emballé dans un bout de tissu presque identique, et le tendit à Ichante. Elle le prit avec circonspection, le déballant lentement. Je n'avais jamais vu d'enfant agir aussi attentivement lorsqu'il était question de cadeaux, et je la vis regarder Mary, qui hocha légèrement la tête. Dès que le tissu glissa et qu'elle vit la simple poupée, elle poussa un cri de joie et commença à parler en ce que j'assumai être du lakota. Quoi qu'il se fût dit, il était évident que la poupée avait un grand succès, pas seulement à ses mots, mais à la manière dont elle l'étreignait puis la tenait tout à tour afin de pouvoir caresser le visage rouge-brun.

— Est-ce que cela vous dérangerait si nous emmenions les enfants déjeuner ? demandai-je à Mary, et elle eut l'air un peu nerveuse. Nous comprendrions si vous vouliez vous joindre à nous.

Je ne savais absolument pas ce que les services sociaux lui avaient dit, et je ne voulais pas poser de problèmes. Je voulais seulement accorder à John le plus de temps possible avec les enfants.

Mary eut l'air d'y réfléchir pendant un long moment.

— Il y a un restaurant en ville, et nous pourrions vous rejoindre là-bas, finit-elle par dire.

— Merci, dit John tandis que Mato grimpait à nouveau sur le canapé et montait sur ses genoux, lui montrant le cheval alors qu'il lui parlait.

Je ne savais pas s'il parlait en anglais ou en lakota, parce que j'arrivais à peine à l'entendre, mais John eut l'air de comprendre chaque mot. Je soulevai mon verre, y versai un peu plus de limonade et la sirotai pendant que John jouait avec les enfants. De temps à autre, il levait les yeux vers moi avec une expression presque désespérée sur le visage, puis il retournait à leur jeu. Outre le fait qu'il allait finalement devoir partir, je ne savais absolument pas pourquoi il avait autant de peine. J'eus envie de lui dire de profiter au maximum du temps qu'il avait, mais je gardai le silence et le laissai jouer.

Après un moment, Mato glissa sur le sol, tenant toujours son cheval, puis traversa le couloir en courant.

— Marche, s'il te plaît, dit Mary, et Mato ralentit l'allure.

Il revint quelques minutes plus tard, le cheval que John lui avait offert dans une main et un autre en plastique dans l'autre. Puis il les fit galoper vers les coussins du canapé et autour des jambes de John. Ichante s'assit sur le bord du canapé, serrant dans ses bras sa poupée et lui parlant tout en brossant ses longs cheveux de ses doigts.

Vu de l'extérieur, cette scène avait l'air incroyablement affectueuse et paisible, John jouant avec les enfants. Mais je savais que sous la surface étaient cachées la tristesse et la peine de John et des enfants, parce que finalement, nous allions devoir partir. Mato continua de jouer et de ramper sur John tout en ayant une crise de fou rire.

— Il est rarement comme cela, dit Mary en se tournant vers moi. Leur mère leur manque, et ils posent tout le temps des questions à propose de leur oncle.

À nouveau la confusion s'afficha sur son expression, et je me retournai vers John. Une fois que nous serions seuls il faudrait vraiment que nous ayons une discussion.

— J'ai faim, dit Ichante en se rapprochant de John.

— Nous allons déjeuner avec ton oncle, alors allez vous laver les mains, et nous monterons dans la voiture.

Mary se leva et John en fit de même.

— Je vais les aider, dit-il, et Mary lui indiqua où se trouvait la salle de bain.

John prit chacun des enfants par la main et les emmena dans la salle de bain. Je savais à l'expression qui était brièvement apparue sur son visage qu'il était bien déterminé à passer le moindre moment possible avec eux.

Une fois qu'ils eurent fini, John ramena les enfants, et Mary nous indiqua le chemin jusqu'au restaurant.

— C'est sur la rue principale de la ville, à seulement deux pâtés de maisons. Nous vous rejoindrons là-bas dans quelques minutes, dit-elle en nous raccompagnant jusqu'à la porte.

Nous partîmes et je suivis John sous le soleil ardent jusqu'à la voiture. L'intérieur du véhicule était torride. Je tins la portière ouverte pour laisser sortir la chaleur avant de démarrer le monteur et de mettre la climatisation à fond. John demeura silencieux le temps du court trajet. Je trouvai ensuite le restaurant puis je me garai devant. Nous nous dirigeâmes vers l'intérieur et trouvâmes une table suffisamment grande pour nous tous. Je m'assis, mais John avait l'air nerveux et retourna à l'extérieur.

Il me rejoignit, Mato dans les bras et Ichante lui tenant la main. Mary les suivait, et je lui fis de la place à la table pendant que John et les enfants s'asseyaient ensemble de l'autre côté. Ils discutèrent à propos de ce qu'ils voulaient manger, et John les laissa commander ce qu'ils voulaient. Le serveur s'arrêta, et Mary aida à commander les boissons. Elle avait l'air ferme mais très patiente. L'attention de John était tournée vers les enfants tandis qu'il les aidait à colorier leurs sets de table.

— Votre travail doit être très stimulant, commenta Mary tout en sirotant son verre d'eau. Est-ce que vous êtes du coin ?

— J'ai grandi juste en dehors de Sioux Falls. J'ai tout appris sur l'informatique lorsque j'étais en Californie.

Nous causâmes de tout et de rien, et je lui expliquai que j'étais revenu m'occuper de mon grand-père. Elle m'écouta tout le long mais garda un œil tourné sur les enfants. Je pensais que c'était une manière de s'en occuper plutôt maternelle. Le serveur revint avec les boissons, et nous commandâmes les plats alors que les enfants levaient à peine les yeux de leurs coloriages. Quand ils arrivèrent, le serveur apporta des sets de table propres pour les enfants, et ils mangèrent et discutèrent de choses et d'autres. John était là pour aider les enfants, peu importe ce dont ils avaient besoin.

Alors que le repas continuait, je voyais la tension monter lentement dans le corps de John. Il savait que le moment où il devrait leur dire au revoir arrivait. Quand tout le monde eut fini de manger, il était aussi tendu qu'une corde, au point que je crus qu'il allait se mettre à jouer de la musique. Les deux enfants présentèrent leurs dessins à leur oncle Akecheta, et ils les serra fort dans ses bras tous les deux. Mato grimpa sur ses genoux, enlaçant son oncle, le visage enfoui dans son cou.

— Est-ce que tu reviendras nous voir ? demanda Ichante une fois qu'ils furent dehors sur le trottoir.

John s'agenouilla et reposa Mato sur ses jambes.

— Je reviendrai vous voir tous les deux dès que je le pourrai. Je vous le promets, dit-il, et je sentis le déchirement dans sa voix.

Je dus me tourner brièvement afin de m'essuyer les yeux. John prit ensuite chacun des enfants dans ses bras à son tour, et enfin Mary nous dit au revoir et fit monter les enfants dans une camionnette. John se tint sur le trottoir et leur fit signe de la main jusqu'à ce qu'ils s'éloignent et que le véhicule ait disparu. Ensuite il alla vers la voiture et s'installa sur le siège passager une fois que j'eus déverrouillé les portières.

Je démarrai la voiture, et nous nous dirigeâmes vers l'autoroute. John demeura silencieux et regarda à nouveau par la vitre, la rage réprimée le submergeant. Je ne dis rien, espérant qu'il parlerait lorsqu'il serait prêt à le faire, et nous continuâmes notre chemin en silence jusqu'à apercevoir le premier panneau indiquant le palais du maïs.

— Ces enfants ne connaissent rien de leur patrimoine. Ichante ne se souvient que d'un peu de lakota, et Mato n'en connaît presque aucun mot.

John était tourné vers la vitre lorsqu'il prit la parole.

— Et elle continue de leur couper les cheveux ! hurla presque John. On leur a coupé après la mort de leur mère, mais ils devraient les laisser pousser à nouveau à moins que quelqu'un d'autre de leur entourage ne vienne à mourir.

John frappa du poing contre le tableau de bord, et je sursautai, faisant faire une embardée à la voiture.

— Est-ce que tu sais ce que Mato m'a dit lorsqu'il a sorti son cheval en plastique ?

John contrôlait à peine sa rage.

— Il a dit qu'il jouait aux cowboys et aux indiens, et qu'il demandait à Ichante d'être l'indien afin de pouvoir lui tirer dessus.

John se mit à taper du pied, et je garai la voiture sur le côté de la route.

— Cette femme est en train de tuer ma famille avec sa limonade et son oppression.

J'arrêtai la voiture et John en sortit, marchant vers le bord de la route. Je restai en recul et le laissai prendre un peu de temps seul. Il fit les cent pas le long du côté de l'autoroute comme un animal en cage à la recherche d'une sortie pendant quelques secondes. Puis, sans prévenir, il leva la tête et laissa échapper un cri tellement pétri d'angoisse que je le sentis remonter le long de ma colonne vertébrale.

Je remontai dans la voiture, m'installai sur mon siège et attendis John. Il continua de rôder pendant un moment dans la chaleur de l'après-midi, puis j'entendis la portière du côté passager s'ouvrir, et il se glissa sur son siège et attacha sa ceinture. Puis je repartis sur l'autoroute et lui laissai du temps pour réfléchir.

— Cette femme, jura John, est en train de leur voler leur patrimoine et de tenter de me tenir loin d'eux.

— John, je ne crois pas qu'elle soit ton ennemie, dis-je doucement.

Si un regard pouvait tuer, j'aurais déjà été trucidé et réduit en cendres.

— Comment est-ce que tu peux dire ça ? me demanda John, les dents serrées, sa colère remontant une fois de plus à la surface. Elle est en train de détruire au bulldozer le peu de conscience qu'ils peuvent avoir de leur patrimoine. Il y a Barbie dans la chambre d'Ichante, et dans celle de Mato des posters de Star Wars. Ils n'ont rien d'autre que ce que je leur ai donné de leur patrimoine et ils n'ont aucune manière d'apprendre à ce sujet.

— Je comprends, dis-je calmement.

— Vraiment ? rétorqua-t-il. Parce que je ne vois pas comment tu le pourrais.

Son venin était acerbe.

— Je ne suis pas non plus ton ennemi, dis-je d'un ton qui se voulait neutre, m'efforçant de ne pas m'en prendre à lui.

Je respirai profondément à plusieurs reprises avant de continuer, parce que mon instinct était de tendre le bras par dessus le siège et de lui mettre une claque à l'arrière du crâne pour lui remettre un peu de plomb dans la cervelle.

— Si elle était ton ennemie et qu'elle essayait de te tenir à l'écart des enfants, alors pourquoi est-ce qu'elle m'aurait dit que tu manquais aux enfants, et demandé pourquoi tu ne venais pas leur rendre visite ? Parce que c'est ce qu'elle a fait, pendant que tu jouais avec eux. Qui est-ce qui t'as empêché de les voir ? Mary ne connaît peut-être rien de ton patrimoine, mais elle s'occupe de ces enfants du mieux qu'elle peut, et je parierais qu'ils vont beaucoup lui manquer une fois qu'ils seront partis. Comme je te l'ai dit, je ne crois pas qu'elle soit ton ennemie.

Je continuai de conduire et attendis que John reprenne la parole.

Cela lui prit un moment mais lorsqu'il ouvrit la bouche, il avait l'air bien plus calme.

— Est-ce qu'elle a vraiment dit ça ?

— Oui. J'ai eu la très nette impression qu'elle ne comprenait pas pourquoi tu n'étais pas venu les voir depuis des mois, et si elle était aussi méfiante et circonspecte, c'est justement parce que tu n'étais pas venu. Alors si tu peux te séparer de ta colère et commencer à avoir des pensées lucides, peut-être que nous pourrons trouver un moyen d'affronter notre véritable ennemi.

— La mocheté blanche, dit John.

— Exactement. La mocheté blanche, répétai-je, et il me fit un petit sourire tandis que sa colère s'estompait en partie.

— Alors qu'est-ce qu'on fait ? demanda-t-il au bout d'un moment.

— Je ne sais pas vraiment, mais l'union fait la force. Donc il nous faut obtenir autant de soutien que possible. Je crois que tu dois prendre contact avec autant de personnes que possible – des membres de ta tribu et des blancs. Vois si tu peux leur faire écrire des lettres de soutien. Il faudra que tu montres à la mocheté blanche que tu n'es pas seul la prochaine fois que tu la verras.

— Qu'est-ce que ça va changer ? demanda John d'un air sceptique.

— Cela démontrera que tu as des amis qui se sentent concernés, parce que s'ils t'écrivent des lettres de soutien, ils peuvent également écrire aux législateurs et aux responsables du gouvernement. Les bureaucrates ne sortent de leur zone de confort que s'ils y sont contraints. La mocheté blanche – Seigneur, il allait vraiment falloir que je sache comment elle s'appelait parce que venant de moi cela avait l'air stupide – a besoin qu'on la pousse à faire ce qu'elle devrait faire. Alors nous allons la pousser, et fort.

— Nous ? Tu vas m'aider ? demanda-t-il.

J'acquiesçai.

— Si je le peux. Tu as besoin de lettres de soutien de la part de personnes qui te connaissent depuis un moment. Je te suggère de demander à certains de tes professeurs, en particulier ceux qui t'ont eu dans plus d'un cours. Ils devraient être disposés à t'écrire cela. Tu pourrais également demander à d'anciens employeurs, suggérai-je.

Je vis que John n'était pas convaincu, mais je n'avais pas d'autres idées, mis à part attendre plusieurs mois pour que John ait travaillé plus longtemps.

— Je vais essayer, accepta John alors que je prenais la sortie.

Nous traversâmes la ville pour rentrer chez moi et je me garai dans l'allée à côté de la voiture de John.

— Est-ce que tu veux entrer un moment ?

C'était la fin de l'après-midi, et je supposai qu'une boisson serait plutôt bien accueillie. Je sortis, puis attrapai la glacière et la portai jusque dans la maison.

— Qu'est-ce que je peux t'offrir à boire ?

John secoua la tête et se rapprocha.

— Je suis désolé, Jerry. Je n'aurais pas dû passer ma colère et ma frustration sur toi.

Il se rapprocha encore un peu, et j'eus envie de le prendre dans mes bras mais je me retins.

— Tu n'as fait qu'essayer de me venir en aide. Je sais que tu te préoccupes de moi et que tu es de mon côté.

— C'est le cas, dis-je doucement.

Je me demandai ce que John allait faire maintenant. Je reculai légèrement et mon dos toucha le comptoir. John se rapprocha encore un peu plus.

— Je n'aurais pas dû passer ma colère sur toi, dit-il alors que la chaleur irradiait de son corps.

— Ta contrariété est justifiée, mais dirige-la envers les bonnes personnes. Mary Caruthers n'est pas l'ennemie, et elle pourrait être une alliée. Elle tient aux enfants et elle veut qu'ils soient avec leur famille.

John haussa un sourcil.

— Par pitié ! Elle ne veut que ce qu'il y a de mieux pour eux, et si tu apprenais un peu à la connaître, elle pourrait peut-être nous aider à convaincre les services sociaux que tu es capable de t'occuper d'eux.

— Alors qu'est-ce que tu voulais dire ? demanda-t-il, croisant les bras sur son torse.

Je fouillai dans ma poche.

— Elle m'a donné son numéro de téléphone et m'a dit que tu pouvais appeler de temps en temps. Les enfants adoreraient te parler, et elle a aussi dit que si tu appelais avant de passer, tu pourrais venir les voir quand tu voulais.

John en resta bouche bée et il se mit à trembler. Avant que j'aie le temps de m'en rendre compte, ses bras m'entouraient et il m'avait soulevé de terre, tout en criant et en riant.

— John, repose-moi par terre, dis-je en riant à mon tour.

Il s'exécuta et m'embrassa aussi avec passion, tellement que j'en oubliai tout et tout le monde, à l'exception de ses lèvres sur les miennes. Bon sang, cet homme savait embrasser ! Je passai mes bras autour de son cou, lui rendant son baiser de toutes mes forces. Il avait bon goût, et cela en était encore plus agréable.

Nous nous déplaçâmes dans la maison, John me guidant en se servant de ses lèvres. L'arrière de mes jambes rencontra le bord du canapé, et je tombai à la renverse, John continuant de m'embrasser alors que nous chutions.

— Tu es extraordinaire, me dit-il après s'être reculé pour que nous puissions respirer.

— Tout ça pour le numéro de téléphone ? demandai-je.

Il me regarda dans les yeux pendant quelques secondes avant de m'embrasser à nouveau.

Non, c'était assurément pour quelque chose de plus que le numéro de téléphone. Il bougea, toujours en m'embrassant, et je sentis qu'il s'agenouillait sur les coussins du canapé et me pressait contre ce dernier. Je me tins à lui alors qu'il m'embrassait avec encore plus d'ardeur, son poids me coinçant entre les coussins et lui. Quel endroit pour être coincé !

— Tu as le goût du soleil, dit-il, et je gloussai.

— J'ai toujours pensé que tu avais l'odeur du vent, lui dis-je, prenant une profonde inspiration avant d'enfouir mon visage dans son cou, léchant la peau alors que je flottais sur cet arôme étourdissant.

Les baisers intenses et énergiques de John continuèrent alors que des décharges électriques et des étincelles parcouraient mon corps. Ce dernier semblait prêt à prendre feu. Je resserrai mon étreinte, craignant qu'il s'arrête. Je n'eus aucune envie de le mentionner de peur que les baisers prennent fin et que je sois à nouveau laissé seul. Je sentis John glisser sa main sous ma chemise, la faisant remonter jusqu'à mon torse jusqu'à ce qu'un de ses pouces pince et taquine un de mes tétons. J'émis un son étranglé que John avala, et il continua de m'embrasser tout le long.

— Seigneur ! criai-je entre deux halètements pour respirer lorsque John ôta ses lèvres des miennes.

Parler et réfléchir étaient devenues des activités difficiles, et tout ce que je voulais, c'était disparaître dans les yeux sombres et profonds de John.

— Ne t'avise pas de t'arrêter !

— Je n'ai pas l'intention de m'arrêter avant que tu sois mien ! gronda John avant de s'emparer de ma bouche.

Sa main ne s'arrêta pas et, alors que nous nous embrassions, je sentis la chaleur de ses doigts rugueux le long de mon côté et jusque sur mon torse. Je pouvais à peine bouger avec le poids délicieux de John sur moi, mais mon dos s'arqua tout seul lorsqu'il me pinça durement les tétons, tournant et caressant la chair sensible jusqu'au moment où je crus que ma tête allait exploser.

— Lève les bras, murmura John, et je m'efforçai de les éloigner de sa peau.

Il souleva un peu plus ma chemise jusqu'à ce qu'elle finisse par terre, froissée. Je n'eus pas le temps de m'interroger à ce sujet, parce que John caressait mes bras, me donnant des picotements et me faisant tressauter. Mes épaules suivirent, et il souleva son corps alors que ses caresses voyageaient le long de mon torse jusqu'à mon ventre. Quand je me rendis compte de ce qui se passait, John était à genoux entre mes jambes. Je lui jetai un coup d'œil à travers mes paupières entrouvertes. Il m'avait à moitié ensorcelé et je me demandai où il était passé.

— L'étage ? demandai-je entre deux courtes respirations.

Il se leva et me tendit la main. Je la pris et il m'aida à me lever avant de se diriger vers l'escalier. Arrivés en haut, j'ouvris la marche et le conduisis dans ma chambre.

John m'embrassa une fois que nous eûmes passé le pas de la porte, et je le sentis qui me pressait contre le lit. Nous tombâmes, nos bras et jambes emmêlés. Notre baiser cessa suffisamment longtemps pour que John se débatte pour quitter sa chemise. Alors que son torse s'étendait au-dessus de moi, je refermai les lèvres autour d'un téton bronzé, le suçant et goûtant réellement son corps pour la première fois. Il avait le goût intense de la terre, et je le voulais entièrement. Je laissai mes mains errer sur chaque bout de peau à portée de main alors qu'il se débattait avec sa chemise. Je suppose que je ne lui facilitai pas la tâche pour se concentrer, mais je m'en moquais. Son torse plana au-dessus de ma bouche, et je ne pus m'empêcher de lécher et d'embrasser chaque bout de peau qui passait près de mes lèvres.

Je l'entendis soupirer et sentis son corps bouger alors qu'il s'éloignait. Il pressa sa poitrine contre la mienne, et je ne pus retenir un soupir à mon tour. Sa peau, lisse et chaude, était divine contre la mienne. Nos bouches se rencontrèrent en un baiser féroce qui se changea rapidement en une lutte pour la domination que je lui laissai gagner. Il avait besoin de sentir qu'il maîtrisait la situation pour l'instant et je voulais accepter tout ce qu'il était prêt à me donner. Ses lèvres mordillèrent et sucèrent les miennes, ses dents tombant légèrement sur ma peau sensible. Il bougea un peu au dessus de moi, tandis que je sentais qu'il m'enlevait ma ceinture. La boucle fit un petit bruit métallique et le cuir s'écarta, suivi par la fermeture de mon jean. John taquina la peau située au dessus de celui-ci. Il appuya ses mains sous moi et dans mon sous-vêtement. Ses paumes et ses doigts saisirent mes fesses et en pétrirent la chair.

— Bon sang, ce que tu peux être sexy, marmonna John entre deux baisers.

Je le sentis m'agripper fortement, ses doigts s'enfonçant dans ma chair. J'adorais ça.

J'avais toujours apprécié les hommes qui comprenaient que je n'allais pas me briser. Pas que j'aimais me faire frapper ou quoi que ce soit, mais j'aimais quand celui qui me touchait savait que 'plus' était effectivement 'mieux'. John l'avait compris. Ses doigts calleux ajoutaient à cette sensation de rudesse qui menaçait de m'envoyer au paradis.

Puis la main de John se fit plus légère et s'éloigna. Je levai la tête et le regardai s'éloigner du lit tout en me regardant. Je me sentis nu l'espace d'un instant. Ensuite il sourit – non, pas un sourire mais une combinaison intensément érotique d'un regard concupiscent et d'un grand sourire satisfait qui envoya directement une poussée d'ardeur jusqu'à mon membre palpitant. Se penchant en avant, il m'enleva mes chaussures puis saisit mon jean et me l'ôta en tirant dessus, le faisant tomber à terre. Le reste de mes vêtements suivit et je me tins nu sous son regard intense.

— Ne bouge pas, dit-il dans un murmure rauque, et j'entendis ses chaussures tomber à terre.

Ensuite, je regardai ses longs doigts ouvrir sa ceinture puis enlever son pantalon. Le jean glissa le long de ses jambes. Je remarquai deux choses lorsqu'il se redressa – ses cheveux étaient tombés sur son visage, et il les repoussa sur le côté tandis que mon regard se portait sur la deuxième chose : John était complètement et totalement nu… dans ma chambre… avec moi.

Dire que son corps imberbe était magnifique aurait été l'euphémisme du siècle. Sa peau intense de la couleur de la terre scintillait et s'étirait sur des muscles endurcis par le travail. Il s'avança lentement vers moi. J'eus envie de me relever et de tendre la main vers lui, mais je ne pouvais pas bouger un seul muscle. Il m'avait complètement ensorcelé, et à chaque pas, son lourd sexe engorgé se balançait de gauche à droite. J'haletai, puis déglutis. Je léchai mes lèvres devenues tout à coup sèches, clignant des yeux à plusieurs reprises pour m'assurer que je n'étais pas en train de rêver.

— Je t'ai imaginé à de nombreuses reprises, marmonnai-je de façon presque incohérente. Jamais je ne me suis pas approché de la réalité.

Le moindre mouvement du corps de John m'hypnotisait – ses jambes épaisses alors qu'il grimpait sur le lit, ses bras forts alors qu'il les tendait vers moi, ses mains rugueuses qui me maintenaient sur le lit et ses lèvres douces et fermes qui dévoraient les miennes. Le poids de John me pressait contre le matelas, sa peau glissait contre la mienne, un corps si lisse qu'on aurait pu dire qu'il avait été enduit d'huile. Sa verge reposait contre mon sexe dur et palpitant, chaque contact le faisant tressauter entre nous deux.

John ôta ses lèvres des miennes alors qu'il glissait le long de mon corps, ses hanches, son ventre puis son torse passant le long de mon membre. Je me mordis la lèvre en tentant de réprimer un gémissement qui remontait soudain du plus profond de ma poitrine. John laissa de longues traînées de baisers le long de ma peau, donnant des coups de langue sur mes tétons qui me firent me tortiller d'une anticipation presque chatouilleuse. J'arquai le dos et tentai de me rapprocher de lui afin de ressentir un peu plus cette sensation qui avait l'air de m'échapper.

— Ne bouge pas, me prévint-il, et mes yeux s'élargirent.

— Est-ce que c'est ce que tu désires ? demandai-je, me demandant ce que je pensais à l'idée de recevoir des ordres au lit.

— Te donner du plaisir, oui. Te maintenir sur la corde raide pendant des heures et ensuite te pousser du bout des doigts jusqu'à ce que tu tombes dans des abîmes d'extase, oui. C'est exactement ce dont j'ai envie.

Les yeux de John flamboyaient, et même si j'avais pu avoir des doutes, ce n'était pas le cas de mon corps. Il vibrait et palpitait d'anticipation débridée.

— Est-ce que tu veux bien me laisser faire ? me demanda-t-il, et je répondis oui sans même y réfléchir. Alors mets-toi à quatre pattes.

John s'éloigna et je me retournai, me positionnant de la manière dont il l'avait demandée. Il passa une main le long de ma colonne, et je frissonnai.

— Seigneur… gémis-je doucement.

— Baisse la tête et garde les fesses en l'air, me dit-il avec fermeté tandis qu'il passait la paume de sa main sur ma fesse.

Attrapant un oreiller, je le tins alors que John caressait ma peau. Le lit bougea, et John me caressa les côtés. Je le sentis presser ses hanches contre mes fesses, et sa verge se glissa entre mes cuisses et le long de mes testicules qui pendaient. Je n'émis pas un seul son, ma bouche était ouverte d'émerveillement alors qu'il traçait une ligne le long de mon cou avec ses baisers, puis le long de mon dos. Il recula ses hanches alors qu'il descendait plus bas, et une série de picotements courut le long de mon dos de haut en bas, encore et encore, chacun plus intense et s'ajoutant au dernier jusqu'à ce qu'ils ressemblent à d'interminables ondulations sur un étang. L'humidité, brûlante et torride, continua plus bas, et je retins mon souffle, mes yeux se fermant alors que je souhaitai et priai pour que John continue mais n'osai espérer qu'il le fasse.

— Putain ! criai-je alors que sa langue répandait une traînée brûlante le long de la raie de mes fesses, se glissant à côté de mon anus puis jusqu'à mes testicules.

Je sentis la main de John entourer ma verge, la tirant alors que sa langue continuait son exploration. Mes jambes tremblèrent et secouèrent le lit, mes doigts cramponnèrent l'oreiller tandis que je haletais et gémissais. Je tentai de reprendre la respiration qui semblait m'avoir été arrachée. Et juste au moment où je parvins à la reprendre, John mordilla la peau de mon anus et m'empala profondément et durement de sa langue. Je perdis la raison et criai, tombant vers l'avant jusqu'à ce que je sois étendu sur le lit. John profita de ma nouvelle position en écartant bien mes jambes et en suçant mes fesses jusqu'à ce que je puisse à peine y voir clair.

Je me mis à donner des coups de hanches, mon membre glissant délicieusement le long des draps. Je sursautai lorsque je sentis une légère claque sur mes fesses.

— Hé ! protestai-je.

— Alors ne bouge pas, gronda John, et je tremblai d'excitation. Tu es entre mes mains.

Je secouai la tête et forçai mes hanches à s'immobiliser. Il attendit, faisant traîner ses mains le long de mes cuisses, puis je sentis le lit bouger et sa langue revint sur ma peau, me rendant immédiatement fou de désir, complètement dévergondé. Je me demandai ce qui allait suivre et n'eus pas à attendre longtemps. Une fois de plus mon souffle se coupa, et je faillis me mordre la langue lorsque John glissa sa main le long de mon périnée, sur mes testicules avant de descendre sous moi le long de mon membre. Bon sang, ce que c'était bon ! Je désirai que John le refasse encore, mais il s'immobilisa, me donnant juste assez de frottement pour accroître mon désir. Il continua d'aiguiser le fil sur lequel il me maintenait. Je n'avais absolument aucune idée depuis combien de temps il m'y avait maintenu. Cela aurait pu être des minutes comme des heures. J'étais parti bien trop loin.

Il me demanda de me retourner sur le dos, et je m'exécutai volontiers. Quoi qu'il voulût, j'étais prêt et enclin à le lui accorder. Il leva mes chevilles, et je ramenai mes genoux à mon torse, m'écartant en un étalage exubérant d'hédonisme. John fit glisser ses lèvres le long de ma verge, et juste au moment où je pensais qu'il allait me taquiner, referma ses lèvres autour, me prenant profondément et durement en bouche. J'avais beau me torturer les méninges, j'ignorais pour quelle raison je n'avais pas joui sur-le-champ à ce moment-là. Je suppose que si j'y avais été préparé, cela aurait été le cas, mais il me fallut quelques secondes pour que mon esprit se rende compte de ce qui était en train d'arriver à mon corps, et à ce moment-là les lèvres de John s'étaient retirées et un doigt taquinait mon anus. John me pénétra lentement avec celui-ci. Je le suppliai silencieusement de replier son doigt de cette manière, mais il ne le fit pas. Je haletai les quelques fois où il se rapprocha de ce point, et il s'en éloigna. Il ajouta un second doigt, et la sensation d'étirement fut délicieuse.

— Est-ce que tu es prêt à me recevoir ? murmura-t-il, et j'ouvris la bouche pour répondre, mais ma gorge était tellement sèche que cela me fut impossible, alors je fis oui de la tête et la laissai retomber sur le lit.

Déglutissant, je finis par retrouver ma voix.

— Seigneur, oui, haletai-je enfin.

Mon corps était complètement tordu, presque mou, et je n'avais pas encore joui. Cela faisait tellement longtemps que je chevauchai la crête et le creux des vagues que je ne savais pas à quoi m'attendre. Je tendis le bras vers la table de chevet et en ouvris le tiroir avant de rediriger mon attention vers John.

Je le regardai ouvrir un préservatif puis le dérouler sur sa verge. Ensuite il versa une bonne quantité de lubrifiant sur ses doigts. Avec ces derniers, il taquina mon anus avant de les presser à l'intérieur, et je gémis, me resserrant autour de lui, souhaitant pouvoir l'attirer plus profondément en moi. Puis ils glissèrent hors de moi, et je gémis de nouveau, me sentant dépossédé. John se repositionna entre mes cuisses, puis son sexe se pressa contre mes fesses avant de s'arrêter. Il palpita contre ma peau, et je gémis en tentant de me rapprocher, de forcer John à me pénétrer. Sa patience était en train de me rendre fou, et à ce moment-là, presque au ralenti, il s'enfonça en moi.

Je sentis le bout de son sexe me pénétrer puis s'immobiliser. J'inspirai profondément à plusieurs reprises puis attendis. Après ce qui me parut être une éternité, il s'enfonça plus profondément, entrant lentement en moi et me remplissant. La sensation d'étirement et de brûlure me rendit euphorique, et je pris de courtes et rapides inspirations alors qu'il continuait de s'enfoncer en moi. Mon corps s'ouvrit autour de lui, acceptant autant de son épaisseur que ce qu'il était prêt à me donner. Je le voulais tout entier, mais John s'était déjà avéré être un amant patient, et je savais qu'il m'accorderait ce que je voulais à son propre rythme.

— Comment est-ce que tu te sens ? demanda-t-il, s'arrêtant une fois de plus.

— Vide, plein, respirai-je, j'en veux… plus…

Seigneur, s'attendait-il vraiment à ce que j'arrive à aligner deux pensées cohérentes à un moment pareil ? Heureusement, il s'enfonça plus profondément et je me pressai contre lui ; j'avais besoin de tout ça, là, maintenant. Je retins mon souffle jusqu'à ce que les hanches de John s'arrêtent contre mes fesses. Je me poussai contre lui, le prenant aussi profondément en moi qu'il était humainement possible de le faire.

— Prends-moi !

Les yeux incroyables de John aussi noirs que la nuit rencontrèrent les miens, et je le sentis se retirer, son membre frottant mon intérieur. Je perdis la raison, gémissant fort d'une voix grave alors qu'il m'envoyait à moitié au paradis, et une fois qu'il se fut pratiquement retiré jusqu'au bout, il donna un coup sec des hanches qui me fit parcourir le restant du voyage. Il recommença encore et encore, me menant presque jusqu'au sommet et se retirant ensuite, pour de nouveau recommencer. Ma tête était secouée et palpitait sur l'oreiller. Ma peau était en feu, mon corps était tendu au point que je pensais que j'allais prendre feu à tout moment. Et pourtant, il refusa de me laisser jouir.

John accéléra enfin ses mouvements et mon esprit passa à une autre vitesse. Cela devait être cela. Il m'empoigna durement, me caressant rapidement et nerveusement. Mon ventre se resserra et je haletai. Plus il me caressait vite, et plus haut je volais. Alors que j'atteignais une fois de plus le sommet, je me sentis tellement tendu, mon corps tellement rempli d'énergie, que j'espérais seulement que je ne volerai pas en éclats lorsque John permettrait enfin à la jouissance de me submerger.

Haletant, à bout de souffle, me cramponnant de toutes mes forces aux draps du lit, je sentis mon corps atteindre le sommet puis chuter et flotter dans le néant. Cela dura deux secondes, et ensuite la jouissance me frappa comme un train de marchandises fou. Je n'avais absolument aucun contrôle. Les mains de John et son sexe me maîtrisaient complètement, et je ne pus que crier alors que je poursuivais l'une des plus puissantes jouissances de ma vie. Une fois qu'elle eut passé, tout autour de moi cessa d'exister. Je flottais au-dessus de nuages blancs, chauds et moelleux, mon corps aussi léger qu'une plume. Je savais que cette sensation n'allait pas durer, mais je ne pensais à rien et souhaitais que cela continue.

Ouvrant les yeux, je vis John, immobile, qui me souriait alors que le monde se remettait soudain à tourner et que je reprenais conscience de tout ce qui m'entourait. Je pris une profonde inspiration, la conservai et me demandai ce qui venait exactement de m'arriver.

— Tout va bien, m'apaisa John, et je haletai tandis qu'il se retirait doucement de moi.

Je ne m'étais même pas rendu compte qu'il avait joui, mais il fut hors du lit et dans la salle de bain avant même que je me rende compte de ce qui se passait. J'avais l'impression que ma tête était remplie de coton, et je laissai John s'occuper de moi.

Il revint, m'essuya avec un tissu chaud avant de sécher ma peau. Lorsqu'il revint à nouveau, je sentis le lit s'incliner, et ensuite il me serra dans ses bras.

— Est-ce que tout va bien ? murmura-t-il à mon oreille, et je hochai lentement la tête, juste pour m'assurer que mon cerveau ne coulait pas par les oreilles.

— Je vais bien. Et toi ?

J'inclinai la tête et il m'embrassa doucement.

— Oh que oui. Je vais extraordinairement bien.

— Mais… commençai-je.

John me fit alors taire gentiment en posant un doigt sur mes lèvres.

— Tu as été extraordinaire, et je t'ai peut-être poussé un peu trop loin que ce que j'aurais dû faire, admit-il.

Je me demandai de quoi il parlait, mais je me sentais encore un peu flotter, et j'étais trop heureux pour ne serait-ce qu'envisager être ailleurs qu'ici.

Fermant les yeux, je posai ma tête sur l'épaule de John tandis qu'il m'entourait de ses bras, et je glissai dans le sommeil.

ME RÉVEILLANT avec un sursaut, je m'assis et regardai autour de moi.

— Carlos, criai-je, tentant de m'enfuir.

Cependant lorsque j'inspectai la pièce, je ne le trouvai pas.

John était là, en train de dormir, nu dans le lit, et il se réveilla suffisamment longtemps pour me serrer à nouveau dans ses bras.

— Tout va bien. Il est parti, et je suis là, murmura-t-il.

Je me recouchai dans le lit, me demandant ce qui avait bien pu me faire penser subitement à Carlos.

John m'attira contre lui, se collant à mon dos tout en frottant légèrement mon ventre.

— Contente-toi de te détendre et de dormir un peu plus, me calma-t-il.

Je fermai les yeux et essayai de me détendre, mais je savais que je ne pourrais pas me rendormir.

Pourtant, au lieu de me lever, j'écoutai les bruits de la maison et les doux ronflements de John. Mis à part quand j'avais parlé de mon ex à John il y a de ça quelques temps, je n'avais pas du tout pensé à Carlos, et je me demandais bien pourquoi je pensais à lui maintenant.

VI

— ALORS, COMMENÇA Peter tandis qu'il portait son martini à ses lèvres, est-ce que tout va bien chez toi ? Cela fait des semaines que l'on ne t'a pas vu, tu dois avoir des choses à nous raconter.

Peter fit un clin d'œil et Leonard lui donna un petit coup de coude.

— Laisse-le tranquille. S'il est heureux, et il en a l'air, eh bien il mérite un peu d'intimité, espèce de vieux fouineur, le réprimanda Leonard avant de me regarder. Tu es heureux, n'est-ce pas ?

— Oui, répondis-je simplement, sans retenir un sourire.

— Alors où est-il ? demanda Peter, faisant mine de regarder partout dans la maison.

— Nous ne sommes pas inséparables.

Je me servis de mon verre de soda pour cacher mon expression.

— Il avait un rendez-vous, et m'a dit qu'il serait de retour une fois qu'il en aurait fini.

Il était cinq heures passées et je commençais à me demander s'il n'y avait pas eu un problème. Je me levai, regardai brièvement à l'extérieur puis me rassis.

— Alors qu'est-ce qu'on fête ? demanda Peter. Quand tu m'as appelé tu m'as dit que tu avais quelque chose à célébrer.

— Aujourd'hui nous avons remis un très grand projet à un client. Il était satisfait et va nous envoyer le dernier paiement. Jusqu'à présent, c'est l'un des plus gros projets sur lequel j'ai travaillé, et dans trois semaines, nous allons en commencer un encore plus gros. Je commence aussi à croire que je vais avoir besoin d'un responsable administratif. Je ne peux pas continuer à faire la comptabilité, l'organisation bureautique tout en gardant le rythme avec le développement que j'ai à faire. Ces projets payent bien, mais il y a une quantité phénoménale d'organisation et de documents visuels qu'il faut rassembler. Je le fais facturer ainsi que le travail principal, mais je n'ai juste pas le temps pour ça.

Peter reposa son verre, et quand je vis ses yeux croiser ceux de Leonard, je sus que quelque chose clochait.

— Qu'est-ce qu'il y a ? demandai-je, attendant toujours le bruit de la voiture de John.

Je commençais à me demander s'il était rentré directement à la maison.

— Le poste de Peter sera supprimé dans un mois, expliqua Leonard avec amertume. Ils lui ont annoncé aujourd'hui qu'avec l'état des affaires, le directeur général allait reprendre ses responsabilités et que ses services ne seraient plus nécessaires. Ils vont lui payer les indemnités de licenciement et les congés, alors nous devrions être tranquilles pour un moment…

Je ne savais que dire. Je savais que Peter aimait cet emploi, et que cela faisait une éternité qu'il travaillait au magasin. Je savais également qu'ils me regardaient comme si j'étais leur sauveur.

— Quelles sont tes compétences en informatique ? demandai-je, et je les vis tous deux se regarder à nouveau, et la lueur d'espoir que j'avais vu dans les yeux de Peter s'estompa quelque peu.

— Je… je n'en ai pas. Je me servais de l'ordinateur au magasin, mais uniquement sur leurs systèmes. Je n'ai pas de compétences générales de la sorte.

Peter prit une gorge de son verre.

— En fait, j'étais en train de penser qu'en quelque sorte, nous pourrions nous entraider. Si tu ne trouves personne, je pourrais venir travailler pour toi et t'aider avec une partie de tes papiers, si tu pouvais m'aider et m'apprendre quelques rudiments d'informatique afin que je puisse obtenir un emploi permanent.

Peter avait l'air inquiet et épuisé, et je savais que je ne pouvais pas refuser. Il avait tellement fait pour moi.

— Qu'est-ce que tu dis de ça : pendant les prochaines semaines, à partir de demain, nous avons tous accepté de travailler une demi-journée le samedi pour se débarrasser de quelques petits projets afin d'être prêts pour le très gros qui arrive. Pourquoi est-ce que tu ne viendrais pas à ce moment-là, tu pourras commencer à organiser les feuilles de calcul. Tu sais te servir d'Excel ? demandai-je, et Peter fit oui de la tête. Bien. On va t'aider à t'installer, et tu pourras travailler et apprendre en même temps.

J'entendis une voiture dehors, et en jetant un coup d'œil par la fenêtre, je vis John en sortir. Je soupirai doucement lorsque j'aperçus l'expression sur son visage. Je sus immédiatement que son rendez-vous avec l'assistante sociale ne s'était pas bien passé. Je m'excusai et me dirigeai vers la porte d'entrée. Lorsque je l'ouvris, je pus dire que le sourire que John affichait sur son visage était un masque. Je voulus lui demander ce qui s'était passé, mais je m'abstins tandis que John passait dans le salon et saluait Peter et Leonard. Après avoir discuté pendant un moment, nous sortîmes pour dîner. Je m'attendais à moitié à devoir supplier John, mais il suivit, même s'il garda le silence pendant la plus grande partie du repas. Il participa à la conversation lorsque l'on s'adressait à lui, mais autrement il demeura silencieux, même par rapport à d'habitude.

Une fois que nous fûmes rentrés à la maison, Peter et Leonard nous dirent au revoir, Peter confirmant qu'il me verrait le lendemain matin. Presque immédiatement après leur départ, la frustration et la rage que John avait retenues éclatèrent sous la forme d'un hurlement qui fit presque trembler les vitres. Personne n'était capable de faire ça à John aussi rapidement que la mocheté blanche, qui, comme je l'avais appris, se nommait en réalité Janet Knowles.

— Qu'est-ce qu'elle a fait ?

— Elle a dit que j'avais besoin de plus d'heures travaillées. Je lui ai donné des photocopies de toutes les lettres, et en fait elle a dit qu'elle avait besoin des originaux, dit John entre ses dents.

— Tu ne les lui as pas données, n'est-ce pas ? demandai-je rapidement.

John me regarda de travers l'espace d'une seconde avant d'adoucir sa posture.

— Non, mais elle a prit à la légère tout ce que l'on a fait.

Il commença à tourner en rond dans la pièce, faisant les cent pas comme un lion en cage.

— Les enfants méritent d'être avec moi. J'ai un bon emploi, je suis capable de prendre soin d'eux et j'ai un logement à proximité de bonnes écoles. Je commence à en avoir marre de cette garce qui continue de faire obstacle.

Il piétina assez fort pour ébranler le sol.

— Si seulement je savais quoi faire, dis-je.

J'étais complètement inutile, et à moins de me contenter de l'attendre, je ne savais que faire d'autre.

— Et si tu venais te promener avec moi ? Peut-être qu'un peu d'air frais nous permettrait de réfléchir.

— D'accord, accepta-t-il avant de se rapprocher. Mais lorsqu'on rentrera, tu dois me promettre que tu me feras tout oublier.

Il mordilla mes lèvres et je l'attirai dans un baiser passionné. Bien sûr que je pouvais le faire, d'autant plus que lui faire oublier impliquait que John me rende dingue.

LE LENDEMAIN matin je me réveillai avec John à mes côtés. Je n'avais aucune envie de me lever et d'aller travailler, surtout un samedi, mais nous nous étions mis d'accord pour travailler et je savais que c'était ce qu'il fallait faire. Je regardai la pendule et secouai John pour le réveiller. Je l'entendis rouspéter ; il devait vouloir que je lui fiche la paix.

— Bryce et Peter seront là d'ici un quart d'heure pour le travail. À moins que tu veuilles qu'ils ne te voient cul nu, tu ferais mieux de t'habiller.

Je donnai une claque légère sur les fesses de John et il gémit à nouveau avant de s'éloigner. Je me penchai, frottai son dos puis me penchai encore plus. J'embrassai le bas de chacune de ses fesses et en suçai la peau.

— Qu'est-ce que tu fais ? gémit John avec un peu plus d'énergie.

— Je marque tes fesses comme miennes, répliquai-je, et John bougea sur le lit.

Je me retrouvai tout à coup sur le ventre et me débattis un peu. Puis je sentis les lèvres de John sur mes propres fesses.

— Et ceci est à moi.

Il passa sa main sur mes fesses et je gémis doucement alors qu'il taquinait la chair sensible autour de mon anus.

— John, gémis-je, nous n'avons pas le temps.

Seigneur, j'avais besoin de plus de temps. John m'avait envoyé au paradis à plusieurs reprises la nuit précédente et quand nous nous étions endormis je pouvais jurer que nous n'arrivions tous les deux qu'à peine à nous rappeler comment nous nous appelions. John me caressa une dernière fois, ensuite je le sentis sortir du lit. Je levai les yeux et regardai ses fesses alors qu'il se dirigeait vers la salle de bain. Une fois la porte close, je me levai et commençai à m'habiller.

John ouvrit la porte de la salle de bain et entra dans la chambre, nu. Il s'étira vers le plafond, et je dus m'empêcher de tendre la main vers lui pour le toucher, sans quoi jamais je ne pourrais descendre l'escalier. Je pris la suite dans la salle de bain, me lavai et me rasai avant d'enfiler mes chaussures et de me diriger vers l'étage inférieur, laissant John finir de s'habiller.

Dans la cuisine, je mis en route la cafetière et ouvris les portes menant au bureau en attendant que le café finisse de passer. John descendit. J'étais en train de lui verser une tasse lorsque j'entendis frapper à la porte. L'ouvrant, je fis entrer Peter et lui servis également une tasse.

— Mettons-nous au travail, dis-je, et je menai le groupe vers le bureau.

Bryce était déjà installé à son poste, et John se dirigea vers le sien.

— Je vais t'installer à la table pour commencer, dis-je à Peter.

Je retournai à la maison pour récupérer mon ancien ordinateur portable.

En revenant, je vis que Peter attendait. Après avoir démarré l'ordinateur, j'aidai Peter à ouvrir les archives que j'avais besoin de mettre à jour et lui procurai les données qui devaient être enregistrées.

— Il faut entrer chacune de ces feuilles de présence dans le tableur par client.

— D'accord, dit Peter, l'air un peu perdu.

— Une fois que tu auras entré les données, je te montrerai comment utiliser Excel pour t'aider à organiser et à faire le compte-rendu. Cela devrait te permettre d'acquérir une bonne compréhension d'Excel, lui dis-je avec un sourire.

Peter hocha la tête. Il se tourna vers l'ordinateur et commença à entrer les données. Je retournai à mon bureau et me mis au travail.

Malheureusement, je ne fis pas beaucoup de choses parce que chaque fois que j'avançais, Peter avait besoin d'aide. Au milieu de la matinée, Bryce avait finit une tâche, alors il passa un peu de temps avec lui. Finalement, à la fin de la matinée, Peter eut l'air de comprendre ce qu'on avait essayé de lui expliquer, et il se mit réellement au travail. À midi, je dis au revoir à Bryce, qui se dépêcha de partir pour passer l'après-midi avec Percy.

— Est-ce que c'est l'heure de partir ? demanda Peter.

— À peu près, répondis-je. Qu'est-ce qui te reste encore à faire ?

— J'ai presque fini, répondit-t-il.

Je regardai John et hochai la tête, et il éteignit son ordinateur.

— Alors finis et on s'arrêtera là pour aujourd'hui.

J'étais impatient de sortir d'ici et de passer un peu de temps à l'air frais. Je fermai mes programmes et le système, finissant au moment où Peter terminait également. Je notai qu'il faudrait que je vérifie ce qu'il avait fait plus tard. Nous laissâmes tout dans le bureau et nous dirigeâmes vers la maison.

— Est-ce que tu as eu de la chance avec ton neveu et ta nièce ? demanda Peter, et John fit non de la tête.

— Quoique je te sois reconnaissant d'avoir écrit une lettre pour moi, dit John.

— Bien sûr. Si je peux t'être d'une aide quelconque...

Ils s'installèrent autour de la table de la cuisine avec une cafetière de café frais.

— Je me demandais si tu avais porté ta cause devant le conseil de ta tribu. Ils pourraient peut-être t'aider. Ces organismes ont de l'influence à Pierre, et ils pourraient t'aider à te faire entendre.

John me regarda et je hochai la tête.

— Ça ne peut pas faire de mal, indiquai-je.

— Je peux chercher quand ils se réunissent la prochaine fois et voir si je peux être inclus à leur ordre du jour, mais ils sont tous situés de l'autre côté de l'état, alors si j'y vais, j'aurais besoin de m'absenter quelque temps, expliqua John.

— Trouve ce qu'il faut qu'on fasse, et nous prendrons tous les arrangements nécessaires pour que tu sois entendu, dis-je avec fermeté. S'ils peuvent t'aider à obtenir la garde des enfants, alors je fermerai le bureau pour un jour et nous y irons.

J'étais prêt à faire tout ce qu'il était nécessaire pour aider John à récupérer les enfants. Il avait un cœur si grand, et ces deux enfants avaient besoin d'une maison permanente. Nous avions rendu visite aux enfants une fois de plus, et nous avions l'intention d'y retourner encore une fois le samedi après-midi qui suivait.

— Tu ferais vraiment tout le chemin en voiture ? demanda John en se tournant vers moi.

— Bien sûr que je t'y emmènerais, lui dis-je en levant légèrement les yeux au ciel.

103

Peter finit sa tasse de café et se leva.

— Il faut que je rentre chez moi, dit-il en déposant sa tasse vide dans l'évier.

Il se dirigea vers la porte.

— Je vous verrai plus tard.

Je fis un signe de la main et dis au revoir, et Peter s'en alla. John fouilla dans sa poche et sortit son téléphone. J'écoutai la moitié d'une conversation pendant quelques minutes, la plupart dans ce que je pensai être en lakota, tandis que je m'affairai dans la pièce, mettant de l'ordre et préparant le repas. Quand j'eu préparé les sandwichs, John mettait fin à l'appel.

— Comment va ta mère ? demandai-je, et John sourit.

— Elle va bien. Elle a dit qu'elle contacterait le conseil et qu'elle me recontacterait, répondit John, et j'entendis le hic dans sa voix. Elle a pleuré pour les enfants, et ensuite elle s'est mise en colère, alors qui sait... On recevra peut-être un appel nous disant de venir rapidement parce qu'elle connaît la plupart des chefs de tribus depuis l'enfance, et qu'ils ont tous peur d'elle.

John gloussa légèrement alors qu'il s'asseyait et se mettait à manger.

— Je ne sais toujours pas ce qu'ils vont être en mesure de faire.

— Je ne sais pas non plus, mais plus on aura de monde derrière nous, mieux ce sera.

Je savais que cela paraissait un peu bête, mais j'étais à court d'idées.

— Est-ce que tu as pensé à engager un avocat ?

John fit oui de la tête tout en avalant une bouchée de son sandwich.

— Je suis allé à l'aide juridique et ils se sont contentés de secouer la tête. Le conseil qu'ils m'ont donné est d'essayer de travailler avec les services sociaux.

John reposa son sandwich sur l'assiette et la repoussa.

— J'ai cherché à engager un autre avocat, mais je ne peux vraiment pas me le permettre.

— Si cela ne marche pas, nous en trouverons un, lui dis-je. Ces enfants ont besoin d'être avec leur famille.

— Même avec cet emploi, je ne peux toujours pas me permettre d'en engager un, et si j'utilise l'argent que j'ai mis de côté pour un avocat, les services sociaux s'en serviront contre moi d'une manière ou d'une autre.

John frappa légèrement sa main contre le devant du comptoir.

— Je suis pris en tenailles, sans aucune porte de sortie.

Je comprenais la frustration de John. Lorsque j'avais suggéré l'idée, je voulais dire que je l'aiderais avec les frais. J'avais de l'argent de côté, mais John était fier, et je savais qu'il n'accepterait pas d'argent de ma part à moins de ne pas avoir le choix.

— Hé, je suis là, dis-je doucement, posant ma main sur la sienne. Tu n'es pas seul. Tu as ta famille pour t'aider, tes amis et tes collègues sont derrière toi. Et je ferai mon possible pour te venir en aide.

— Je sais, dit-il doucement. Merci.

— Je t'en prie, lui répondis-je.

Je repoussai à nouveau l'assiette devant lui avant de retourner à mon propre repas.

Lorsque nous eûmes tous deux terminé, je m'attaquai à la vaisselle.

— Il faut que je m'occupe de certains trucs chez moi, dit John alors qu'il se levait et se dirigeait vers la porte d'entrée.

— Naturellement. Est-ce que je te vois plus tard ?

J'avais la nette impression que John avait besoin d'être seul un moment.

— Oui. Si ça te convient, je reviendrai plus tard cet après-midi et on pourra faire quelque chose ensemble. J'ai besoin de temps pour… penser, je suppose, répondit John, frottant sa nuque avec sa main.

Je me rapprochai de lui.

— Prends le temps qu'il te faudra. J'ai également des choses à faire ici.

Pas que j'aie vraiment hâte de laver les vitres, mais cela avait assurément besoin d'être fait.

— Repasse quand tu es prêt. Je pensais que cet après-midi nous pourrions visiter le parc aquatique juste à la sortie de la ville. Il est censé faire chaud, alors les toboggans et les piscines pourraient être amusants.

J'avais pensé que c'était une bonne suggestion, mais les traits de John s'assombrirent quelque peu.

— Peut-être que l'on pourrait trouver quelque chose à faire sans qu'il y ait autant d'enfants, dit-il.

J'eus aussitôt envie de me gifler. Je n'avais vraiment pas réfléchi sérieusement à ça.

— Peut-être que l'on pourrait faire quelque chose de tranquille.

— D'accord, lui dis-je, et je l'attirai à moi pour un petit baiser. Je te vois plus tard.

John se tourna et ouvrit la porte d'entrée mais ne sortit pas.

— Au cas où je ne te l'aurais pas dit correctement, je te suis vraiment reconnaissant pour tout ce que tu as fait pour les enfants et pour moi.

Il partit sans attendre de réponse. N'ayant plus d'excuse pour le remettre à plus tard, je montai à l'étage mettre des vêtements légers puis réunis tout ce dont j'avais besoin pour laver les vitres de dehors.

Je m'en tins au côté ombragé de la maison, parce qu'au soleil j'aurais littéralement grillé. J'installai l'échelle contre le mur de la maison et commençai par les fenêtres du deuxième étage.

J'étais entouré d'une chaleur étouffante lorsque je me mis au travail. Je lavai les vitres avec de l'eau chaude et savonneuse et les rinçai ensuite avec le tuyau d'arrosage avant de les sécher à la raclette. Dans certains cas, je devais déplacer l'échelle après chaque fenêtre, et dans certains endroits je pus en laver plusieurs en une fois. Après avoir fini à peu près la moitié, je regardai autour de moi tandis que je sentais les cheveux sur l'arrière de mon cou se dresser. Rien ne semblait détonner, alors je me remis au travail, pour éprouver une fois encore la même sensation déconcertante. Je n'avais aucune idée d'où cela provenait, et je continuai mon travail, finissant les fenêtres du haut sur ce côté de la maison avant de laver celles du bas. Sur le sol, je n'éprouvai pas cette sensation d'être observé, et je pus finir le reste des vitres. Ensuite je me déplaçai jusqu'à l'arrière de la maison et remontai encore une fois à l'échelle.

Je passai la plupart de l'après-midi à monter et à descendre de l'échelle. John m'appela alors que je finissais les fenêtres du devant de la maison, et il ne me restait qu'un seul côté à faire. Je n'avais jamais été aussi satisfait d'avoir fini une corvée de toute ma vie. J'avais des courbatures dans les jambes et mon dos me faisait mal tandis que je descendais l'échelle une dernière fois. Je regardai en bas et vis John qui se tenait au pied de l'échelle et me souriait.

— Ça vaut le coup d'œil, commenta-t-il alors que je posai le pied sur l'herbe et mes affaires près de l'échelle.

Je regardai autour de moi une fois de plus.

— J'ai eu l'impression d'avoir été observé tout l'après-midi, et je ne sais pas pourquoi. Je n'ai cessé de regarder autour de moi et je n'ai vu personne.

— C'est peut-être ton imagination, ou le fait que ton voisin…

John inclina la tête vers la maison de M. Hooper.

— … est assis au premier étage et te regarde depuis sa fenêtre.

Je ne regardai pas tout de suite, mais me tournai pour balayer du regard autour de moi et je l'aperçus assis là-haut.

— Vieil excentrique, marmonnai-je, et je commençai à rapporter les produits de nettoyage vers le garage.

John me donna un coup de main avec l'échelle, et bientôt tout fut rangé. Lorsque nous atteignîmes l'auvent de devant, je m'assis avec précaution dans la vieille causeuse en osier, laissant échapper un soupir alors que les muscles à l'arrière de mes jambes m'élançaient.

— Est-ce que tu veux quelque chose à boire ? demandai-je, luttant pour me relever.

— J'y vais, dit John, et je souris avec gratitude puis me réinstallai sur le coussin délavé.

Je vis M. Hooper sortir de chez lui et s'asseoir sous l'auvent de sa maison.

— Vous savez, vous ne devriez pas laisser ce peau-rouge seul chez vous. Ils volent tout ce qu'ils peuvent, appela M. Hooper de l'autre côté du jardin, et je lui répondis par un regard noir.

— Je pensais que nous avions déjà eu cette conversation à propos de votre bêtise, répondis-je, et il se tourna.

Je voyais qu'il était furieux, mais cela m'était complètement égal.

— Abruti, murmurai-je dans ma barbe alors que la porte d'entrée s'ouvrait et que John ramenait des verres ainsi que le pichet de thé du réfrigérateur. C'est parfait, merci, dis-je, et John les posa.

Je nous versai un verre chacun.

— Est-ce que tu as trouvé une solution ?

Je bus une gorgée de thé.

— Non, répondit John. Je continue à chercher une raison, quelque chose qui fera que tout fonctionne correctement.

Je gloussai parce que je reconnu cette façon de voir les choses.

— Ce n'est pas un programme informatique, et il n'y a pas nécessairement de raison logique.

John reposa son verre.

— Je sais. C'est basé sur le jugement de quelqu'un et sur son ressenti et sa manière d'appliquer les règles. C'est exaspérant, parce que la moitié du temps cela n'a pas de sens.

J'étais entièrement d'accord avec lui et sur le point de le lui dire lorsque son téléphone sonna. Je me servis une autre tasse de thé. J'écoutai la conversation qu'il avait avec son interlocuteur – probablement sa mère. Ils parlèrent pendant un moment, et je m'allongeai sur le siège, tentant de trouver une position confortable pour mon dos. J'y parvins enfin au moment où John raccrochait le téléphone.

— Ma mère dit que le conseil se réunira vendredi prochain pour entendre ce que j'ai à dire. Il faudra que j'y passe la nuit, et ensuite je pourrai aller voir les enfants en rentrant.

Je tournai la tête afin de pouvoir le voir.

— C'est un sacré trajet.

— Oui.

Je vis John bouger sur sa chaise.

— Tu n'es pas obligé de venir avec moi. C'est un long trajet en voiture, et tu vas perdre beaucoup d'heures de travail pour un voyage complètement inutile.

— Si tu ne veux pas que je vienne, dis-le, répondis-je.

Je me sentais un peu blessé mais je fis de mon mieux pour que cela ne se sente pas dans ma voix. Si John ne voulait pas de moi à ses côtés, c'était son problème. Je ne savais pas – peut-être que ceux qui n'appartenaient pas à une tribu n'étaient pas admis ; ou peut-être que John ne voulait pas que je vienne. Je me tournai et bus prudemment mon thé à petites gorgées.

La chaise de John grinça puis des bruits de pas résonnèrent sur le sol sous l'auvent.

— Ce n'est pas que je ne veux pas que tu viennes, dit John, et je me décalai pour qu'il puisse s'asseoir sur le bord du siège, à côté de mes jambes. C'est un long trajet et ça représente beaucoup de temps loin d'ici. Je ne veux pas que tu te sentes obligé de venir.

Je regardai John et levai les yeux au ciel.

— Je sais que cela ne fait pas longtemps que l'on se connaît, mais je propose rarement de faire quelque chose dont je n'ai pas envie. Par contre, si le fait que je vienne provoque des ennuis ou des problèmes avec ta famille, alors je resterai ici. Autrement, je n'ai aucune intention de te laisser traverser cette épreuve tout seul. Je suppose que je peux annoncer que ce vendredi est un jour de congé, et Bryce peut aussi avoir sa journée. Il faudra qu'on rattrape le travail, mais on peut y arriver tant qu'on le planifie. Et au retour, on peut s'arrêter à Chamberlain pour voir les enfants.

Mon esprit commençait déjà à programmer ce qu'il faudrait que l'on fasse et les heures supplémentaires que je devrais me taper pour m'assurer que nous ayons tout terminé.

— Si tu en es sûr, dit John.

— J'en suis certain, lui dis-je avec conviction.

Il est vrai que j'essayais encore de calculer comment j'allais finir tout mon travail à temps. Comme j'avais déjà eu de longues journées de travail, je savais que je pouvais y arriver une fois encore.

Je posai mon verre sur la table, et John m'aida à ramener les affaires à l'intérieur. Je l'entendis bouger dans la cuisine tandis que je m'installai sur le canapé. Mes yeux se fermaient déjà. Je sentis John s'asseoir à côté de moi, et j'entrouvris les yeux alors qu'il m'embrassait.

— Je ne sais que dire, dit John alors qu'il repoussait les cheveux de mes yeux.

Pour ma part, je savais ce que je voulais qu'il me dise. À force de gravir les échelons et de les descendre, j'avais fini par me rendre compte que tout était plus amusant, même les corvées les plus ennuyeuses, si John était à mes côtés pour les faire. Ce bel homme au regard profond et à la chevelure noir de jais était rapidement en train de se faire une place dans mon cœur.

Alors que John m'embrassait à nouveau, j'enroulai mes bras autour de son cou et j'approfondis son baiser. J'étais fichu, je le savais. À chaque baiser je sombrais plus profondément. Je sentais à la manière dont John se jeta dans le baiser qu'il ressentait quelque chose lui aussi, mais quoi exactement, je n'en étais pas sûr.

VII

LA SEMAINE fut difficile. Je dis à Bryce que j'allais prendre des congés le vendredi et le samedi et lui donnai l'occasion d'en faire de même. Par conséquent, nous eûmes tous les trois de longues journées qui commençaient à sept heures et ne s'arrêtaient pas au moins avant dix-huit heures. Nous parvînmes à faire beaucoup de choses, et jeudi soir nous étions bien en avance. Bryce nous assura qu'il avait bien l'intention de profiter pleinement son long week-end, même s'il réprima un bâillement en quittant le bureau. Peter était même passé quelques fois après le travail, finissant ce sur quoi il était en train de travailler, et je fus en mesure de lui montrer quelques unes des fonctions les plus avancées du tableur. Après avoir fait la fermeture, je préparai un dîner léger, ensuite John et moi allâmes directement nous coucher, et nous dormîmes profondément jusqu'à ce que le réveil sonne à une heure affreusement matinale.

Vendredi à sept heures, John et moi étions sur l'autoroute en direction de l'autre côté de l'état. Il y avait environ quatre cent quatre-vingt kilomètres pour aller jusqu'à Rapid City. Heureusement, la limitation sur l'autoroute était de cent-vingt kilomètres heure, le trajet ne nous prit donc pas longtemps. Nous arrivâmes à Rapid City pour déjeuner et faire le plein avant de prendre vers le sud en direction de Hot Springs. De là, nous empruntâmes les petites routes jusqu'à la réserve. Cette partie de l'état m'était complètement inconnue, et je dus compter sur John pour qu'il m'indique le chemin.

— C'est beaucoup d'efforts pour ce qui pourrait s'avérer être une perte de temps, dit-il alors que nous traversions la route accidentée qui nous menait un peu plus avant dans la réserve.

— Sommes-nous attendus à quatorze heures ? demandai-je quand mes dents s'entrechoquèrent à cause des bosses. C'est encore loin ?

Dès que j'eus posé la question, nous arrivâmes sur une route goudronnée et nous pûmes aller plus vite.

— Environ quinze kilomètres de plus et nous devrions arriver au centre tribal, expliqua John.

Nous avions pris la relève l'un de l'autre au volant et nous avions tous les deux fait la sieste pendant le trajet, mais parce que j'étais resté longtemps dans la voiture, mes jambes me faisaient mal, et tout ce que je voulais c'était sortir et marcher un peu. Au lieu de quoi, je pris le volant et jetai un coup d'œil par la vitre quand nous passâmes devant ce qui ressemblait à des petits groupes de maisons délabrées et de caravanes. Certains étaient en meilleur état que d'autres. Je ne savais pas vraiment à quoi m'attendre, mais c'était révélateur.

— Il n'y a pas beaucoup de travail ici, m'expliqua John comme s'il lisait dans mes pensées. Et ce n'est pas comme s'il y avait beaucoup de trafic qui passait à la réserve. S'il y en avait, nous pourrions probablement construire un casino, comme de nombreuses tribus l'ont fait, mais il n'y a même pas ça.

La tristesse dans sa voix était palpable.

— Pourtant, le paysage est magnifique, avec les Black Hills au loin.

— Ces montagnes sont sacrées pour mon peuple.

Je hochai la tête.

— Je sais, fut tout ce que je pus lui répondre.

Les tribus contestaient toujours la propriété des montagnes et avaient de vieux traités avec le gouvernement qui selon eux avaient été brisés. J'avais tendance à les croire, mais le gouvernement fédéral avait un point de vue très différent. Nous finîmes par arriver à ce qui ressemblait à une petite ville, et John me fit me garer devant le plus grand bâtiment.

— Voici le centre tribal, expliqua-t-il

J'acquiesçai.

Je sortis de la voiture et suivis John alors qu'il rentrait à l'intérieur. Je ne savais pas à quoi m'attendre. Peut-être quelque chose de plus traditionnel… Or, il s'agissait d'un bâtiment public relativement moderne.

— Akecheta, l'appela une femme.

Ensuite il fut enveloppé dans les bras d'une femme d'une cinquantaine d'années au visage rond et chaud et aux joues rougeâtres. Ils parlèrent rapidement en lakota, se saluant chaleureusement. John ressemblait énormément à sa mère, mais ce sont ses yeux qui m'attirèrent, de la même manière que le faisaient habituellement ceux de John.

111

— Maman, voici Jerry, dit John en me présentant.

Dire qu'elle me regarda d'un air sceptique était un bel euphémisme.

— Jerry, voici ma mère, Kiya.

— C'est un plaisir de faire votre connaissance, dis-je en tendant la main.

Honnêtement, je ne savais pas si elle allait la prendre ou l'ignorer. John lui dit quelque chose et elle tendit la main, secouant brièvement la mienne avant de se tourner vers John et de lui dire quelque chose que je ne compris pas. John lui répondit à son tour, mais son ton était facilement reconnaissable.

— Jerry a été d'une grande aide, continua d'expliquer John en anglais. Il m'a donné un bon travail. Il a écrit des lettres et m'a emmené en voiture pour voir les enfants. Il a même fermé le bureau afin que nous puissions venir ici aujourd'hui.

Je remarquai qu'il n'avait rien dit à propos du reste de notre relation, et je notai mentalement qu'il faudrait que je lui pose la question une fois que nous serions seuls afin de ne rien dire d'inapproprié.

— Jerry a été un très bon ami pour Mato et Ichante, et pour moi.

— Ils l'ont rencontré ? demanda-t-elle, et John me tourna le dos, enchaînant dans ce qui me paru être une rafale en lakota.

J'observai l'expression de Kiya s'adoucir sous mes yeux. Je regardai autour de moi et remarquai quelques chaises pliantes près du mur. Je m'assis et attendis qu'ils aient fini de parler. Je savais que j'étais le sujet de leur conversation, et même si je n'en comprenais pas un mot, l'attitude agressive de John envers sa mère me disait tout ce dont j'avais besoin de savoir. Lorsqu'ils eurent fini, John s'approcha de là où j'étais assis.

— Je te prie de nous pardonner, me dit-il. Je sais que c'était grossier, mais il y des choses qu'il fallait que je clarifie.

Il leva les yeux sur sa mère et elle hocha la tête, comme si elle venait de se faire réprimander, même si son regard se déplaça sur John, puis sur moi.

— Le conseil sera prêt à nous recevoir dans environ une demi-heure, dit John, et il prit la chaise à côté de la mienne.

Sa mère finit par s'asseoir à côté de lui, et ils discutèrent tranquillement. Des personnes allèrent et vinrent, certaines s'arrêtèrent pour parler brièvement avec John. De la même manière, quelqu'un sortit et nous appela.

Je m'attendais à moitié à une sorte de grande entrée, mais au lieu de cela nous fûmes conduits dans une pièce qui me fit penser à la dernière fois où j'étais allé à une réunion du conseil municipal, sauf que les murs étaient peints avec ce que j'imaginais être des scènes traditionnelles et les hommes étaient réunis en un cercle avec de la place pour que les gens se rapprochent. Certains étaient vêtus d'une veste en tweed, pendant que d'autres membres du conseil portaient ce qui ressemblait à des tenues et des bijoux plus traditionnels. Presque tous les hommes arboraient des cheveux longs tressés.

— Akecheta Black Raven, dit l'un des hommes alors qu'il se levait et saluait John.

Puis tous les yeux dans la salle se tournèrent vers moi, et John me présenta et expliqua brièvement la raison de ma présence ici. Je m'attendais presque à ce que l'on me demande de partir, mais John me dirigea vers une chaise avant de s'approcher du conseil.

— Je suis ici pour demander l'aide du conseil pour assurer le retour de Mato et Ichante Black Raven. À la mort de ma sœur, ils ont été placés aux soins des services pour l'enfance, et cela fait sept mois que j'essaie d'en avoir la garde. Ils vivent dans une famille blanche à Chamberlain, loin de notre peuple et de notre culture. Leurs cheveux ont été coupés et ils ne connaissent pratiquement rien de nos coutumes, excepté le peu de ce que ma sœur leur a enseigné avant sa mort et dont ils se souviennent.

John s'interrompit. Je vis les chefs de tribus se regarder et acquiescer. D'une certaine manière, je pense que ce n'était pas la première fois qu'ils entendaient des histoires comme celle-ci. John continua de décrire sa lutte pour voir les enfants ainsi que les obstacles qui avaient été placés sur sa route. Il fit un geste dans ma direction.

— J'ai un bon emploi, grâce à Jerry Lincoln qui a pris un risque alors que je sortais tout juste de l'école et qui m'a embauché. J'ai aussi un endroit pour vivre et je peux subvenir aux besoins de Mato et Ichante. De plus, des membres de notre peuple sont volontaires pour m'aider à m'en occuper et à leur enseigner nos coutumes.

— Puis-je demander ce que représente cet homme pour toi ? demanda l'un des plus anciens membres du conseil.

Il avait un visage aux rides prononcées qui donnait l'impression qu'il avait traversé de nombreuses épreuves et déceptions, et de longs cheveux gris.

John me regarda moi, puis à nouveau le conseil.

— C'est quelqu'un à qui je tiens énormément et celui avec qui j'espère rester pendant longtemps, répondit-il, et je sentis les yeux de tous les membres du conseil se tourner vers moi.

Je savais que j'avais le choix entre détourner le regard comme si j'avais honte, ou leur faire face. Je décidai de les regarder carrément en face, ne détournant pas les yeux avant qu'ils le fassent.

John poursuivit, attirant à nouveau l'attention du conseil sur lui :

— Je demande l'aide et le soutien du conseil dans ma quête pour récupérer les enfants de ma sœur, les petits-enfants de Kiya et Wamblee Black Raven : Mato et Ichante Black Raven.

John demeura immobile pendant quelques secondes puis prit un peu de distance avec le conseil.

— Il va falloir que nous réfléchissions mûrement à ce problème, dit l'homme qui avait pris la parole précédemment, et John se tourna pour quitter la pièce.

Je le suivis, tout comme le fit sa mère qui ferma la porte derrière nous.

— Ils vont en parler *ad nauseam*, mais est-ce qu'ils vont faire quelque chose ?

Je savais que la question de John était rhétorique, et je le regardai faire les cent pas. J'avais appris que c'est ce qu'il faisait lorsqu'il était nerveux et contrarié.

— Est-ce que vous pensez que cela va leur prendre longtemps ? demandai-je à sa mère, et elle regarda en direction de la salle et acquiesça sans rien dire.

— Est-ce que tu veux aller te promener ? demandai-je à John, et il accepta.

Il se tenait déjà près de la porte. Je le suivis et nous sortîmes dans la chaleur presque suffocante de l'après-midi.

— Y a-t-il quelque chose de bien à voir dans le coin ?

— Il y a la boutique du missionnaire, répondit-il, et il commença à traverser le gravier du parking.

Il passa devant ce qui ressemblait à une petite école où il y avait derrière une cour de récréation au matériel usagé, jusqu'à un bâtiment bleu-gris avec une porte blanche. John l'ouvrit et nous entrâmes à l'intérieur. Il n'y avait pas de climatisation et la chaleur à l'intérieur était presque aussi forte que l'était l'air à l'extérieur, mais au moins il n'y avait plus de soleil.

114

Une petite femme se tenait derrière le comptoir. Elle leva les yeux de son livre pour sourire à John avant de retourner à ce qu'elle faisait. Des étagères étaient alignées le long des murs. D'un côté, il y avait des objets religieux de peu de valeur, des brochures et des plaquettes, ainsi que quelques étagères de produits de première nécessité. De l'autre côté, se trouvaient les produits artisanaux et les sculptures en bois.

— Les missionnaires donnent aux artisans un lieu pour vendre leurs produits, expliqua John.

Je regardai les paniers complexes, les couvertures tissées à la main et les sculptures en bois. Je soulevai l'un des paniers. Le tressage était si fin qu'on le voyait à peine. Je jetai un coup d'œil au prix avant de le reposer. C'était remarquable.

John paraissait nerveux et impatient d'y retourner. Je fis un geste vers la porte, et nous retournâmes sous le soleil.

— Tu as l'air presque prêt à te jeter sur quelqu'un à tout moment.

— C'était un voyage pour rien, dit sèchement John alors qu'il retournait à grandes enjambées vers le centre tribal, et je luttai pour le suivre. Il n'y a rien que nous puissions faire. Mato et Ichante sont à la merci de cette mocheté blanche, et plus vite je l'aurai compris et je jouerai son jeu, plus vite je pourrai les récupérer.

Il ne tourna pas pour retourner à l'intérieur, mais continua à marcher autour du bâtiment.

— J'aurais dû être là. Les blancs n'auraient jamais eu les enfants si j'avais été là avec elle.

Je savais que John était contrarié et avait besoin d'une opportunité de brûler un peu d'énergie et de son sentiment d'inutilité.

— John, la culpabilité ne t'aidera pas, dis-je, et cela l'arrêta. Elle ne fait qu'empirer la situation.

Il ne répondit pas, mais se remit à marcher, et je le suivis. Cette fois-ci, lorsque nous arrivâmes devant le bâtiment, il entra à l'intérieur et se plaça près de sa mère. Je pris une chaise près de lui et m'assis, les yeux rivés sur la porte menant à la chambre du conseil.

Après un moment, la porte s'ouvrit et l'on nous fit entrer à l'intérieur. John s'approcha du conseil et je retournai m'asseoir au même endroit que tout à l'heure.

— Akecheta Black Raven, nous avons entendu ce que tu as dit et ton histoire ne nous est pas inconnue, dit le vieil homme qui avait pris la parole auparavant. Nombreux sont les enfants de cette tribu et d'autres de notre nation qui ont souffert comme Mato et Ichante actuellement. Nous avons pris la décision qu'il était temps de se battre.

Les autres membres du conseil opinèrent du chef, et je me demandai ce qu'ils voulaient dire par là exactement.

— Nous avons autorisé l'avocat à engager une action en justice pour le compte de la tribu contre les services pour l'enfance et l'État du Dakota du Sud pour l'enlèvement de Mato et Ichante Black Raven.

Ma respiration se fit plus saccadée et je dus me retenir de faire le moindre bruit. La mère de John n'eut pas la même retenue. Elle se hâta de rejoindre John et se tint à ses côtés.

— Merci, dit John. J'ai des informations que je peux fournir à l'avocat à propos de tout ce que j'ai fait pour essayer de récupérer ma nièce et mon neveu.

Il me regarda.

— Jerry m'a aidé à tout assembler et s'est assuré que je gardais tous les originaux des documents.

Les membres du conseil me regardèrent, et je me levai et avançai.

— Comme l'a dit John, nous avons tous les documents récents et nous avons les dates approximatives de toutes les autres interactions. Je peux donner un témoignage plus poussé sur la manière dont les services pour l'enfance ont tenté d'empêcher John de voir les enfants au point que même les parents de la famille d'accueil se sont demandés pourquoi il n'allait pas les voir. Ils ont sciemment gardé John loin des enfants en usant de tromperies et de mensonges.

Les membres du conseil se mirent à parler entre eux. Celui qui avait pris la parole auparavant – probablement le chef du conseil, bien que je n'en sois pas certain – s'adressa alors directement à moi :

— Pourquoi nous aidez-vous, John et nous ?

Je regardai John, puis à nouveau les membres du conseil.

— Pourquoi est-ce que je ne le ferais pas ?

Comme je n'avais aucun contexte pour répondre mieux à leur question, j'ajoutai :

— Je suis désolé, je ne comprends pas votre question.

Puis cela me frappa.

— Veuillez me pardonner si je suis grossier, et sachez que ce n'est pas volontaire, mais j'ai un voisin qui est un imbécile fini, et il m'a dit que je ne devrais pas laisser John entrer chez moi parce que ce 'peau-rouge'…

Je fis un signe de citation avec mes doigts.

116

— ... allait me voler. Maintenant, mon imbécile de voisin a l'esprit fermé et a des idées préconçues, et je suppose que s'il comprenait vraiment que John et moi sommes ensemble et que nous avons un intérêt plus qu'amical l'un pour l'autre, il nous traiterait de quelque chose probablement bien pire.

— Est-ce que vous voulez dire quelque chose ? demanda le chef.

— Oui. Votre question n'est-elle pas la même que celle de mon voisin, seulement vue de l'autre point de vue ? Vous m'avez demandé pourquoi j'aiderais John à obtenir la garde de sa nièce et de son neveu, et je suppose que vous posez la question parce que je suis blanc. Mais n'est-ce pas le même préjugé que mon voisin a eu envers John ?

Je vis les membres du conseil se regarder les uns les autres.

— J'aide John parce que j'estime que c'est ce qu'il faut faire. Ces enfants ont besoin d'une bonne maison et John peut la leur offrir. Il compte également pour moi et je veux qu'il soit heureux. Pourrait-il y avoir une meilleure raison ?

Je cessai de parler parce que je supposai qu'ils étaient probablement sur le point de me lyncher, d'autant plus que les murmures continuaient.

— Nous avons de nombreuses raisons de nous méfier des étrangers, et je voulais comprendre vos motivations, expliqua-t-il. Nous ne voulions pas nous montrer irrespectueux.

— Moi non plus, répondis-je.

Je baissai légèrement les yeux sans rien dire de plus.

— Akecheta, tu sais que ton choix ne sera pas approuvé par tout le monde. Certains, y compris certains membres de ce conseil, ne comprendront pas que tu vives avec un autre homme, qu'il soit blanc ou non, dit le chef.

John me jeta un coup d'œil à la dérobée.

— Je dois être honnête envers moi-même, et c'est également ce que nous imposent nos traditions.

John s'interrompit l'espace d'un instant.

— J'attendrai des nouvelles des avocats de la tribu.

Il se tourna et se dirigea vers l'arrière de la salle, sa mère et moi-même sur les talons. Dès que la porte fut fermée, Kiya, ravie, prit John dans ses bras.

— Toute la tribu est derrière toi maintenant, lui dit-elle avant de me regarder. Je vois ce que mon fils représente pour vous et ce que vous représentez pour lui.

Elle m'observa pendant quelques secondes.

— Nous verrons, ajouta-t-elle d'un air un peu mystérieux, et je me tournai vers John, qui haussa les épaules.

Je suppose qu'il fallait encore que je fasse mes preuves envers elle.

Là-dessus, elle se tourna et se dirigea vers la porte menant à l'extérieur.

— Je vous attends tous les deux pour dîner.

— Tant qu'on mange tôt, Maman, la prévint John. Il faut qu'on rentre à Rapid City ce soir, et à Chamberlain avant le déjeuner demain si on veut pouvoir voir les enfants.

— Je rentre à la maison cuisiner.

De toute évidence elle n'accepterait pas une réponse négative. Nous la suivîmes dehors. Elle sortit sa voiture du parking, et je conduisis jusqu'au magasin.

— Je veux ce panier que j'ai vu tout à l'heure, expliquai-je à John, et je me dépêchai d'entrer dans la boutique.

La femme était toujours derrière le comptoir en train de lire, et je pris le panier et lui apportai.

— Je voudrais acheter ceci, s'il vous plaît. Est-ce que vous prenez les cartes bancaires ?

Elle me regarda comme si je venais d'une autre planète.

— Non, je suis désolée.

— Un chèque peut-être ? Je suis venu avec Akecheta Black Raven, expliquai-je.

— Bien sûr, me dit-elle, et je me dépêchai de retourner à la voiture.

Je fouillai dans la boîte à gants, trouvai mon chéquier, puis retournai dans la boutique. Elle m'indiqua le montant et je lui fis un chèque. Après avoir emballé le panier, elle me fit un reçu, et je la remerciai.

— Je vous en prie, dit-elle alors que je sortais de la boutique, emportant mon achat.

Je le plaçai sur le siège arrière, m'éloignai du magasin et suivis les indications de John jusqu'à la maison de sa mère.

— Est-ce que tu as vraiment acheté le panier ? demanda John.

— Bien sûr. Il est joli, fait main, et j'espère que la vente aidera quelqu'un de la réserve.

— C'est le cas, dit John.

Je me demandai ce que signifiait son expression, mais elle avait disparu avant que je puisse lui poser la question.

— Je vais avoir besoin que tu me guides jusqu'à chez ta mère, dis-je.

Il s'exécuta. Nous fîmes des zigzags dans la réserve, et je fus persuadé que je ne retrouverais jamais mon chemin jusqu'à la route principale une fois que nous serions arrivés chez elle.

— Tu n'es pas en train d'essayer de me perdre complètement pour pouvoir profiter de moi, n'est-ce pas ?

John glissa doucement sa main le long de ma cuisse.

— Je ne crois pas avoir besoin de te perdre pour ça, dit John en ricanant, et je gémis.

La dernière chose que je voulais, c'était d'arriver chez sa mère pour dîner en arborant une érection, mais la manière dont John me taquinait rendait réelle cette éventualité.

— Ralentis et tourne juste ici, me dit-il.

Je me garai dans ce qui ressemblait à une ancienne allée. Je me tournai vers lui et coupai le contact quand la fin de la piste apparut.

— Qu'est-ce que tu fais ? demandai-je avec un rire tout en mettant la voiture au point mort.

John se pencha sur le siège et m'attira à lui dans un baiser.

— Je profite de toi, dit-il, sa voix se faisant plus basse.

Il m'embrassa avec toute l'énergie qu'il avait emmagasinée. J'entendis le moteur de la voiture se taire et me rendis compte que John l'avait coupé. Il appuya son poids contre moi tout en glissant une main sous ma chemise. Je me tortillai et gémis doucement alors qu'il pinçait un de mes tétons. Je m'arquai sous sa main quand il fit des petits cercles sous ma chemise.

— John, le regardai-je bouche bée, glissant mes doigts à travers ses longs cheveux soyeux. Ce n'est pas une bonne idée.

D'un autre côté, mon sexe, qui palpitait et tirait sur mon pantalon, pensait tout le contraire. John eu l'air de s'en rendre compte également, parce que je sentis qu'il ouvrait mon pantalon, et que la fermeture éclair de mon jean descendait. Je poussai un soupir de soulagement lorsque les entraves disparurent. Je donnai des coups de hanches, incapable de m'arrêter, et j'entendis John qui gloussait tout en remontant ma chemise le long de mon torse. Ensuite je le sentis tirer sur l'élastique de mon sous-vêtement, et le descendre. Mon membre fut libéré, et j'émis un gémissement guttural qui me parut venir du plus profond de moi.

Mes fesses glissèrent vers l'avant du siège, et je luttai pour reprendre mon souffle quand je sentis la joue de John glisser le long de mon ventre. Je baissai le regard et tout ce que je vis fut sa tête sur mes genoux et ses cheveux qui formaient un rideau autour de mes jambes. Mais ce que je ressentis fut complètement différent : des lèvres chaudes et fermes enveloppèrent ma verge, glissant lentement le long de mon membre alors que John me prenait en bouche et me suçait lentement et profondément. Je commençai à gémir tout en tentant de m'enfoncer plus profondément, mais il m'immobilisa d'une main légère sur ma jambe.

J'appuyai sur sa tête, et je le sentis s'interrompre. Ensuite il prit mes mains dans les siennes et les posa sur le volant, et je serrai les poings à m'en faire blanchir les jointures quand il me prit entièrement en bouche.

— Merde ! hurlai-je, et ma voix résonna dans l'espace réduit.

Je ne pus m'empêcher de donner des coups de butoir, soulevant mes fesses du siège. Après quoi, je sentis sa main se glisser autour de ma cuisse, un doigt se pressa contre mon anus et je jurai encore plus bruyamment.

— Je t'en supplie, John.

Je l'implorai, mais il savait exactement comment me tenir à sa merci. Il me tenait dans la paume de ses mains, et la moindre pression supplémentaire me ferait jouir, mais il me la refusa.

John me maintint là tandis que mes jambes tressautaient et que mon sexe bondissait et palpitait dans sa bouche. Peu importe ce que je tentai de faire, rien ne me ferait chuter dans le doux oubli de la jouissance jusqu'à ce que John ne m'y autorise. Je fis rouler ma tête de gauche à droite sur l'appuie-tête, tout ce qui existait en dehors de la voiture disparut alors que je regardais John monter et descendre sa tête le long de ma verge.

Je laissai échapper un cri étranglé lorsqu'il se retira et laissa glisser mon sexe entre ses lèvres.

— John !

Mon corps tout entier vrombissait d'une énergie qu'il ne pouvait contenir ; mes bras et mes jambes tremblaient, j'y voyais presque trouble – et il se retira. Il se pencha sur moi, et je sentis que le dos de mon siège s'inclinait vers l'arrière.

— Ferme les yeux, m'ordonna-t-il, appuyant ses doigts en moi pour ajouter à la pression, et je m'exécutai, vibrant d'anticipation.

Agrippant fermement le siège, j'attendis de voir ce que John avait en tête.

— Soulève tes hanches, murmura-t-il, et j'obtempérai.

Je sentis mon pantalon glisser le long de mes jambes jusqu'à mes chevilles.

Quelque chose chatouilla ma peau et fit tressaillir mes nerfs. Au début, je ne parvins pas à identifier ce que c'était. Je haletai et finit par saisir la base du siège lorsque je me rendis compte qu'il s'agissait des cheveux de John.

— Baise-moi, gémis-je, balançant les hanches vers l'avant.

— Plus tard, lorsque je t'aurai ramené à l'hôtel, murmura-t-il.

Je sentis alors ses cheveux bouger autour de mon membre en de lents mouvements circulaires. Je déglutis et luttai contre l'envie irrépressible d'ouvrir les yeux.

— Je vais t'emmener au paradis et t'y garder pendant des heures, me promit-il, et j'agrippai plus fortement le siège.

Les légers chatouillements disparurent. John avala goulûment mon sexe, ses lèvres l'enserrant comme un étau. Je soulevai les hanches une fois de plus et m'abandonnai. Je sentis que John enfonçait profondément ses doigts en moi. Lorsqu'il stimula ce point en moi, je fus perdu et m'empalai durement et rapidement alors que mon orgasme montait du plus profond de moi-même. Je jouis dans un cri presque strident qui secoua les vitres.

Je me laissai retomber sur le siège, et je luttai pour reprendre mon souffle alors que mon membre glissait hors de la bouche de John. Je tentai d'ouvrir les yeux, mais ils n'avaient pas l'air d'être en état de fonctionner.

— Et toi ? marmonnai-je.

J'entendis les gloussements légers de John alors qu'il se retirait de mon corps.

— J'attendrai jusqu'à ce qu'on soit à l'hôtel, dit-il, et je fus enfin en mesure d'ouvrir les yeux.

— Mais… protestai-je.

Je me penchai vers l'avant mais John me repoussa doucement de la main.

— Il n'y a rien de plus sexy ou de plus beau que toi lorsque je te pousse à bout.

D'une certaine manière, j'en doutais, parce que je l'avais vu dans les affres de la passion, mais je n'eus pas l'énergie de discuter. Tout ce que je pus faire pendant un moment fut de respirer jusqu'à ce que la chaleur commence à monter dans la voiture. J'ouvris les yeux et ne vis que des vitres embuées et John qui me souriait d'un air très satisfait.

— C'était pour quoi ça ? demandai-je alors que je commençai à remettre de l'ordre dans mes vêtements.

— Tu as l'air complètement dévergondé.

— Si c'est le libertin lui-même qui le dit…

Je fis un petit bruit dédaigneux tout en soulevant mes fesses de mon siège afin de pouvoir remettre en place mon pantalon. Après avoir rabattu ma chemise, je m'assurai d'avoir l'air raisonnablement correct avant de relever mon siège.

J'étais sur le point de redémarrer la voiture lorsque John posa sa main sur la mienne. Alors que je me tournai vers lui, il m'embrassa avec douceur.

— Merci pour tout ce que tu as fait pour ma famille et moi.

— Je t'en prie, répondis-je en démarrant la voiture.

J'attendis que les vitres redeviennent nettes, puis continuai en direction de la maison de John.

— Est-ce que tu es prêt à rencontrer ma famille ? me demanda-t-il alors qu'il me faisait prendre un autre virage.

— Après ça, je suis prêt à rencontrer ta famille et la moitié de la nation Sioux.

J'avais encore la tête qui tournait.

— Rencontrer ma famille sera probablement comme si tu rencontrais la moitié de la nation Sioux, crois-moi, répliqua-t-il avant de me dire de tourner dans une allée.

Il me fit me garer à proximité d'une grande et vieille maison remplie d'enfants qui jouaient. Dès que nous eûmes ouvert les portières, le son des rires et des cris de joie et d'excitation m'assaillit. Cela faisait longtemps que je n'avais pas été en présence d'un groupe d'enfants aussi grand.

— Je vois ce que tu veux dire, dis-je quand je vis un flot de personnes entrer et sortir de la maison, installer des tables à l'ombre d'un arbre immense avant d'apporter de la nourriture et des plats. Qui sont ces gens ?

— Des frères, des sœurs, des cousins, des tantes, des oncles – tout ce que tu pourrais imaginer, ils sont tous là. J'imagine que Maman a passé des coups de fils dès qu'elle a su que nous venions. Sache que personne n'ignore une convocation de Kiya, m'expliqua John juste avant d'être entouré d'un grand nombre d'enfants, rivalisant tous pour avoir son attention.

— Akecheta! crièrent-ils.

Certains sautillaient même.

Il souleva tous les plus petits les uns après les autres, et reçut des câlins de la part de tous. J'entendis un des petits garçons murmurer plutôt bruyamment comme le font les garçons :

— C'est qui l'homme blanc ?

— C'est un bon ami à moi. Il s'appelle Jerry, et il m'a aidé à essayer de récupérer Mato et Ichante. Alors soyez gentils avec lui.

John souriait, et le petit garçon qu'il tenait dans ses bras passa dans les miens. Il avait l'air aussi surpris que moi.

— Voici Kohana, présenta John.

— Est-ce que tu vas me manger ? demanda Kohana, les yeux écarquillés.

— Qui est-ce qui t'a dit ça ? demandai-je, et il montra du doigt l'un des autres garçons plus âgés.

— Non, lui répondis-je avec un grand sourire. Mais je vais peut-être le manger lui s'il n'est pas gentil avec toi.

Je lui fis un clin d'œil qui le fit éclater de rire. Lorsque je le reposai, il repartit vers les autres enfants en courant, gifla le dit garçon plus âgé avant de revenir vers moi.

— Je suppose que je me suis fait un ami, dis-je à John tout en reprenant Kohana dans mes bras.

— Viens, dit John en gloussant. Allons rencontrer tout le monde.

Je regardai en direction des tables, puis à nouveau vers John.

— Est-ce que je ne peux pas rester avec les enfants ?

Il y avait trop de monde, et ils étaient tous en train de me regarder. John me conduisit jusqu'au groupe et commença à faire les présentations. Je perdis le fil des noms et des relations au bout de trois personnes. L'une des femmes me prit Kohana des bras et je perdis mon bouclier. On me serra la main, et je fus salué tellement de fois que je pensai que ma tête allait tourner.

— Où est ton père ? demandai-je à John une fois que les présentations furent faites.

— Il est dans le Dakota du Nord avec un groupe d'hommes et quelques femmes de la tribu. Ils travaillent dans les gisements de pétrole là-bas. Il rentre à la maison environ une fois par mois. Il n'y a pas de travail ici, alors ils vont là où ils en trouvent.

J'acquiesçai pour montrer que je comprenais, et réprimai un soupir en voyant davantage de nourriture arriver. Kiya appela tout le monde à venir autour des énormes tables.

John s'assit, et j'étais sur le point d'en faire autant lorsque Kohana s'insinua entre nous avec un grand sourire. Des bols de nourriture circulèrent. Les adultes aidèrent les enfants, et John et moi aidâmes Kohana. Ensuite tout le monde se mit à manger. Les conversations ne s'arrêtèrent pas un instant. Tout le monde parlait et riait en mangeant. C'était une immense famille, et j'avais rarement vu un aussi grand groupe de personnes avoir l'air aussi proche. Certains plats étaient familiers, mais d'autres m'étaient inconnus, et je goûtai à tout. À l'occasion, je vis l'une des femmes sourire lorsque je mangeai un morceau ; je me rendis compte qu'il s'agissait de son plat. Il y avait une soupe traditionnelle, wohampi – elle ressemblait plus à un ragoût – de viande de bison, et du pain frit, ainsi que des salades de légumes verts et des légumes cuits.

— Qu'est-ce que vous faites dans la vie ? demanda la femme assise en face de moi, et la conversation sembla s'arrêter.

J'avais beau me creuser les méninges, j'étais incapable de me souvenir de son nom, mais je crois que c'était l'une des cousines de John.

— Je suis expert en informatique. John et moi travaillons ensemble, expliquai-je. Nous développons des applications web complexes pour nos clients.

Je ne savais pas jusqu'où je pouvais donner des informations.

— Jerry m'apprend beaucoup, expliqua John. Je travaille sur des projets pour des entreprises du pays tout entier.

— Tu devrais enseigner l'informatique ici, dit-elle en regardant les autres personnes attablées, qui opinèrent de la tête.

— Jerry vit à Sioux Falls, et c'est là qu'est installée son entreprise, dit John

Ils changèrent de sujet. Je ne m'en étais pas rendu compte sur le coup, mais l'idée allait germer plus tard.

VIII

NOUS ARRIVÂMES très tard à Rapid City. Dieu merci, John connaissait très bien les routes, parce que jusqu'à ce que l'on rejoigne l'autoroute, j'avais l'impression que tout se ressemblait. Pourtant, nous arrivâmes à temps, nous garant dans le parking de l'hôtel situé non loin de l'autoroute un peu après minuit. Nous étions tous les deux si épuisés que nous pouvions à peine bouger, et après l'enregistrement de notre chambre, nous nous effondrâmes sur le lit.

Comment diable John put être debout à six heures le lendemain me dépassait, mais il se leva.

— Réveille-moi dans une heure, marmonnai-je avant d'enfouir ma tête dans l'oreiller.

Je replongeai aisément dans le sommeil et ne me réveillai que lorsque je sentis les couvertures glisser et la langue chaude de John dans mon dos, descendant vers mes fesses. Je poussai un gémissement, et eus immédiatement une érection, alors que John glissait lentement un doigt en moi.

— Oui, grognai-je, les yeux toujours clos.

J'étais seulement à moitié réveillé, mais c'était manifestement la bonne moitié si ce que John me faisait ressentir était un signe. Un deuxième doigt vint rejoindre le premier, puis ils disparurent. J'entendis des bruits et je sus que John était en train de se préparer pour l'événement principal.

John appuya son sexe contre mon anus, et je m'appuyai contre lui alors qu'il entrait lentement en moi. Je m'étirai, poussant mes mains contre la tête de lit tandis qu'il s'enfonçait en moi. Tous mes nerfs et mes muscles se réveillèrent brusquement et prirent vie.

— C'est bon ? demanda-t-il tandis qu'il s'installait de tout son poids sur moi, son torse collé à mon dos alors qu'il enfouissait son nez à la base de mon cou.

— Oh oui, gémis-je doucement. Baise-moi.

— C'est ce que je vais faire, chéri, me taquina John alors qu'il contractait légèrement les hanches, son membre frottant cette zone érogène. Tu aimes ça ? murmura-t-il tout en recommençant.

— Oui, grognai-je.

Je serrai l'oreiller dans mon poing alors qu'il se retirait lentement avant de s'enfoncer de nouveau en moi. Rien au monde ne me faisait autant de bien que lorsqu'il était en moi. C'était comme s'il avait été créé pour moi : un membre long et juste assez large pour m'étirer et me remplir sans me faire mal.

— C'est ça, juste ici ! m'exclamai-je dans l'oreiller tandis que John allait plus vite sans s'interrompre.

Il enroula ses bras autour de mon torse, pinçant mes mamelons tout en me serrant contre lui, et fit claquer ses hanches pour s'enfoncer plus profondément en moi.

— C'est ce que je veux, lui dis-je, et il s'enfonça plus profondément encore, accélérant son allure alors qu'il écrasait mes hanches et mon sexe contre les draps.

À chaque coup de hanches, ma verge frottait contre le linge du lit, m'apportant suffisamment de frottement.

— J'ai été excité toute la nuit, murmura John à mon oreille. Je pensais à toi et à quel point c'est bon de te faire l'amour.

Il pinça le bout de mon sexe, et je vis presque des étoiles.

— Je suis resté éveillé à regarder le plafond tout en y pensant.

Je gémis. L'orgasme était déjà proche, je le sentais. Entre John qui me remplissait de son sexe et de ses mots, il était impossible que je tienne très longtemps ; il s'enfonça en moi, nous faisant rebondir tous les deux sur le lit tandis que je jouissais violement, le membre de John palpitant au plus profond de moi.

Il se reposa sur moi et j'abaissai ma tête sur l'oreille, appréciant la sensation de son poids. Après quelques minutes, je sentis qu'il s'éloignait de moi et s'installait sur le lit, m'attirant à lui. Je fermai les yeux et me laissai à nouveau emporter par le sommeil. Je me réveillai lorsque je sentis John bouger et sortir du lit. Je savais qu'il fallait que l'on parte, mais après le trajet, le repas et tout le bruit que la famille de John avait fait, je savourais la paix et le calme de la chambre d'hôtel.

— Il faut qu'on y aille, murmura John à mon oreille.

Je sortis du lit et trottinai jusqu'à la salle de bain pour essayer de me réveiller. Une douche rapide, un rasage et un brin de nettoyage plus tard, je m'habillai et nous descendîmes dans le hall d'entrée. Le café fort du percolateur de l'hôtel fit l'affaire, et je commençai enfin à repousser le sommeil. Après le petit-déjeuner, nous libérâmes la chambre et mîmes nos bagages dans la voiture avant de nous diriger vers l'autoroute. John conduisit et je dormis, ne me réveillant qu'au moment où nous traversâmes Wall et entrâmes dans les plaines. J'avais pris le relais au volant lorsque nous nous garâmes près de Chamberlain, juste devant la maison Caruthers, un peu avant midi. Les enfants devaient nous attendre, car ils sortirent en bondissant et nous étreignirent tous les deux alors que nous sortions de la voiture.

— Bonjour Mary, dis-je alors qu'elle sortait de la maison.

Elle sourit et descendit l'allée pour venir à notre rencontre.

— Comment allez-vous ?

— Je vais bien, répondit-elle, et elle nous conduisit à l'intérieur.

John la salua également. En comparaison avec nos premières visites, il était beaucoup moins tendu, mais je le vis toucher les cheveux de Mato et Ichante. Je savais que leur longueur et le fait qu'ils aient été coupés le tracassait énormément. Mais tout à son honneur, il garda le silence parce qu'il ne voulait pas causer de problèmes.

Comme d'habitude, elle rapporta un plateau avec de la limonade et des verres. Elle et moi discutâmes pendant que John jouait et parlait avec les enfants.

— Est-ce qu'il a fait des progrès avec les services pour l'enfance ? demanda Mary. Pas que je veuille me débarrasser d'eux, ajouta-t-elle en regardant Mato et Ichante. Ce sont des enfants merveilleux, et si je le pouvais, je les adopterais. Cependant ils ont besoin d'être avec leur famille.

— Nous n'en sommes pas certains, répondis-je.

Si John voulait lui dire ce qui se passait, c'était à lui de lui dire, pas à moi.

— Je sais qu'il fait des progrès.

— Lorsque l'on m'a contactée la dernière fois, je leur ai dit que John venait régulièrement leur rendre visite, qu'il prenait grand soin d'eux et qu'il était évident qu'il avait énormément d'affection pour les enfants.

Mary prit une petite gorgée de son verre.

— J'espère que c'était suffisant.

— C'était très gentil de votre part. Je vous en suis vraiment reconnaissant, dit John en venant vers nous.

Nous restâmes pendant un moment, les enfants montrant à John leurs jouets et se contentant de passer du temps avec lui. Lorsqu'ils eurent faim, nous les emmenâmes ainsi que Mary déjeuner en ville avant de leur dire au revoir une fois de plus et de reprendre la route pour Sioux Falls.

John garda le silence une grande partie du trajet. Je conduisais et il regardait par la fenêtre du côté passager. Je savais exactement à quoi il était en train de penser. Chaque fois qu'il laissait les enfants, John avait l'impression qu'il n'allait plus jamais les revoir. Il me l'avait dit à plusieurs reprises, et maintenant que la tribu allait passer à l'action, il pouvait se permettre de ressentir de l'espoir. Toutefois, cela rendait la séparation encore plus amère, l'exaspération devenant plus difficile à contenir. Je pouvais voir une faible lueur au bout du tunnel, et je savais que c'était également le cas pour John. Cela devait sérieusement mettre à mal sa patience.

— Tu avais raison, dit enfin John. C'était très aimable de sa part de dire cela.

— Je t'avais dit que ce n'était pas ton ennemie, et qu'en nouant une amitié avec elle, tu pourrais avoir une personne de plus pour t'aider.

À nouveau, John demeura silencieux pendant un moment et je me contentai de conduire, laissant défiler les kilomètres.

— Combien de temps crois-tu qu'il va se passer avant qu'ils intentent un procès ? demanda John. Et tu crois réellement que cela va m'aider ?

J'entendais à la fois l'espoir et le doute dans sa voix.

— Parfois ces choses ont besoin d'attirer l'attention de quelqu'un, et une fois que l'affaire aura été portée devant les tribunaux, les média seront impliqués et les services pour l'enfance voudront désamorcer la situation le plus vite possible.

— Et s'ils décident de lutter ? demanda John.

— Je ne suis pas un avocat, mais il me semble que s'ils se battent, ils prennent le risque de perdre, et cela les déstabiliserait encore plus. Je soupçonne qu'ils essaieront de faire disparaître tout ça aussi rapidement et silencieusement que possible, mais on ne sait jamais.

Je me concentrai à nouveau dans ma conduite et laissai John seul avec ses pensées.

Lorsque nous arrivâmes à la maison, nous étions tous deux épuisés. Lorsque je me garai dans l'allée, je fus surpris de voir la voiture de Bryce stationnée sur le côté. Je me garai à côté et sortis, puis fis le tour de la maison jusqu'au bureau. En ouvrant la porte, je vis Bryce et Peter assis à la table, en train de parler.

— Je pensais que tu avais pris la journée. Qu'est-ce que tu fais ici ? demandai-je, entrant dans le bureau, et John me suivit

— C'est ce que je comptais faire, mais Peter m'a appelé et m'a demandé si je pouvais l'aider avec les dossiers, dit Bryce, et je regardai Peter, qui avait l'air anormalement satisfait.

— Je suis arrivé à finir ça, et avec l'aide de Bryce, c'est organisé de la façon dont tu voulais, dit fièrement Peter. J'ai aussi compris que ce n'était pas pour moi. Je suis heureux d'avoir pris le temps d'apprendre certaines choses, mais ce n'est pas le genre de travail où j'excelle.

— D'accord, dis-je, tentant de cacher mon soulagement.

Selon mes calculs, cela avait pris à peu près sept heures à Peter pour achever quatre heures de travail.

— Au moins, tu as acquis une compétence que tu n'avais pas auparavant.

Peter était quelqu'un de très sociable, et j'avais supposé qu'en quelque sorte il allait devenir fou à lier à travailler sur un ordinateur toute la journée, mais il avait fait beaucoup pour m'aider, alors j'étais bien disposé à lui rendre la pareille.

Bryce était en train d'arrêter son poste de travail, puis il fit de même pour l'ordinateur que Peter avait utilisé.

— Comment était votre voyage ? demanda-t-il tout en rabattant l'écran de l'ordinateur portable.

Je laissai John répondre.

— Au conseil, ils ont écouté mon histoire et ils ont dit qu'ils en avaient l'habitude.

John s'approcha de là où je me tenais.

— Ils ont décidé de passer à l'action, et ils ont donné des instructions à leurs avocats pour qu'ils réunissent les faits nécessaires pour déposer plainte contre l'État pour enlèvement.

Peter siffla et Bryce eut l'air choqué, mais les deux demeurèrent silencieux.

— Je suppose que l'avocat nous contactera sous peu.

John bâilla, et je le suivis de près.

Nous avions conduit pendant ce qui me parut être la majeure partie de ces deux derniers jours.

— Je te verrai lundi, dis-je à Bryce alors qu'il allait partir. Amuse-toi bien avec Percy.

— Je n'y manquerai pas, annonça Bryce en se dépêchant de sortir.

Peter annonça qu'il devait également y aller, et je fermai le bureau. Après avoir dit au revoir à Peter, nous nous dirigeâmes vers l'intérieur de la maison.

— Tu as faim ? demandai-je, et John fit non de la tête.

— Je devrais rentrer. J'ai des choses à faire, et je ne vais pas être de très bonne compagnie, expliqua-t-il en bâillant.

Après un baiser d'au revoir, il ramassa son petit sac de voyage et quitta la maison. Je me demandai pourquoi il battait en retraite, mais je récupérai tout de même mes affaires dans la voiture et montai à l'étage placer les vêtements avant de revenir dans le salon. Je déposai le panier que j'avais acheté sur le comptoir puis allumai la télévision. Je m'endormis sur le canapé et me réveillai en entendant la sonnerie de mon téléphone. La pièce était pratiquement plongée dans le noir alors que je cherchai à tâtons sur la table basse.

— Salut John, répondis-je avec un bâillement.

— Est-ce que je t'ai réveillé ? demanda-t-il, et je jetai un coup d'œil à l'horloge. Il était un peu moins de vingt-deux heures.

— Oui, mais j'aurais probablement dû me lever il y a des heures.

— J'étais assis à ne rien faire, je voulais être avec toi, et j'en ai conclu que j'étais idiot, alors j'ai pensé t'appeler.

— C'est une façon détournée pour me dire que tu veux venir me voir ? demandai-je en me redressant. Où es-tu ?

La sonnette retentit, et j'eus un gloussement quand je l'entendis également dans le téléphone.

— Eh bien, entre, lui dis-je, puis je raccrochai le téléphone.

La porte s'ouvrit et John entra avec un sourire aux lèvres.

— Tu sais, tu n'étais pas obligé de partir tout à l'heure, lui dis-je une fois que nous fûmes assis ensemble sur le canapé après un baiser langoureux en guise de bonjour.

130

— Je ne voulais pas abuser de ton hospitalité. Cela faisait deux jours que nous étions ensemble, et j'ai pensé qui tu voudrais un peu de temps pour toi, expliqua John.

— Si cela avait été le cas, je te l'aurais dit, je te le promets, dis-je, l'attirant plus près de moi. J'ai eu assez de temps lorsque j'étais seul. Si tu veux que je sois honnête, ce que j'aime vraiment, ce sont les moments que je passe avec toi.

Je me penchai plus près de lui, inspirant son parfum intense et je passai mes doigts dans ses cheveux tout en l'embrassant. John répondit en me poussant sur les coussins. Le canapé du salon avait déjà vu beaucoup d'actions récemment et il en verrait d'autres encore.

— Est-ce que tu pensais vraiment ce que tu m'as dit ce matin à l'hôtel ?

John arrêta de m'embrasser, et je me demandai si j'étais allé trop loin. Les mots de John tournaient dans mon esprit depuis que nous avions quitté l'hôtel, mais maintenant je me demandai si cela n'avait pas été un lapsus.

— Qu'est-ce que j'ai dit ? demanda John, chacun de ses mots mesurés ajoutant à mon inquiétude.

Je savais que j'aurais dû me taire.

— Tu as dit que nous faisions l'amour.

Voilà, je l'avais dit.

Je m'attendais à moitié à ce que John parte en courant et en hurlant de la maison, ou du moins trouve des excuses comme quoi cela s'était passé dans le feu de l'action et que cela ne comptait pas. Ce connard de Carlos m'avait fait le coup une fois auparavant. Et je ne voulais pas revivre cela maintenant.

— Nous faisions l'amour, me dit John tout en se rapprochant plus près de moi. Nous faisons toujours l'amour quand nous sommes ensemble.

Puis il m'embrassa, et à l'exception de John tout le reste s'arrêta.

— C'est vraiment ce que tu ressens ? demandai-je.

Je ne voulais mal-interpréter ses paroles, même si mon cœur bondissait à la perspective qu'il puisse m'aimer.

— Oui, c'est ce que je ressens, répondit-il.

Son regard plongea dans le mien et je me rendis compte que l'homme qui d'habitude était des plus forts cherchait la confirmation que je ressentais la même chose. Sa vulnérabilité était manifestement visible dans ses yeux. Je lui donnai toute la confirmation dont il pouvait vouloir en l'attirant dans un baiser intense et je dévorai pratiquement sa bouche, ma langue soumettant celle de John afin de m'emparer de lui.

— Je crois comprendre que tu ressens la même chose, gémit John lorsque je mis fin au baiser.

Ses yeux étaient un peu incertains.

— Oui. Cela fait un moment que je ressens cela mais je n'étais pas sûr de tes sentiments, alors…

Je fus coupé par un baiser tout aussi passionné qui m'envoya des ondes de plaisir jusque dans les orteils.

— On va continuer ça en haut. J'en ai marre de ce canapé, et j'ai envie de te faire l'amour dans un lit correct où tu auras toute la place pour t'étirer pendant que je te remplirai tellement que tu hurleras à t'en érailler la voix.

J'eus des palpitations à la tête. Quand il le voulait, John savait s'y prendre avec les mots. Après s'être relevé, il se tint près du canapé et tendit le bras. Il m'aida à me relever. Puis il me conduisit dans la chambre à l'étage, où il fit exactement ce qu'il m'avait promis, et bien plus encore.

IX

L'AVOCAT APPELA John le lundi d'après, et nous passâmes les soirées suivantes à rassembler et à organiser des documents pour les lui envoyer, ainsi que tous les détails que nous pourrions lui fournir. Ensuite, il vint à Sioux Falls pour nous rencontrer. Je fournis une déposition sur ce que je savais des sentiments de Mary Caruthers et de son étonnement. La plupart de ce que je savais m'avait été raconté par John. À part l'empêcher d'exploser à mesure que sa patience s'amenuisait, je ne fus donc pas d'une grande utilité. Sans nouvelles, les jours devinrent une semaine, puis deux. Comme le disait ma grand-mère quand j'étais petit, John était devenu aussi nerveux qu'un poisson rouge dans un aquarium rempli de piranhas.

Enfin, après plus de deux semaines après notre retour de la réserve, et après une autre visite aux enfants qui avait laissé John encore plus déprimé et frustré au moment de les quitter, il reçut un coup de fil au travail selon lequel la plainte avait été déposée. Comme on pouvait s'y attendre, les stations de radio d'informations locales avaient remarqué l'affaire et l'avaient diffusée toute l'après-midi. Les autres tribus avaient rejoint le chœur condamnant l'État et les services pour l'enfance. Cependant, personne ne nous avait encore donné de nouvelles des enfants.

— Je rentre chez moi, dit John alors que la journée était pratiquement terminée et qu'il éteignait son poste de travail.

Bryce était parti une heure auparavant, si bien que nous étions seuls tous les deux. John avait pris l'habitude de rentrer chez lui le soir afin d'être là au cas où la situation changerait ou si quelqu'un appelait. Jusqu'à présent, cela n'avait eu aucun effet mis à part lui donner du temps en plus pour se faire du mauvais sang, et je devais avouer que si ruminer devenait une discipline olympique, John gagnerait la médaille d'or haut la main.

— Je viens avec toi, lui dis-je en éteignant également mon terminal informatique.

Je lui désignai la maison d'un geste de la main. Je ne voulais pas qu'il reste trop seul, et très franchement, je commençais à en avoir assez d'être en couple avec M. Taciturne. Il avait besoin de se changer les idées, et je savais exactement ce qu'il lui fallait.

John me regarda d'un air sceptique mais ne dit rien, et je me dépêchai de monter l'escalier. Je jetai quelques affaires dans un petit sac et je suivis John jusqu'à son appartement. Il n'était pas particulièrement grand, mais il était propre et il y avait deux chambres, dont l'une était équipée de lits superposés qui attendaient Mato et Ichante, avec quelques jouets pour chaque enfant. J'étais déjà venu ici auparavant, et comme à chaque fois ce lieu me frappait, comme si l'appartement dans sa totalité retenait son souffle en attendant que quelque chose survienne, et d'une certaine manière, c'était probablement le cas. C'était un appartement que John avait pris et meublé du mieux qu'il avait pu en vue de vivre ici avec les enfants. Cela s'était passé il y avait des mois, et il fallait encore que les habitants pour qui il était destiné viennent. Tout était dans l'expectative, y compris John.

Après avoir déposé mon sac dans sa chambre, je le rejoignis dans le salon.

— Tout ira bien. Le plus difficile est d'attendre.

— J'aimerais seulement qu'on ait des nouvelles, n'importe lesquelles, implora-t-il presque. Cela fait des semaines et il ne s'est rien passé. Je m'attendais à ce que quelque chose arrive après les dernières histoires, mais il n'y a toujours rien.

— Cela ne fait que quelques jours, tentai-je de le calmer, mais je savais que cela serait sans succès.

Plus cela traînait et plus cela devenait difficile pour John. Je le savais, et pourtant j'ignorais comment l'aider. J'avais essayé le sexe, à de nombreuses, très nombreuses reprises, et nous avions obtenu quelques résultats intéressants. J'en rougissais encore en repensant à certaines d'entre eux. Et ce n'était pas comme si je ne pouvais pas le distraire en couchant avec lui. Il était assis sur le canapé. Je le rejoignis, me rapprochant rapidement de lui.

— Je ne veux pas être un oiseau de mauvais augure, mais je pense qu'il faudrait que tu te prépares à un long combat.

Je sentis John se crisper à côté de moi.

— Je ne te dis pas qu'il y en aura un, mais tu dois te préparer à cette éventualité.

— Je ne sais pas comment je pourrais m'y préparer, me dit John. J'ai passé des jours et des nuits à penser à eux et au fait que Mato et Ichante devraient être avec leur famille et pas avec une étrangère.

John eut un soupir.

— Ils sont en train de grandir sans toutes les choses que j'ai eues : des cousins, des oncles et des tantes, la famille élargie au grand complet – tout cela leur est interdit pour le moment.

— Je sais, et rencontrer ta famille était génial. Intimidant, mais génial.

J'avais encore la tête qui tournait quand j'essayais de me souvenir qui était qui.

John alluma la télévision, et nous regardâmes des programmes ineptes. Ou du moins je les regardai. Je sentais John broyer du noir à côté de moi, les bras croisés sur sa poitrine, et marmonner de temps à autre.

Une heure plus tard, on frappa fermement à la porte, et John en sauta presque au plafond.

— Tout va bien, lui dis-je.

Il traversa le salon, regarda dehors par le judas avant d'ouvrir la porte.

Mato et Ichante laissèrent tomber ce qu'ils tenaient et coururent se jeter dans ses bras, se battant pour savoir qui allait lui faire un câlin en premier. Je regardai autour de lui et vit qu'une femme à l'air sévère se tenait juste derrière la porte. John ne montra aucun intérêt à bouger et se contenta de tomber à la renverse sur le sol alors qu'il prenait encore et encore les enfants dans ses bras. J'y croyais à peine, et je clignai des yeux plusieurs fois pour m'assurer que ce que je voyais était bien réel. J'imaginais à quel point John devait être bouleversé.

— Il faut que j'examine l'appartement, dit la femme, et John souleva Mato, le prit dans ses bras et tint la main d'Ichante tandis qu'il les guidait à l'intérieur.

— Bon sang, marmonnai-je, mocheté blanche lui va bien.

Elle me regarda, et je la fixai des yeux en retour tandis qu'elle se promenait dans l'appartement.

— Vous êtes déjà venue ici auparavant, lui dit John d'un ton sévère avant de l'ignorer tandis qu'il emmenait les enfants le long du petit couloir. Voici votre chambre, leur dit-il, et j'entendis des rires fuser. Je reviens tout de suite. Il faut que vous décidiez qui aura le lit du dessus.

Les paroles de John me firent sourire.

Il revint dans le salon.

— Il faudrait vraiment que vous ayez une chambre pour chaque enfant, dit-elle tout en écrivant sur une feuille.

— Et vous vous devriez être en prison pour enlèvement ! répliqua John d'un ton sec. Si cela ne tenait qu'à moi, c'est là où vous seriez, et c'est encore possible. Ce n'est pas parce que vous nous avez rendu les enfants que nous abandonnons les accusations.

Je me levai et me tins derrière John.

— Nous avons confié les enfants à vos soins à titre d'essai, et nous pouvons vous les retirer à tout moment, dit-elle sans aucune crainte tandis qu'elle se dirigeait vers la porte.

John la suivit jusque là, et dès qu'elle eut passé le seuil, elle se retourna pour dire quelque chose, mais John poussa la porte pour la fermer, la coupant dans sa phrase. Puis il verrouilla la porte bruyamment et sourit.

— Mato, Ichante ! appela-t-il, et ils sortirent de la chambre précipitamment. Vous pouvez rester.

Je m'attendais à des cris de bonheur, mais au lieu de cela ils sourirent comme s'ils n'y croyaient pas. J'entendis du bruit dehors et je jetai un coup d'œil à l'extérieur. J'ouvris la porte et vis des sacs qui se trouvaient de l'autre côté de la porte, manifestement il s'agissait des affaires des enfants. Je les ramenai à l'intérieur avant de sortir et de refermer la porte derrière moi pour laisser un peu d'intimité à John. Je descendis le chemin menant au parking et vis l'assistante sociale en train de sortir des sacs contenant des provisions.

— Est-ce que vous avez besoin d'aide ? lui demandai-je alors que je me rapprochai d'elle.

Elle rouspéta et les plaça dans mes bras.

— Au moins vous connaissez la politesse, coupa-t-elle.

— Vous n'avez pas vraiment été aimable, répliquai-je tandis qu'elle refermait la portière de la camionnette.

— Il faudra qu'il se procure un siège-auto pour Mato et un rehausseur pour Ichante, me dit-elle, et je serai obligée de faire le point pour les enfants de temps en temps.

Elle n'ajouta rien de plus avant de monter dans la camionnette, et je retournai en direction de l'appartement avec les sacs. Alors que je jetai un coup d'œil dans l'un d'entre eux, je vis la poupée que John avait offerte à Ichante, et tout ce à quoi je pus penser fut *Dieu merci c'est fini*. Les sacs à la main, j'entrai dans un appartement étonnement silencieux et trouvai John avec les enfants dans leur chambre. Je sortis la poupée du haut du sac et la tendis à Ichante. Elle la serra contre sa poitrine, la balançant d'avant en arrière.

— John, je vais rentrer et vous laisser seuls tous les trois. Vous avez besoin de passer du temps ensemble.

Mato se glissa hors du lit et chercha dans l'un des sacs jusqu'à ce qu'il trouve le cheval que John lui avait donné. Puis il courut jusqu'à moi et leva les bras. Je regardai John et le pris dans mes bras. Pour ma peine, je reçus un câlin.

— Je crois que Mato veut que tu restes, dit John, et le petit garçon hocha la tête. Je pense qu'ils t'associent à moi puisque nous sommes souvent allés leur rendre visite ensemble.

Au moins, cela avait l'air d'être le cas pour Mato. Ichante se tenait près de John et était réticente à s'en éloigner.

— Est-ce que vous avez dîné ? demandai-je, et Mato fit non de la tête. Qu'est-ce que vous voudriez manger ?

— Sketti, dit Mato, et je regardai John, qui leva les yeux au ciel.

Je supposai qu'il n'y avait pas de spaghettis chez lui.

— Il y a une supérette au coin de la rue, me dit John.

— Est-ce que tu veux venir avec moi ? demandai-je à Mato, et il hocha énergiquement la tête. Je vais avec lui au magasin et on revient tout de suite.

John accepta, et je portai Mato jusqu'à la porte avant de sortir dans la chaleur du soir.

— Est-ce que tu es heureux d'être avec ton oncle Akecheta ?

— Oui, répondit Mato, cramponnant toujours son cheval contre lui tandis que nous marchions.

Il ne dit pas grand chose, mais regardait autour de lui. Alors que nous entrions dans le magasin, je lui pris la main et trouvai un paquet de spaghetti et un pot de sauce qui eut l'air de recueillir son assentiment, tout comme le paquet de chips et la barre chocolatée que je lui avais laissé prendre, ainsi que celle pour sa sœur. Lorsque nous partîmes, j'avais acheté bien plus que des spaghettis, mais ce n'était pas grave. Ces enfants avaient traversé beaucoup d'épreuves.

Nous retournâmes à l'appartement, et je tins la toute petite main de Mato dans la mienne tout le long du trajet. Une fois arrivés, je posai le sac à terre et Mato fouilla dedans pour trouver la barre chocolatée et courut ensuite retrouver Ichante.

— Elles sont pour après dîner, criai-je.

John sortit en portant Ichante, qui semblait avoir pleuré. Je préparai le diner du mieux que je pus pendant que John passait du temps avec les enfants, et après qu'ils eurent mangé, John les mit tous deux au lit pendant que je l'attendais sur le canapé. Il sortit de la chambre sans faire de bruit, puis ferma la porte derrière lui.

— Ils dorment, murmura-t-il et il s'effondra à côté de moi sur le canapé. Après ton départ, Ichante est partie en courant dans l'appartement, a ouvert toutes les portes, regardé sous tous les lits et appelé sa mère. Comme elle ne l'a pas trouvée, elle a éclaté en sanglots et n'a cessé de demander où elle était, dit John tout en essuyant ses yeux. Personne n'a expliqué à Ichante que sa mère ne reviendrait pas et elle a continué à croire qu'une fois qu'elle serrait rentrée à la maison avec moi, sa mère l'attendrait également.

John renifla et détourna le regard.

— Je suis désolé, John, dis-je doucement.

— Je sais qu'elle va s'en sortir et Mato aussi.

John se tourna vers moi, des traces de larmes sur le visage.

— Ils ont besoin d'être près de leur famille et de temps pour guérir. J'espère seulement qu'ils apprendront tous les deux à croire le fait que rien ne va leur arriver. Je sais qu'ils s'attendent à tout moment à ce qu'on les emmène encore une fois.

John essuya ses yeux et se ressaisit. Il s'assit un peu plus droit sur le siège. Lui aussi s'en sortirait.

Je me penchai et l'embrassai doucement.

— Je vais te dire bonne nuit et te laisser te reposer un peu.

Je me levai et me penchai vers lui, appuyant les mains sur ses genoux.

— Appelle-moi si tu as besoin de quoi que ce soit, et j'arrive toute de suite.

Je me penchai pour un dernier baiser.

— Je le pense vraiment, ajoutai-je avant de me diriger vers la porte. Et appelle ta mère.

John hocha la tête.

Je le vis tendre le bras pour attraper le téléphone alors que je partais.

Le chemin du retour ne prit pas longtemps en voiture, mais cela me laissa du temps pour réfléchir. J'avais aidé John à obtenir ce qu'il voulait, mais je savais que ces deux enfants allaient signifier un grand nombre de changements pour John et pour moi. J'avais pris l'habitude de l'avoir dans ma vie, et dans mon lit quelques nuits par semaine. Cela allait devoir changer. John n'allait pas pouvoir rester à la maison pour la nuit, pas avec la menace des services sociaux qui pesait sur lui et les enfants. Non, il y avait de fortes chances pour que je le voie au travail et peut-être quelques fois par semaine chez moi ou à son appartement, mais dans les deux cas, l'intimité que nous avions partagée serait probablement beaucoup écourtée.

— Fais attention à ce que tu souhaites, Jerry, me dis-je à moi-même alors que je me garai dans l'allée. Tu risquerais de l'obtenir.

Ce n'est pas que je lui en voulais pour les enfants, parce que ce n'était pas le cas, du tout. À l'heure actuelle ils avaient besoin de John plus que quiconque, et je le comprenais, vraiment. C'est simplement qu'il allait me manquer.

Je coupai le moteur, puis rentrai dans la maison vide et montai l'escalier. J'étais épuisé, alors je me débarbouillai et m'effondrai sur mon lit. Je posai mon téléphone portable sur la table de chevet au cas où John m'appellerait. Il me fallut un moment pour m'endormir, et je passai beaucoup de temps à écouter la maison, à souhaiter que John soit là près de moi dans le lit.

MALHEUREUSEMENT, J'ALLAIS passer un certain nombre de nuits seul.

— Pourquoi n'amènerais-tu pas les enfants pour dîner ce soir ? demandai-je à John alors que nous finissions de travailler le mercredi suivant. J'adorerais vous voir, tous les trois.

— J'aimerais beaucoup te voir aussi, dit John comme un aveu. Je pense que Mato aussi. Il a posé des questions sur toi. C'est Ichante qui m'inquiète. Elle a l'air de se retrancher de tout le monde sauf de moi et des dames qui s'occupent d'elle. Je l'ai emmenée à l'épicerie avec moi, et elle est restée près de moi et a continué de se cacher derrière mes jambes chaque fois qu'un blanc s'approchait d'elle. Elle dit qu'elle a peur qu'ils viennent et l'emmènent à nouveau. Je ne sais vraiment pas quoi faire, me dit-il alors qu'il s'arrêtait à la porte du bureau.

— Emmène-les tous les deux ici, et nous prendrons peut-être des dispositions pour qu'elle s'amuse avec un blanc. Cela va prendre du temps mais il faut que nous l'aidions.

Ma tête se remplissait déjà d'idées sur ce que nous pourrions faire.

John ferma la porte et revint là où je me tenais.

— J'aurais dû savoir que tu essayerais de nous aider. Je ne suis pas sûr que nous puissions faire grand-chose, mais je les emmènerai pour dîner. Seulement, ne sois pas étonné si elle passe la plupart de la soirée à essayer de se cacher de toi. Elle le fait avec à peu près tout le monde.

John se rapprocha et me donna un léger baiser.

— Nous reviendrons dans une heure si cela te convient.

— Bien, je te vois tout à l'heure.

Il se dépêcha de sortir, et alors que je fermais à clé, j'entendis sa voiture démarrer et s'éloigner. Une fois que j'eus tout fermé, je rentrai à la maison. Il n'y avait pas grand-chose à manger, alors je me dépêchai de rejoindre ma voiture et de faire un rapide tour à l'épicerie avant de m'arrêter à un magasin de jouets et de revenir enfin à la maison.

Je rentrai tout juste au moment où John, accompagné des enfants, garait sa voiture. Il s'agita dans le véhicule, les faisant sortir pendant que je portai la nourriture et le reste à l'intérieur. John et les enfants entrèrent dans la cuisine, et Mato courut vers moi pour que je le prenne dans les bras et lui fasse un câlin. Ichante, comme John l'avait prédit, se dissimula derrière ses jambes, m'observant depuis sa cachette.

— Tu te souviens de M. Jerry. Il est venu te voir avec moi, tu te rappelles ? demanda John, et elle hocha lentement la tête. Tu n'as aucune raison d'avoir peur.

— Laisse-lui du temps, dis-je, puis je commençai à déballer les courses dans la cuisine.

John me rejoignit, avec Ichante qui se cramponnait à lui.

— C'est une très jolie robe, lui dis-je. C'est ton oncle qui te l'a donnée ?

Elle continua de m'observer en silence, toutefois elle hocha légèrement la tête.

— Qu'est-ce qu'on mange ? demanda John, se tournant avant de soulever Ichante et de la prendre dans ses bras.

Elle se cramponna à lui, et je compatis. Je savais que ce n'était pas pareil parce que j'avais été bien plus âgé qu'elle, mais je savais un peu ce qu'elle ressentait. Ma famille m'avait renié, et la douleur de la séparation immédiate avait dépassé l'entendement. Au moins j'étais assez vieux pour être en mesure d'exprimer ce que je ressentais, ce qui m'avait permis de surmonter cela. Ce n'était pas le cas d'Ichante. Elle était effrayée et souffrait, et elle ne possédait pas les mots pour l'exprimer.

— Chocolat ? demanda Mato, tirant sur la jambe de mon pantalon.

Je finis de ranger les courses et fermai le réfrigérateur avant de le soulever et de le prendre dans mes bras.

— Peut-être. Mais si je t'en donne, tu ne pourras pas le manger avant la fin du repas. Par contre, je t'ai trouvé quelque chose pour jouer, expliquai-je, me dirigeant vers le salon.

Je posai Mato à terre et ouvris l'énorme boîte de cubes de construction que j'avais choisie.

— Tu peux construire ce que tu veux.

Je me tournai vers Ichante.

— Tu peux jouer toi aussi.

J'ouvris la boîte en plastique, et Mato se mit immédiatement à piocher dedans. Il en déversa le contenu au sol et s'assit par terre pour jouer. John posa également Ichante à terre, et elle se contenta de regarder pendant un long moment, les mains sur ses genoux.

— Je vais commencer à préparer le dîner, dis-je doucement, et John s'assit sur le canapé.

Je sortis la garniture pour les hamburgers, et j'écoutai pendant que j'assemblais le tout. Au bout d'un moment, j'entendis ce qui ressemblait à des cubes qui heurtaient le sol, suivi de gloussements et de rires de petit garçon. Je continuai à préparer le dîner, jetant de temps à autre un coup d'œil dans le salon. John et Mato étaient assis par terre et construisaient des tours puis les démolissaient, pendant qu'Ichante était assise sur le côté et les regardait faire, étreignant la poupée que John lui avait offerte. Il avait dû l'apporter avec le sac d'affaires qu'il avait pris avec lui.

Je me remis au travail, mais je continuai à contrôler. J'étais sur le point de mettre les hamburgers au four lorsque je jetai un coup d'œil une fois de plus. Ichante s'était rapprochée et construisait quelque chose avec les cubes. Elle s'éloigna lorsque Mato les fit tomber, mais ensuite John lui demanda de les aider à construire la tour, et elle se rapprocha.

— Vous êtes bientôt prêts à passer à table ? demandai-je.

— Quand tu le seras, me répondit John, et je retournai à la cuisine.

La cuisson ne prit pas longtemps. Je posai finalement le tout sur la table avant de les appeler pour dîner. Je n'avais pas de sièges pour enfants, alors je préparai deux assiettes pour les enfants et les aidai à s'asseoir à table à l'aide d'un annuaire téléphonique. John s'assit avec Ichante et j'aidai Mato. Ce fut un repas intéressant qui se termina avec autant de nourriture sur Mato que dans son estomac et Ichante qui mangea très peu. Mais elle mangea quelque chose, c'était déjà bien. John se contenta de hausser les épaules. Nous mangeâmes du mieux que nous pûmes, et je sentis sa frustration et son inquiétude. Après le dîner, je partageai une barre chocolatée entre les enfants, et ils en mangèrent tous les deux. La situation n'était visiblement pas trop mauvaise.

Les débarbouiller tous les deux fut intéressant, et dès que Mato en eut fini, il retourna en courant vers les cubes. John et Ichante le rejoignirent, et une fois que j'eus tout rangé, j'allai également dans le salon.

— Est-ce que je peux venir avec toi ? demandai-je, et à ma surprise Ichante répondit oui de la tête.

Je m'assis, et nous commençâmes à bâtir une tour vraiment très haute.

— Qui veut démolir celle-ci ?

Bien évidemment, Mato sauta comme un cabri.

— Je crois que c'est au tour d'Ichante, dis-je, et elle me regarda avant de sourire et de pousser le sommet de la tour.

Elle s'effondra dans un grand fracas et les cubes s'éparpillèrent partout.

— Est-ce qu'on peut recommencer ? me demanda-t-elle.

— Bien sûr, lui répondis-je. On va en reconstruire une autre.

Je savais qu'il était encore bien trop tôt pour se féliciter excessivement, mais j'avais l'impression d'avoir remporté une victoire. Nous jouâmes par terre avec les cubes jusqu'à ce que les enfants commencent à bâiller.

— Je crois que nous ferions mieux d'y aller, dit John.

Je hochai la tête, heureux qu'ils soient venus mais déçu qu'ils partent, surtout John. Il me manquait affreusement.

Cela prit un moment pour rassembler les affaires des enfants. John chargea la voiture pendant que j'étais assis sur le canapé, Mato d'un côté et Ichante de l'autre. Mato s'appuyait contre moi, déjà à moitié endormi, et Ichante me regardait d'un air sceptique, jusqu'à ce qu'elle aussi repose sa tête contre moi. Je déglutis, caressant doucement ses cheveux noirs. Lorsque John entra dans la pièce, il s'arrêta, et je le vis me regarder fixement, ma propre surprise se reflétant sur son visage, mêlée à une pointe de soulagement.

— Je crois qu'elle m'aime bien, dis-je à John avec un sourire.

Il acquiesça et s'approcha sans faire de bruit.

— Elle a bon goût, murmura-t-il.

Mato bougea pour se rapprocher de moi. La pièce était fraîche à cause de la climatisation. Il voulait certainement se réchauffer. Ichante suivit son exemple, et je les tenais doucement tous les deux dans mes bras. Je me sentais tellement bien avec eux. Même si je savais qu'il fallait qu'ils partent, c'était la dernière chose que je voulais. L'idée de demander à John et aux enfants de rester trottait dans ma tête. J'avais de la place à l'étage. Il y avait deux chambres d'installées, mais cela faisait un moment qu'elles n'avaient pas été utilisées… mais non, qu'ils restent n'était pas vraiment une option réalisable, et je le savais.

— Tu me manques, dis-je finalement, me sentant un peu en manque d'affection.

Je n'avais vu John qu'au travail pendant des semaines. On pouvait me traiter d'égoïste, et peut-être que je l'étais, mais avoir John pour moi tout seul me manquait. Son contact et la manière dont il me faisait me sentir spécial lorsqu'il me regardait me manquaient. Oui, j'étais égoïste, et peut-être un peu puéril, mais c'était ce que je voulais.

— Tu me manques aussi, me dit John tout en se penchant vers l'avant.

Je me préparai à son baiser, mais au lieu de cela il souleva Ichante dans ses bras ; la douleur et la déception me piquèrent le cœur comme un coup de poignard. Je savais, ou du moins j'espérais, que John avait toujours des sentiments pour moi.

— Tu me manques vraiment, ajouta-t-il, et je me relevai lentement en soulevant Mato.

Il se drapa contre mon torse, sa petite tête se reposant sur mon épaule. Dans ce geste de confiance, je le sentis presque voler mon cœur. Tout comme leur oncle, ces enfants étaient également en train de se faufiler dans mon cœur et je n'étais pas sûr de savoir comment avouer ce que je ressentais à John.

— Je sais, dis-je à la place, et je le suivis jusqu'à la voiture.

J'installai Mato dans son siège pendant que John s'occupait d'Ichante et se préparait à partir. Je fermai la portière aussi doucement que possible et attendis que John fasse le tour de la voiture. La chaleur du jour s'était quelque peu dissipée, mais on sentait toujours une certaine lourdeur dans la nuit. Un peu de lumière filtrait jusqu'à cette partie de l'allée. Quand John me rejoignit, l'ombre l'entourait. Alors qu'il s'approchait, je m'avançai plus près de lui et il s'arrêta. Sans attendre, je glissai mes bras autour de son cou et allai chercher un baiser passionné et profond, et rempli d'autant d'amour que je pouvais lui donner. Les lèvres de John s'ouvrirent, et je glissai ma langue entre elles, et je l'entendis gémir doucement en même temps que moi.

Je dus reculer parce que mon cœur était déjà en train de s'emballer et mon corps réagissait à la proximité du sien. Il me manquait affreusement et je le voulais trop, mais je ne pouvais rien y faire. Les enfants passaient en premier, et ce n'était que justice, mais cela ne changeait en rien mes sentiments, ou le désir qui me frappa lorsque je mis fin au baiser et que je m'éloignai de John.

— Tu me manques vraiment, John, dis-je, et je me rendis compte que c'était probablement maintenant ou jamais. Oh merde.

Je l'agrippai à nouveau et l'attirai dans un autre baiser.

— Je t'aime, John, dis-je, et je le sentis hésiter pendant une seconde qui me parut une éternité. Je sais qu'en quelque sorte on se l'est déjà dit, mais je voulais que ce soit clair. Je t'aime John, et quand tu n'es pas là, tu me manques affreusement. Je sais que tu as les enfants avec toi, et je sais que pour le moment ils sont la chose la plus importante dans ta vie, mais je voulais que tu saches ce que je ressens.

Je le vis secouer la tête dans la pénombre, et mon cœur chavira. Je reculai légèrement et me retournai pour ne pas avoir à le voir me dire ce que je craignais d'entendre.

— Je t'aime aussi, dit-il, et je le sentis toucher mon épaule. Je sais que c'est un peu dément en ce moment, mais cela ne change en rien mes sentiments.

Je me retournai, souhaitant pouvoir voir ses yeux, mais je ne vis que sa silhouette à cause du contre-jour.

— Les enfants ont besoin de moi, et je ne peux pas les abandonner.

— Je sais, répondis-je, parce que je comprenais effectivement.

Les mots de l'assistante sociale continuaient de trotter dans l'esprit de John, et il essayait de leur apporter autant de soin et d'attention que possible.

— Ton temps est très sollicité.

— On trouvera une solution, me dit-il, et je le vis tendre le bras et glisser sa main sur ma joue. Je ferais mieux de les ramener à la maison.

Il abaissa sa main le long de mon bras, prenant ma main dans la sienne, puis le contact disparut. John ouvrit la portière de la voiture, le plafonnier éclairant son visage. À ce moment, il se tourna pour me regarder, et je lus ce qu'il ressentait dans ses yeux.

Il monta dans la voiture et ferma la portière, et j'eus un peu l'impression qu'il était parti. Il démarra le moteur et alluma les phares. Je reculai, et il sortit la voiture de l'allée, les lumières m'éclairant alors que je levai la main pour dire au revoir. Puis les lumières me dépassèrent, et je fus dans l'obscurité une fois de plus tandis que les feux arrière de la voiture s'éloignaient puis disparaissaient de mon champs de vision. Je retournai lentement à la maison, qui me parut maintenant encore plus vide qu'elle l'était auparavant.

X

JOHN ET les enfants vinrent dîner et passer la soirée quelques fois par semaine les quelques semaines qui suivirent, et le samedi suivant, nous les emmenâmes au parc aquatique, ce qui fut un franc succès. J'avais demandé à John s'ils voulaient rester, mais il refusa. Il accepta tout de même de voir si les enfants étaient partants pour passer la nuit chez moi le samedi suivant. J'avais attendu avec impatience toute la semaine et j'avais espéré que tout se passe bien.

Le dernier samedi du mois d'août, je vis John garer sa vieille voiture dans mon allée. Il aida les enfants à en sortir, et ils coururent vers l'auvent, portant chacun un sac de couchage dans leurs bras.

— On va *domir* ici cette nuit ! dit Mato avec joie, bondissant sur ses petites jambes.

Ichante était plus réservée, mais même elle avait l'air excité.

— Dormir ici, corrigea-t-elle son frère avant de me sourire.

Les changements chez elle avaient été remarquables en quelques semaines. Elle avait toujours tendance à s'accrocher à John, mais sa propre personnalité et son assurance commençaient à transparaître. Elle était toujours prudente et circonspecte, mais elle souriait plus. La semaine précédente, elle était partie en exploration au parc aquatique, mais seulement là où se trouvait John. Mato avait été plus audacieux, mais même lui était encore un peu hésitant.

Je les conduisis dans la maison. John, qui fermait la marche, ressemblait un peu à une mule de bât. Une fois à l'intérieur, je l'aidai à poser tous les sacs et nous montrâmes leurs chambres à Mato et Ichante.

— Vous pouvez dormir ici si vous voulez ; ou Oncle John et moi pouvons monter une tente dans l'une des chambres, et vous pourrez y dormir dedans.

Cela provoqua un cri d'excitation et Mato se mit à sautiller, tandis qu'Ichante se contenta de regarder John.

— Ou je peux monter la tente pour Mato, et Ichante peut avoir sa propre chambre, corrigeai-je, et je lui montrai où elle dormirait.

— C'est joli, dit Ichante alors qu'elle entrait dans la pièce.

— Ma grand-mère a décoré cette pièce pour elle, dis-je à Ichante alors qu'elle posait son sac de couchage sur le lit.

Ma grand-mère avait installé son atelier de couture dans cette pièce il y avait des années de cela, et après sa mort mon grand-père l'avait conservée telle quelle. Le papier peint était un peu défraîchi, mais le fauteuil du coin était confortable, et le couvre-lit était également recouvert de fleurs. J'espérais en quelque sorte que la chambre plairait à Ichante. Mato fit irruption dans la pièce, avec autant de fracas qu'une tempête. Je ne compris pas un mot à ce qu'il raconta, mais de toute évidence il était excité. Je pris sa main et le ramenai dans sa chambre. Il me montra une boîte qu'il avait trouvée au bout du lit.

— Ce sont des jouets que j'avais quand j'avais ton âge, lui expliquai-je, et Mato fixa des yeux ce qui ressemblait probablement à un coffre au trésor pour lui. Tu peux jouer avec si tu veux.

Lorsque j'étais venu vivre avec mon grand-père, j'avais découvert que bon nombre des choses qu'ils avaient achetées pour moi quand j'étais enfant étaient encore là.

— Ma grand-mère et mon grand-père me les ont achetés lorsque j'étais un enfant, dis-je en aidant Mato à sortir un des camions de la boîte à jouets.

Il le regarda presque avec respect avant de se laisser tomber par terre et de le faire rouler sur le sol, en tirant des bruits de moteur. Je fouillai dans la boîte et y trouvai un petit chien en peluche que j'apportai à Ichante, qui sourit en le prenant.

— Allons en bas et nous préparerons le déjeuner.

Je tendis la main, et Ichante la prit. Mato était plus intéressé par le camion, mais il suivit, le faisant rouler dans le couloir et ensuite le long de chaque marche alors qu'il descendait l'escalier.

Dans la cuisine, John glissa son bras autour de ma taille alors que je faisais des sandwiches.

— On dirait que tout se passe bien, commenta-t-il, regardant à travers la salle à manger jusque dans le salon, où les enfants étaient en train de jouer sur le sol.

147

— Ce sont des enfants qui ont surmonté beaucoup de difficultés, mais ils sont résistants et se sentent en sécurité maintenant. Ichante m'a même parlé.

— Elle a toujours été silencieuse, mais elle parle de plus en plus et commence à poser des questions sur ce qui va leur arriver à Mato et elle. Je leur ai expliqué que leur mère ne reviendrait pas et qu'ils allaient vivre avec moi à partir de maintenant.

Je vis une expression dure apparaître sur le visage de John, et je savais que la mocheté blanche aurait une bataille sur les mains si elle tentait quoi que ce soit, mais il ne dit rien à son sujet. Je ne pouvais pas lui en vouloir.

— Elle pose encore des questions sur sa mère, et j'essaie de lui raconter des histoires à propos de quand nous étions petits. Mato n'a rien demandé, mais je me doute qu'avec le temps, il le fera, même s'il était affreusement petit quand elle est morte.

— Hé, murmurai-je, tournant mon visage vers celui de John, je suis heureux que tu sois là.

John resserra ses bras autour de moi et pencha son visage pour un léger baiser. Ce bref aperçu du goût de ses lèvres ne me suffit pas. Je posai le couteau que j'étais en train d'utiliser sur le comptoir, me retournant dans ses bras avant d'apprécier un baiser plus approfondi. Cela faisait trop longtemps que je n'avais pas eu John à moi pour plus de quelques minutes, et j'étais déterminé à en profiter le plus possible. Je savais que nous ne ferions que nous embrasser, mais j'avais la ferme intention de faire de ce baiser le meilleur au monde. À en juger par le doux gémissement qui résonna dans la gorge de John, je me dis que j'avais réussi. Il m'attira plus près de lui, et j'en eus la confirmation tangible alors que ses hanches se pressaient contre les miennes. Seigneur, je le désirais tellement. Mon esprit était déjà en train d'établir des scénarios où je pourrais le faire monter à l'étage. Bien évidemment, ce n'était pas réalisable, mais mon cerveau, embrouillé par le désir et privé de sexe commençait à désespérer.

— Une fois que les enfants seront endormis, murmura John entre deux halètements lorsqu'il mit fin au baiser. Je te le promets.

Je hochai la tête et me remis à préparer le déjeuner, tout pour occuper mon esprit et ne pas penser à l'odeur de John et à son allure, vêtu de ce jean moulant. John travailla avec moi, et je fis de mon mieux pour me concentrer sur ma tâche plutôt que sur lui.

— Venez à table, appelai-je dans la maison tout en portant l'assiette de sandwich là où l'on mangeait habituellement.

John avait apporté des rehausseurs, et il aida les enfants à s'asseoir tandis que j'emmenai les boissons et des chips sur la table. Mato commença à manger tout de suite, mettant autant de nourriture sur son visage que dans son estomac. Ichante était plus prudente, mais elle aussi avait tendance à laisser une traînée de miettes autour d'elle.

— Est-ce que nous ne devrions pas les débarbouiller ? demandai-je à la moitié du repas.

— Autant attendre qu'ils aient fini de manger, répondit John, arborant un large sourire, bien qu'il leur essuyât les mains à tous les deux.

Nous mangeâmes, partageant un sourire à l'occasion tout en gardant chacun un œil sur les enfants. Lorsqu'ils eurent fini, nous les conduisîmes dans la salle de bain pour les nettoyer, et ensuite ils jouèrent sur le sol du salon avec leurs jouets pendant que John et moi nous finissions de manger. Toute cette scène était merveilleusement domestique, et jamais je n'aurais pensé que cela me rendrait aussi heureux que je l'étais.

— Est-ce que l'on peut aller dehors ? demanda Mato alors que nous commencions à nettoyer la table, et il emportait son camion avec lui.

— Bien sûr. Une fois que nous aurons fini, Ichante et toi pourrez jouer sous l'auvent, lui répondis-je, et il partit en courant à quatre pattes, faisant rouler son camion à toute allure sur le sol.

— Ils ont vraiment changé, dis-je à John alors que nous portions les plats dans la cuisine.

— Vraiment ? commenta John avec un sourire fier.

Je confirmai.

— J'ai des bâtonnets de glace à l'eau et de la crème glacée pour plus tard, dis-je à John, lui montrant où ils étaient. Je vais aussi préparer de la limonade pour quand on sera assis sous l'auvent.

Une fois que nous eûmes nettoyé et que j'eus préparé la limonade, John et moi rassemblâmes les enfants dehors, puis nous nous assîmes sous l'auvent tandis qu'ils couraient dans le jardin.

— Il faut que nous leur trouvions des vélos. Ichante est probablement assez grande pour en avoir un avec des petites roues, et naturellement Mato pourrait avoir un tricycle. Si nous déplacions les voitures dans la rue, il y a assez de place pour qu'ils puissent en faire le long du trottoir jusqu'à l'allée.

— Nous ? demanda John, saisissant le pronom que j'avais employé.

— Oui, nous, insistai-je, et il se rapprocha un peu plus de moi.

— Je ne sais pas ce que nous ferions sans toi, dit John tout en regardant les enfants jouer. Sans toi, ils seraient toujours à la merci de cette mocheté blanche.

— Est-ce que tu as eu de ses nouvelles depuis qu'elle a déposé les enfants ? demandai-je, et John fit non de la tête.

— J'ai bien eu une lettre de sa part déclarant que chacun des enfants devait avoir sa propre chambre, mais je ne peux vraiment pas me permettre de me payer un logement plus grand pour le moment. Depuis, je n'ai rien reçu du tout. Je pense qu'elle a compris que nous étions sérieux, et ils veulent que cette poursuite judiciaire s'éloigne. L'État conteste notre accusation d'enlèvement d'enfants, et les cours sont en train d'examiner cette dernière à l'heure actuelle. Les avocats disent que cela va être long, mais la tribu a l'air de vouloir poursuivre jusqu'au bout. Pas seulement pour Mato et Ichante, mais pour tous nos enfants. Selon elle, l'État a abusé de son autorité et il est temps que quelqu'un le réprimande.

— Est-ce que la tribu peut se le permettre ?

John eu un sourire.

— L'avocat est un membre de la tribu, et il le fait gratuitement, mais nous prenons soin des nôtres, et la tribu s'assurera de le récompenser d'une manière ou d'une autre.

— Tu sais, j'en suis en quelque sorte jaloux.

J'attrapai le pichet de limonade et nous en versai un verre chacun, à John et moi. Les enfants entendirent le tintement de la glace. Ils montèrent les marches en bondissant alors que je leur versai également des petits verres. Ils burent en toute hâte, puis repartirent en courant dans le jardin. Je ne savais absolument pas à quoi ils jouaient, mais cela semblait avoir un sens pour eux.

— Tu as tout un groupe de personnes qui protège tes arrières sans même que tu aies à y penser. Ceux qui auraient dû être comme ça envers moi m'ont tourné le dos.

Une fois de plus la vieille douleur se remettait à faire surface. Peu importe les efforts que je faisais pour la tenir au loin, la douleur faisait des vagues de temps à autre.

— J'ai pas mal de chance d'avoir une mère comme Kiya. Elle ne comprend peut-être pas complètement, mais elle se battrait comme un

150

puma pour n'importe lequel de ses enfants. Son nom signifie 'voler', mais en réalité elle devrait être Zuya, 'femme guerrière', parce que c'est ce qu'elle est.

— Que signifie ton nom ?

Tout ce temps, et je venais tout juste de me rendre compte que je n'avais jamais posé la question.

— 'Guerrier', répondit John tout en regardant les enfants. Mato veut dire 'ours', et Ichante se traduit par 'qui vient du cœur'. Nous nommons nos enfants en nous appuyant sur ce que nous souhaitons pour eux. Nous sommes parfois très proches et parfois très éloignés de la réalité.

Je laissai mon regard se déplacer sur les enfants.

— Je vois l'ours en Mato, il est fort et protecteur. Ichante est douce et prend facilement les choses à cœur. C'est incroyable comme ils ont l'air d'avoir été nommés de façon appropriée.

— Je ne parlais pas d'eux, expliqua John, et je me déplaçai sur la balançoire, mes pieds stoppant ses mouvements.

— Si tu parles de toi, alors je pense que tu as tort. Tu as reçu un nom qui te va parfaitement.

John écarquilla les yeux de surprise.

— Un guerrier court vers les coups de feu, peu importe à quel point il veut se protéger lui-même et aller dans l'autre direction. Tu t'es battu pendant des mois pour ces enfants. Toi et ta tribu affrontez l'État tout entier. Toutes les batailles ne sont pas disputées avec des armes à feu ou des poings, certains se font avec des mots et en luttant pour ce qui est juste et ce qui nous appartient. C'est ce que tu fais tout le temps.

Je regardai Mato courir autour de sa sœur qui était assise sur l'herbe.

— Et dans ce cas précis, ces deux-là ont été ta récompense.

— Mais tu m'as aidé, dit John.

— Les guerriers ne se battent pas toujours seuls, lui dis-je, et il se tourna vers moi. Et ils ne gagnent pas toujours, mais ils persévèrent et ils se donnent à fond.

— C'est toi qui aurais dû être un guerrier, me dit-il, et je me déplaçai afin de pouvoir m'appuyer contre lui.

— Je me contenterai du rôle de l'amant du guerrier, murmurai-je, et je vis John me rendre mon regard concupiscent.

— Virez-moi ces gamins hors de ma pelouse !

Je me tournai et vis le vieux Hooper en train de jeter un regard noir à Mato, qui revenait en courant dans mon jardin en portant son camion.

— Ce ne sont que des enfants et ils ne vont rien casser, lui répondis-je aussi gentiment que possible.

Comment mon grand-père avait pu supporter ce vieux grincheux pendant toutes ces années me dépassait complètement. À la manière dont il faisait des histoires, on aurait dit que sa pelouse était une œuvre d'art impeccable plutôt que des mauvaises herbes tondues. J'avais pris l'habitude de répandre du désherbant de plus en plus loin sur son jardin pour empêcher la propagation de ses saletés chez moi.

— Je ne les veux pas sur ma propriété, rétorqua M. Hooper avec un regard noir, et Mato leva les yeux sur moi.

Ichante tenta de se cacher derrière l'arbre dans la cour de devant.

— Vous faites peur aux petits enfants maintenant ? criai-je tout en me levant. Vous devez vous sentir vraiment viril maintenant que vous avez terrifié un gosse de trois ans.

Je le fixai du regard à travers la séparation entre nos deux auvents, puis il rentra à l'intérieur. Je fis signe à Mato de venir.

— Si ton jouet va dans son jardin, dis-le-moi et j'irai te le chercher.

— Est-ce que tu vas lui taper dessus ? demanda Mato, et j'eus un rire.

— Nan, lui répondis-je. Je ne voudrais pas attraper les poux du vieux ronchon.

Je tremblai un peu, et Mato tomba par terre en riant alors qu'il répétait encore et encore 'les poux du vieux ronchon' en chantant. L'excitation s'estompa et les enfants retournèrent à leur jeu.

— Il va nous poser problème, me prévint John, et je regardai l'auvent vide de M. Hooper.

— Quand j'étais petit c'était un ronchon. C'est juste un vieux type malheureux et solitaire. Mon grand-père était ami avec lui, mais c'était il y a longtemps. Après la mort de ma grand-mère ils se sont en quelque sorte disputés. Mais je ne sais pas à quel sujet. Je ne le saurais probablement jamais, parce que je n'irai certainement pas le lui demander.

Je me tournai vers là où les enfants étaient en train de jouer.

— Qui veut un bâtonnet de glace ?

J'entendis des 'moi' en cœur, y compris de la part de John, et j'allai à l'intérieur et revint avec quatre bâtonnets. En fait, il s'agissait d'une sorte de bâtonnets de glace aux fruits.

Nous nous installâmes tous à l'ombre et nous mangeâmes nos douceurs glacées. J'avais apporté des serviettes en papier pour les enfants, et ils en eurent besoin au moment où la glace fondue se mit à couler le long de leurs bras. Ils s'en moquaient et je tentai seulement de tenir le plus gros loin de leurs vêtements. Non que j'aie vraiment réussi, mais ils s'amusaient et c'est tout ce qui comptait.

Le téléphone de John sonna et je l'entendis parler à ce qui semblait être un autre parent.

— Je suis chez un ami, expliqua-t-il avant d'écouter puis de se tourner vers moi. Une des amis d'Ichante, Macy, veut savoir si elle peut venir jouer.

— Si sa mère veut emmener Macy ici, ça ne me dérange pas, répondis-je à John.

Il transmit le message avant de lui indiquer le chemin. Il raccrocha enfin et fourra à nouveau le téléphone dans sa poche.

— Merci, dit John. Macy est la première amie qu'Ichante se soit faite, et les filles ont l'air de vraiment bien s'entendre.

Il se mit à nettoyer les enfants au moment où ils finirent leurs douceurs.

— La mère de Macy va l'emmener ici, alors je veux que vous alliez tous les deux à l'intérieur pour vous débarbouiller.

John aida Ichante, et je conduisis Mato à l'évier de la cuisine, où je lui lavai le visage et les mains. Dès que nous eûmes fini, il traversa la maison en courant et retourna dehors pour jouer avec son camion. Je le rejoignis après avoir récupéré une voiture dans la boite à jouets, puis j'attendis sous l'auvent que John et Ichante nous rejoignent.

Un pick-up se gara finalement dans l'allée alors que les enfants jouaient tranquillement. Une fillette en sortit, et elle et Ichante se saluèrent l'une l'autre avec des câlins avant de porter toutes les deux leurs poupées à l'ombre de l'arbre. Une jeune femme s'avança sous l'auvent. Je me levai tandis que John la présentait comme étant Elizabeth.

— Asseyez-vous, je vous en prie. Est-ce que vous voulez de la limonade ? demandai-je, et comme elle acceptait, je lui versai un verre.

— Merci d'avoir autorisé Macy à venir jouer, dit Elizabeth. Elle n'a fait que parler de jouer avec Ichante toute la journée.

— Ce n'est pas un problème, répondit John, et je hochai la tête.

Mato avait rejoint les filles et ils jouaient tous les trois tranquillement pendant que nous discutions.

— Vous étiez encore aux informations hier soir, dit-elle à John, et il hocha la tête. Je pense que ce qu'ils font est terrible. Ils disent que le gouverneur a demandé la tenue d'une enquête. Qui sait s'il en sortira quelque chose, mais au moins cela a été révélé au grand jour.

Elizabeth prit une gorgée de son verre. C'était une petite femme très mince aux cheveux noirs courts, vêtue de vêtements repassés.

— Oui, effectivement. Peut-être que ce qui est arrivé à Mato et Ichante n'arrivera pas à d'autres enfants, dit John sur un ton plutôt sévère.

Je remarquai que notre irritable voisin était sorti sous son auvent et s'était assis pour regarder si les enfants ne piétinaient pas ses mauvaises herbes.

— Est-ce que vous avez des enfants ? demanda Elizabeth.

— Non. Je n'ai jamais été marié, répondis-je, regardant John en quête d'un signe indiquant jusqu'où Elizabeth était au courant.

— Ce sont des pédés ! vint un cri en provenance de l'autre côté de la pelouse, et nous nous retournâmes tous les trois pour fixer l'auvent d'en face. Je les ai vus s'embrasser hier soir. 'Devraient pas être près d'enfants du tout.

Elizabeth regarda John, puis moi, et j'étais en train de me préparer à ce qu'elle se lève et ramène Macy chez elle, mais elle se contenta de se rasseoir dans son fauteuil et se tourna vers M. Hooper.

— Ça suffit ! Où donc avez-vous été ce dernier siècle ? lui renvoya-t-elle en secouant la tête. Vous savez, vous devriez vraiment garder votre ignorance pour vous.

Je levai mon verre et l'entrechoquai contre le bord du sien.

— Voilà voilà, dis-je avant de boire une gorgée. Est-ce que vous voulez rester dîner avec Macy ?

Elle accepta, et nous passâmes la plus grande partie du reste de l'après-midi à parler et à regarder les enfants jouer. Mato était d'humeur grincheuse, et lorsque je l'installai dans la causeuse avec un oreiller et son camion, il s'endormit au bout de cinq minutes. Les filles continuèrent de jouer ensemble pendant des heures.

Macy et Elizabeth restèrent pour un dîner rapide, et ensuite Elizabeth ramena Macy à la maison pendant que John préparait les enfants pour les coucher. Une fois cela fait, je leur souhaitai bonne nuit à tous deux et reçus un câlin de leur part ; celui d'Ichante fut un peu une surprise que j'appréciai. Mato, bien évidemment, insista pour dormir dans la tente au bout de cinq minutes, et demanda ensuite à ce que l'on mette son sac de couchage sur le lit. Une fois qu'ils furent bien couchés, nous leurs souhaitâmes bonne nuit et descendîmes doucement l'escalier.

— Ce sont des enfants extraordinaires, dis-je à John alors que nous étions assis devant la télévision, le volume baissé afin de pouvoir entendre s'ils se levaient ou avaient besoin de quoi que ce soit.

Après environ une demi-heure, John alla les voir et m'informa qu'ils étaient tous les deux profondément endormis.

— Alors allons nous coucher nous aussi, suggérai-je avant de me lever et de commencer à éteindre les lumières.

Nous montâmes silencieusement l'escalier, et John vérifia une dernière fois qu'ils allaient bien avant de me rejoindre dans ma chambre.

— Mince, murmura-t-il lorsqu'il entra dans la pièce, refermant la porte derrière lui.

J'étais allongé dur le lit, ne portant que mes sous-vêtements, exhibant une bosse marquée. John tira sur sa chemise et s'approcha de moi tel un rôdeur. Il ôta ses chaussures avec ses pieds et je les entendis glisser sur le sol. Il ouvrit son pantalon, le faisant descendre le long de ses jambes, et il se tint près du lit, nu, dans toute sa splendeur.

— Mince, toi-même, répliquai-je alors qu'il grimpait sur le lit.

Nos bouches se trouvèrent, et il caressa mon torse alors que ses baisers devenaient de plus en plus quémandeurs. J'attirai John au-dessus de moi et sifflai légèrement alors que sa peau entrait en contact avec la mienne. Cela faisait tellement longtemps que je n'avais pas ressenti cela. Mon membre s'érigea immédiatement, et je passai mes mains le long de son dos jusqu'à ses fesses, saisissant les deux globes de chair ferme.

— Seigneur, ce que tu es agréable, lui dis-je, et John marmonna quelque chose avant de descendre ses lèvres le long de mon cou jusqu'à mon épaule en me léchant. Oui, sifflai-je tout en resserrant mon étreinte sur ses fesses.

— Qu'est-ce que tu veux ? demanda-t-il contre ma peau, m'envoyant un frisson lorsqu'il souffla sur les zones humides.

— Baise-moi, John, lui demandai-je. Je veux te sentir à nouveau.

Je n'avais pas envie de douceur et de lenteur. Je le voulais, et je le voulais tout de suite. Je fis glisser mon slip de mes hanches, et John les fit descendre le long de mes jambes. Dès que le tissu eut disparu, j'enroulai mes jambes autour de sa taille et l'embrassai passionnément tout en l'implorant silencieusement pour obtenir ce que je désirais. Il me caressa les flancs jusqu'à mes fesses, effleurant de ses doigts mon anus. Dès que je sentis sa main légère sur ma peau sensible, je tirai plus fort sur ses lèvres, bougeant ma langue dans sa bouche exactement comme je le voulais en moi.

— C'est ce que je vais faire, murmura-t-il contre mes lèvres, mais uniquement après t'avoir bien préparé.

Il se dégagea d'au-dessus de moi, et en un clin d'œil il me fit rouler sur le ventre et se glissait sur moi. Il écarta mes jambes, et caressa l'intérieur de ma cuisse.

— Je veux te voir vibrer pour moi, marmonna-t-il en tapotant doucement mon anus de ses doigts.

J'arquai le dos, je voulais qu'il s'enfonce en moi, mais il ne le fit pas. Il frotta ses doigts et taquina ma chair jusqu'à ce que je sois obligé de me mordre les lèvres pour m'empêcher de crier. Ensuite il s'interrompit et le lit bougea. John écarta mes fesses et je savais ce qu'il allait s'ensuivre. Néanmoins, je gémis tout de même quand il me fouilla de sa langue, s'enfonçant en moi tandis que mes muscles se convulsaient et palpitaient autour de lui.

— John, gémis-je, et je serrai les poings sur les draps du lit.

J'enfonçai ma tête dans l'oreiller et émis toute sorte de sons qui remplissaient ma tête et qui étaient étouffés dans l'oreiller au lieu de résonner dans la pièce. J'avais presque oublié la manière dont John jouait de mon corps comme d'un splendide instrument. Tous mes nerfs chantaient tandis que sa langue me parcourrait de plus en plus. Il souleva mes hanches, et je glissai mes genoux sous moi, les fesses en l'air alors qu'il continuait de me lécher et de caresser ma verge jusqu'à ce que je sois à peine en mesure d'aligner deux pensées cohérentes.

Tout s'arrêta, les coups de langue et les mains, et le lit cessa de bouger. Je soulevai ma tête de l'oreiller et entendis le bruit d'un emballage que l'on déchire suivi par celui d'un flacon que l'on ouvre. J'abaissai à nouveau mes hanches sur le lit et attendis. John appuya contre mon anus et cessa de bouger. Son poids s'installa au dessus de moi et ses lèvres mordillèrent mon oreille. Puis il s'enfonça en moi, et je m'étirai pour le recevoir. La brûlure me fit un peu mal au début, et je ravalai le cri qui menaçait lorsque la douleur se changea rapidement en plaisir. John s'enfonça de plus en plus profondément en moi, me remplissant à la

156

perfection, jusqu'à ce que je sente ses hanches buter contre mes fesses. Ensuite il s'immobilisa et je repris mon souffle.

— Il va falloir que tu restes silencieux, me dit John, et j'acquiesçai de la tête.

Il commença lentement à se retirer et je retins mon souffle. Il se retira complètement et ensuite il se glissa à nouveau profondément en moi. Je haletai aussi silencieusement que possible, et le plaisir fulgurant se propagea jusqu'au bout de mes doigts et de mes orteils. Je ressentis des picotements dans mon corps tout entier alors que John se balançait d'avant en arrière au-dessus de moi, appuyant son membre sur ce point en moi.

— Je t'aime, me murmura-t-il à l'oreille tout en faisant claquer sèchement ses hanches.

J'arquai le dos et dû ravaler un cri avant qu'il s'échappe de mes lèvres. John s'enfonça profondément puis s'arrêta, son sexe palpitant en moi.

— Tu es un homme extraordinaire et je t'aime plus que je ne peux l'exprimer avec des mots.

Mon cœur palpita à ces mots. J'ouvris la bouche pour lui dire quelque chose. Il se retira, puis il s'enfonça profondément une fois encore. Toute pensée cohérente quitta mon esprit, et je commençai à flotter. Je jurai que si John ne me retenait pas, je serais monté jusqu'au plafond.

— Je t'aime aussi, gémis-je alors que la pression montait du plus profond de moi.

Ma tête tourna, et je sentais le sang affluer alors que mon corps devenait hypersensible à tout ce qui m'entourait. Je fermai les yeux et sentis la jouissance qui se tenait tout juste hors de ma portée. Lorsque John s'enfonça profondément, je dégringolai du sommet, volant dans les airs, ce qui me fit jouir.

Je sentis John exploser à son tour comme s'il me rejoignait en plein vol. Lentement, nous retournâmes sur terre, John me tenant dans ses bras, son souffle chaud caressant mon dos.

— Est-ce que je te fais mal ? demanda-t-il.

Je secouai la tête, n'ayant aucun envie qu'il bouge un seul muscle.

Après quelques minutes, il se retira lentement, nos corps se séparant avec des gémissements partagés. Il me manqua immédiatement, et je l'entendis trottiner sur le sol et ouvrir prudemment la porte. Il partit et revint ensuite quelques secondes plus tard avec une serviette. Nous nous nettoyâmes rapidement et enfilâmes des sous-vêtements propres avant de nous remettre sous les couvertures. Nous nous embrassâmes.

John me serra dans ses bras tandis que nous nous endormions ensemble.

JE ME réveillai pendant la nuit et trouvai le lit vide. Je cherchai à tâtons ma robe de chambre avant de trottiner le long du couloir. Je vis John sortir de la chambre de Mato.

— Est-ce que tout va bien ? murmurai-je, et il fit oui de la tête, revenant dans ma chambre.

— Je voulais seulement vérifier que tout allait bien, expliqua John une fois la porte fermée.

Il se glissa hors de sa robe de chambre et se recoucha.

— Parfois ils font des cauchemars, et il faut que je sois là pour les calmer, mais ils dorment tous les deux comme des anges.

John avait l'air soulagé, et nous nous rendormîmes aisément.

Je me réveillai quelques heures plus tard au bruit de la sonnette. Sautant hors du lit, j'attrapai mon peignoir et me dépêchai de descendre l'escalier.

— Chut, dis-je en ouvrant la porte, m'arrêtant brusquement alors que la mocheté blanche se tenait sous mon auvent, l'air toujours aussi sévère que d'habitude. Les enfants sont en train de dormir, lui dis-je à travers la moustiquaire.

— Alors ils *sont* ici, dit-elle comme si c'était une accusation.

— Oui, et alors ? répliquai-je, croisant les bras sur mon torse, la fixant du regard à travers la porte.

J'entendis John arriver derrière moi.

— Nous avons reçu un appel d'un voisin selon lequel les enfants étaient dans un environnement malsain, dit-elle en touchant la porte.

Je la devançai et verrouillai la serrure.

— Vous n'êtes pas la bienvenue ici, et à moins que vous n'ayez une ordonnance du tribunal, vous n'entrerez pas dans cette maison.

— Je n'en ai pas besoin. Ces enfants lui ont été confiés pour une période d'essai que nous pouvons révoquer quand bon nous semble. Maintenant ouvrez cette porte ou j'appelle la police.

— Non, ce n'est pas le cas, dit John derrière moi. J'ai déjà déposé un dossier pour adopter les enfants et mon avocat a évoqué les traitements qu'ils ont subis aux mains de votre agence.

John s'éloigna, et je le suivis du regard avant de me retourner vers elle. Nous échangeâmes des regards noirs jusqu'au retour de John.

— On m'a accordé la garde temporaire de Mato et Ichante en attente de la finalisation de l'adoption. L'ordonnance stipule également que le tribunal prendra une ultime décision en s'appuyant sur mon logement sans prendre en compte les services pour l'enfance.

John tint l'ordonnance devant la porte.

— Il semblerait que le juge a eu l'air de penser que le cas d'enlèvement d'enfant de l'État gagnait à être connu. Alors appelez la police : nous vous ferons arrêter.

Son comportement changea immédiatement. Le regard accusateur disparut, et je vis pour la première fois une pointe de peur dans ses yeux.

— Je ne fais que mon travail, et nous avons bel et bien reçu un appel.

— Qui a appelé ? demandai-je.

— L'appel a été reçu sur notre ligne de signalement anonyme, mais il faut que nous enquêtions à chaque fois.

— Alors en vous appuyant sur un signalement anonyme d'un homme qui était probablement un cinglé fini, vous étiez prête à traumatiser à nouveau ces enfants.

Je m'avançai, me tenant juste devant la porte.

— Les enfants de John ont vécu l'enfer. Cela a prit des semaines pour qu'Ichante n'ait plus peur de sa propre ombre, et en vous appuyant sur l'appel d'un hurluberlu, vous étiez prête à les retirer à leur famille plutôt qu'à découvrir exactement ce qui se passait. Si c'est comme cela que vous fonctionnez, vous méritez d'aller en prison.

Je tendis le bras pour fermer la porte.

— Il faut que je voie les enfants, expliqua-t-elle, et je m'arrêtai, regardant John, qui fit oui de la tête.

— Très bien, mais si vous les contrariez d'une manière ou d'une autre, j'appelle la police. Et si vous pensez une seule minute que je ne trouverai rien pour vous poursuivre, vous vous mettez le doigt dans l'œil.

Je déverrouillai la porte et reculai, la laissant l'ouvrir et entrer à l'intérieur.

— Les enfants sont en train de dormir à l'étage, dit John, et il ouvrit la marche en silence.

Je le suivis, et il ouvrit la porte de la chambre des invités. Mato se réveillait tout juste, et John le calma, le soulevant du lit et il reposa immédiatement sa tête sur l'épaule de John.

— Je vais le prendre, dis-je, et Mato vint jusqu'à moi, encore à moitié endormi.

Je le tins dans mes bras, frottant son dos, et John ouvrit la porte de la chambre d'Ichante. Je l'entendis l'appeler doucement, et il entra dans la chambre.

— Attendez ici, dis-je à l'assistante sociale, mais elle ne m'écouta pas et entra dans la pièce.

Tout ce que j'entendis fut un cri perçant suivi par un hurlement puis des larmes. Je posai Mato à terre et entrai dans la chambre, pris l'assistante sociale par le bras et la tirai dehors tandis qu'elle postillonnait et se débattait.

— C'est de votre faute ! lui dis-je durement.

Elle cessa de bouger, me regardant fixement.

Je lui fis signe d'attendre et dis à Mato de retourner se coucher. Il s'essuya les yeux et alla jusqu'à sa chambre.

— Je serai là dans une minute.

Une fois sa porte fermée, je me retournai vers l'assistante sociale.

— Elle était en train de crier, dit-elle, essayant de retourner dans la pièce.

— Cette petite fille est si traumatisée par vous et votre département que de vous voir a suffit pour la contrarier. Elle pense que vous allez l'emmener, et plutôt mourir que de laisser faire ça ! Maintenant, je vous suggère de sortir de cette maison avant que je vous traîne dehors par les oreilles. Les enfants allaient très bien avant que vous n'arriviez, et vous feriez mieux de croire que je vais téléphoner au directeur de l'agence de Pierre demain matin et que je vais en parler aux journalistes ce soir.

— J'essaie seulement de faire mon métier, expliqua-t-elle tandis que je la suivais en bas de l'escalier.

— Oui. Les nazis eux aussi ont essayé de se servir de cette excuse-là. Je ne suis pas dupe, madame. Si quelqu'un à votre agence souhaite rencontrer les enfants, ils peuvent passer un coup de fil pour s'arranger, parce que je vais aussi appeler l'avocat, et nous allons nous assurer que les juges en entendent également parler.

Je continuai ainsi jusqu'à la porte d'entrée. Quand je l'ouvris, je n'avais jamais vu qui que ce soit avoir l'air aussi démoralisé qu'elle.

— Ce n'est pas moi qui fais les règles, me dit-elle de façon peu convaincante.

— Foutaises. Votre agence crée ses propres règles et ensuite les change pour son propre profit. Je suis allé sur le net et j'ai lu de nombreuses histoires à propos d'enfants comme Mato et Ichante. Il n'y a pas ce problème dans d'autres états, cela arrive seulement dans le nôtre, et j'ai bien l'intention de faire changer ça. Et si cela signifie que quelques têtes tombent et que des gens finissent au chômage, ainsi soit-il. Passez une bonne matinée, parce que je peux vous garantir que demain ce ne sera pas le cas.

Elle sortit de la maison et je fermai la porte derrière elle, la verrouillant. Ensuite, je me dépêchai de monter l'escalier.

Je trouvai Mato dans la chambre de sa sœur, et John essayait de les calmer tous les deux.

— Elle est partie et ne reviendra pas, leur dis-je à tous les trois.

— Elle ne va pas m'emmener ? demanda Ichante, et je fis non de la tête.

— Personne ne t'enlèvera à ton oncle Akecheta.

Ichante s'essuya les yeux et nous regarda tous les deux.

— Ton oncle se battra pour vous deux jusqu'au bout.

Les deux enfants enlacèrent leur oncle en même temps, et je quittai la pièce pour aller m'habiller et préparer quelque chose pour le petit-déjeuner.

Alors que je m'affairais dans la cuisine, j'entendis des portes s'ouvrir et se fermer à l'étage et ce qui ne pouvait qu'être les pas de John dans l'escalier, suivis de quelques gloussements de petits monstres. C'était génial de les entendre à nouveau rire.

John fit asseoir les enfants à leur place à table, et j'y apportai un petit-déjeuner de base. Ichante paraissait plus animée qu'à l'accoutumée, et je me dis que, peut-être, elle commençait à se rendre compte qu'elle était en sécurité. Mato bavardait tout en mangeant, et les deux enfants rirent lorsque John leur fit des grimaces.

Une fois que le petit déjeuner fut terminé, John emmena les enfants à l'étage pour les laver et les habiller pendant que je faisais la vaisselle. Lorsqu'ils redescendirent, les enfants jouèrent dans le salon et John vint me trouver dans la cuisine, finissant de laver les derniers plats.

— J'ai eu un appel d'un homme des services pour l'enfance, et il dit qu'il faut qu'il voie les enfants ce matin.

Je me tendis immédiatement, et John continua.

— Il dit qu'il faut qu'ils prennent au sérieux chaque plainte et que tout ce qu'il va faire, c'est de s'assurer que l'appel anonyme qu'ils ont reçu est vraiment faux. Je lui ai expliqué à propos de la mocheté blanche, et il m'a dit qu'elle ne viendrait pas.

John paraissait nerveux alors qu'il chuchotait.

— Je sais que tu es inquiet, et peut-être qu'il est temps que tu racontes ton histoire. Cette journaliste qui t'a contacté après que l'action a été déposée en justice – peut-être qu'il est temps de l'appeler, suggérai-je.

John eut l'air sceptique.

Puis, il sembla envisager la chose pendant une minute avant de hocher légèrement la tête.

— Peut-être qu'elle peut être utile, admit-il sans enthousiasme. Est-ce que tu veux l'appeler ?

Il récupéra son portefeuille et trouva la carte de visite avant de me la tendre. Il rejoignit les enfants, et je trouvai mon téléphone, puis composai le numéro inscrit sur la carte. À ma surprise, elle décrocha.

— Tonya Smithson.

— C'est Jerry Lincoln, et j'appelle de la part de John Black Raven. Est-ce que lui parler vous intéresse toujours ?

Je l'entendais se déplacer.

— Énormément. Son histoire a l'air fascinante, et nous aimerions faire un reportage sur lui.

Elle avait l'air excité, et je l'imaginais déjà en train d'attraper un calepin.

— Est-ce que cela ne vous dérange pas si j'emmène un photographe avec moi afin d'avoir quelques photos de lui avec les enfants ?

— Je ne vois pas pourquoi cela nous dérangerait. Quelqu'un des services pour l'enfance doit passer, et nous l'attendons d'ici quelques minutes...

Je ne finis pas ma phrase, et j'entendais déjà ce qui ressemblait à des bruits de pas qui se pressaient.

— Nous serons là immédiatement. Est-ce que vous pourriez me donner l'adresse ? demanda-t-elle.

Je la lui communiquai.

— Merci ! ajouta-t-elle avant de raccrocher.

J'allai trouver John dans le salon avec les enfants.

— Ça va être une journée chargée, lui dis-je avec un sourire. Elle va bientôt arriver.

— Qui ? demanda Ichante un peu craintivement.

— Une gentille dame qui veut vous parler afin de pouvoir mettre votre histoire dans le journal et même prendre une photo de vous, lui répondis-je.

Elle eu l'air contente.

— Pas une mocheté blanche ? demanda-t-elle.

— Nan, lui dit-John.

Et elle retourna jouer.

— Il faudrait vraiment que nous arrêtions de l'appeler comme ça, dis-je à John avec un grand sourire, et il hocha la tête, un air mauvais sur le visage.

— Il faudrait probablement, mais nous ne le ferons pas.

John rit, et je l'embrassai rapidement.

— Y a-t-il quelque chose que nous devrions faire lorsque la journaliste arrivera ?

— Non, Contente-toi d'être toi-même et raconte-lui exactement ce qui s'est passé. Elle veut faire un reportage et il y a suffisamment de drame dans cette histoire. Sois simplement honnête et laisse transparaître ta sincérité. Je doute qu'elle essaie de te donner le mauvais rôle. Et puis je serai là avec toi.

Je me demandai si on ne devrait pas faire ça à l'appartement de John plutôt qu'ici. Peut-être qu'un lieu plus neutre pour John serait finalement préférable. Je n'en étais pas vraiment sûr, mais il avait l'air d'accord pour le faire ici, et je n'allais pas jouer les trouble-fête.

On frappa doucement à la porte, ce qui me tira de mes pensées. J'allai répondre. Je vis un petit homme qui se tenait sous l'auvent, une besace à l'épaule.

— Est-ce que je peux vous aider ?

— Je suis Steven Dobbs des services pour l'enfance. J'ai appelé ce matin, dit-il aimablement. Je cherche John Black Raven.

— Jerry Lincoln, un ami de John, dis-je, et j'ouvris la porte.

John me rejoignit à la porte.

— Je veux souligner le fait que je suis seulement venu parler avec les enfants, dit Steven tandis que des rires virevoltaient depuis l'autre pièce. On dirait qu'ils s'amusent bien.

— Nous avons effectivement une ordonnance du tribunal, commença John, et Steven leva la main.

— Je ne suis pas là pour emmener les enfants, et je suis bien conscient du comportement...

Il s'interrompit.

— ... un peu trop zélé de ma collègue. Je suis seulement présent pour m'assurer que la déclaration que nous avons reçue n'est pas valide.

Il recula, l'air sceptique. Il se dirigea vers le salon, où les enfants étaient en train de jouer avec les blocs.

— Bonjour, dit aimablement Steven, et les deux enfants levèrent les yeux vers lui.

Ichante se raidit légèrement et regarda John.

— Tout va bien, assura ce dernier.

Elle retourna s'amuser.

Je ne sais pas à quoi je m'attendais, mais pas à ce que Steven pose son sac et s'assoie par terre avec eux. Il se présenta et leur demanda leurs noms. Les enfants eurent l'air de l'accepter pratiquement tout de suite, et bientôt ils construisirent des tours ensemble, les enfants les faisant tomber chacun leur tour. Il leur posa des questions et les enfants eurent l'air de se confier. Ichante lui raconta la plus grande partie de sa vie. Après une demi-heure, Steven dit au revoir aux enfants et récupéra son sac.

— Ces enfants sont extrêmement heureux, étant donné tout ce qu'ils ont traversé. J'ai lu leur dossier avant de venir et...

Steven s'interrompit, secouant la tête.

— Je ne peux rien dire de plus.

Il n'en avait vraiment pas besoin. Ses yeux parlaient pour lui.

— J'ai cru comprendre que vous avez déposé un dossier pour les adopter, ajouta Steven, et John hocha la tête.

Il semblait encore s'attendre au pire.

— C'est merveilleux. Je vais demander à être ajouté comme assistant social pour Mato et Ichante, au moins jusqu'à la finalisation de l'adoption

— Merci, dit John, et j'entendis le soulagement dans sa voix.

Nous le raccompagnâmes jusqu'à la porte. John lui dit au revoir et retourna avec les enfants tandis que je sortais.

— Merci, dis-je à Steven, et je le regardai descendre les marches.

Alors que j'étais sur le point de rentrer à l'intérieur, je vis que M. Hooper était assis sous son auvent.

— C'était vous, n'est-ce pas ? Vous avez appelé les services pour l'enfance, l'accusai-je.

— Qu'est-ce que ça fait si je l'ai fait ? Des pervers ne devraient pas s'occuper d'enfants, rétorqua M. Hooper complaisamment.

Steven avait été sur le point de monter dans sa voiture, mais je le vis s'arrêter.

— Je suis avec les services pour l'enfance. Est-ce que c'est vous qui avez appelé hier ?

M. Hooper eut tout à coup l'air moins confiant.

— Parce qu'appeler pour dire des mensonges est illégal et peut donner lieu à des poursuites pénales.

— Ce sont des pervers, répliqua M. Hooper. De mon temps…

— Sachez que je suis homosexuel moi aussi, et je n'apprécie pas votre opinion. Ce n'est pas à vous de décider qui peut et qui ne peut pas élever des enfants.

Steven s'avança vers l'escalier de devant chez M. Hooper.

— Je pourrais très bien appeler la police et vous faire arrêter pour déclaration mensongère.

Il jeta un regard noir à M. Hooper, qui finit par bougonner et retourner à l'intérieur. Je regardai Steve retourner à sa voiture et me faire un signe de la main avant de démarrer. Alors qu'il s'en allait, un camion se gara et ce que je suspectai être la journaliste et son photographe franchirent l'allée. Comme je l'avais dit, cela allait être une sacrée journée.

LES ENFANTS étaient épuisés, et une fois qu'ils eurent pris leur déjeuner, ils s'endormirent tous les deux sur le canapé. La journaliste était partie après avoir parlé avec John et les enfants pendant presque une heure et demie. La maison était presque silencieuse.

— Est-ce que tu crois que c'est enfin terminé ? demanda John.

Je hochai la tête et l'attirai dans mes bras, avant de déclarer :

— C'est ce que je pense. Maintenant il te suffit simplement d'attendre la finalisation de l'adoption dans quelques mois.

— Je sais. Cela a été un long combat, et je suis fatigué de lutter. Les enfants sont en bonne santé et semblent être tellement plus heureux qu'auparavant. Ma mère veut les voir, et je pensais que le week-end prochain je pourrais les emmener chez elle pour une visite.

Je sentis un accès de déception.

— Je comprends, dis-je, libérant John de l'étreinte et m'éloignant lentement. Les enfants passent d'abord.

Cela faisait un moment que je craignais cela, et je savais que j'aurais dû le voir venir. John se rapprocha et je reculai.

— Je comprends, vraiment.

— Non, tu ne comprends pas, Jerry. Je veux que tu viennes avec nous. Pour moi ou pour eux, ce ne serait pas pareil sans toi. Je t'aime, Jerry, et je veux être avec toi autant que possible. Je sais qu'avec les enfants c'est difficile, mais…

John déglutit.

— Tu es la personne avec laquelle j'ai envie de partager ma vie, et le seul avec qui je veux élever Mato et Ichante. `

Il me serra fort dans ses bras.

— Je t'aime plus que tout, et si je ne te le dis pas assez souvent, je te le dis maintenant. Je t'aime, Jerry Lincoln.

— Et je t'aime, Akecheta Black Raven.

Il m'embrassa passionnément, et je sentis mes jambes flageoler. Je savais que nous ne pouvions rien faire avec les enfants dans la pièce d'à côté, mais le seul fait de savoir ce que John ressentait était suffisant pour que je flotte sur un petit nuage.

— J'ai une question à te poser, dis-je une fois que John eut retiré ses lèvres des miennes. Après la finalisation de l'adoption, est-ce que toi et les enfants vous voudrez bien emménager ici avec moi ?

Au lieu d'avoir l'air heureux, John parut partagé.

— Qu'y a-t-il ?

— Je veux qu'Ichante et Mato connaissent la manière de vivre de mon peuple, et j'allais te demander d'emménager avec nous à la réserve. Je veux que les enfants connaissent leur patrimoine, et je veux trouver une manière d'enseigner ce que j'ai appris et aider mon peuple à se tirer du bourbier dans lequel il se trouve.

John cessa de divaguer, et je le fixai du regard, craignant de savoir où il voulait en venir.

— Mais ce n'est pas pratique. Ton entreprise est ici, et je ne peux pas demander à Bryce de déménager aussi.

La peur me tiraillait les entrailles comme un coup de poignard. Est-ce que John allait partir ? Après tout ce qu'il venait de me dire, cela n'avait aucun sens.

— Qu'est-ce que tu racontes ?

— Je ne sais pas.

John leva les yeux pour regarder dans les miens.

— Je veux dire, oui. Je serais heureux de m'installer ici avec toi. Je ne sais pas à quoi je pensais. Tu es ici, et ma vie est ici avec toi.

— John, si tu préfères… commençai-je.

Mais il m'interrompit avec un baiser passionné qui dura jusqu'à ce que le fracas des blocs brise l'ambiance. Mato était réveillé.

— J'étais ridicule. J'aimerais retourner à la réserve afin de pouvoir aider mon peuple, mais il n'y a rien là-bas pour Mato et Ichante. Oui, ils seraient avec des gens comme eux, mais ici ils ont l'opportunité d'avoir une vie meilleure.

— J'y ai réfléchi depuis que nous avons dîné chez ta mère. En fait, c'est ta cousine qui m'en a donné l'idée.

J'étais sur le point d'en parler à John lorsque Mato nous appela dans le salon. Ichante et lui avaient construit une tour plus grande qu'eux. Au début, je me demandai comment ils y étaient parvenus, et ensuite je vis des traces de chaussures sur la table basse.

— Espèce de petit garnement, dis-je alors que je ramassai Mato dans mes bras, et ses gloussements remplirent la pièce

— Je lui ai dit qu'il était vilain, dit Ichante juste avant que John l'attrape, la faisant voler dans ses bras tout autour de la pièce.

Dès que j'eus reposé Mato à terre, il poussa la tour qui s'effondra au sol avec fracas. Il sautilla d'excitation et se mit à nouveau à la reconstruire. John et moi nous assîmes sur le canapé, et regardâmes les enfants jouer, un sourire sur nos lèvres.

— Alors, c'est quoi ton idée géniale ? demanda John.

XI

NOUS N'ALLÂMES pas à la réserve le week-end suivant. En fait, pendant presque un mois nous n'eûmes pas la possibilité d'y aller. Cependant, Kiya parvint à venir nous rendre visite une fois, et elle passa le week-end en compagnie de ses petits-enfants. John, Bryce et moi passâmes ces semaines à travailler comme des dingues, et ce ne fut pas avant mi-septembre que nous fûmes assez avancés dans notre travail pour être en mesure de prendre un week-end entier de repos. L'adoption semblait se poursuivre comme prévu et avec un peu de chance les derniers papiers seraient signés d'ici Halloween. Nous étions partis vendredi juste après le travail et avions conduit jusqu'à tard dans la nuit, n'arrivant chez la mère de John que juste un peu avant minuit. Les enfants étaient tous les deux endormis dans leurs sièges et avaient cessé de demander si nous étions bientôt arrivés quelques heures auparavant.

Nous les sortîmes de la voiture et nous les mîmes au lit sans qu'ils fassent trop d'histoires – heureusement John avait pensé plus tôt à faire mettre aux enfants leurs pyjamas – et nous rejoignîmes Kiya dans le séjour après avoir déposé nos sacs dans la chambre qu'elle nous avait indiquée.

— Alors c'est quoi cette idée géniale pour laquelle vous avez besoin de moi ? me demanda Kiya après que j'eus à peine le temps de m'asseoir.

— Maman, on vient juste de faire le trajet en voiture jusqu'ici. Ça ne peut pas attendre demain ? demanda John en bâillant, mais même moi je connaissais la réponse à cette question.

— Je vais faire mieux que ça, lui répondis-je.

Je sortis et allai à la voiture, ouvrant le coffre, et en sortis un carton que j'avais apporté. Je l'emmenai à l'intérieur, le déposai sur le sol du salon, puis en sortis un ordinateur portable et le tendis à Kiya.

—J'en ai huit comme cela dans ce carton. Ils ont tous quelques années, cependant John et moi nous sommes assurés qu'ils étaient en état

168

de marche et que les logiciels de base étaient installés dessus. Je me demandais si vous voudriez bien prendre des dispositions pour trouver huit familles avec des enfants qui pourraient en avoir l'utilité. J'en ai encore d'autres chez moi, mais c'est tout ce que j'ai pu apporter avec tout le reste.

— Je ne comprends pas, dit Kiya en retournant l'ordinateur portable entre ses mains.

— John m'a dit que beaucoup de personnes à la réserve galéraient, et j'ai pensé que si je pouvais mettre un ordinateur dans les mains de quelques enfants qui ne pourraient pas en obtenir un autrement, alors peut-être qu'ils pourraient apprendre à s'en servir, et que nous pourrions ouvrir des portes pour eux. Il y a un vieil adage qui dit que si on donne à un homme un poisson il aura de quoi manger pour une journée ; si on lui apprend à pêcher, il pourra se nourrir seul toute sa vie. Ces ordinateurs peuvent apprendre aux enfants à pêcher.

J'espérais m'être fait comprendre, mais je n'en étais pas certain.

— Maman, penses-y. Il y a beaucoup de familles qui ont des enfants intelligents scolarisés et qui pourraient avoir besoin d'un ordinateur. Nous pourrions leur en donner un pour qu'ils apprennent. Comme l'a dit Jerry, nous en avons d'autres et nous pourrions vous les envoyer. Tu pourrais aussi les donner aux instituteurs, s'ils en ont besoin.

— Mais huit est un si petit chiffre, dit Kiya. Nous avons besoin de tellement plus.

— Nous pouvons en envoyer plus, lui répondis-je. J'ai des clients qui sont disposés à faire don de leur matériel usagé. C'est là que j'ai obtenu ceux-là. Le problème, c'est que je ne suis pas une association caritative, et j'espérais que vous connaitriez un groupe qui puisse agir comme une association qui coordonne le tout afin que mes clients puissent déduire leurs dons.

J'en avais parlé à mon avocat, et mettre en œuvre une association caritative était possible, mais cela nécessiterait du travail.

— Je pense connaître celle qu'il faut, dit-elle. L'école en elle-même est à but non lucratif, et les dons faits en sa faveur son caritatifs. Laissez-moi en parler avec le chef d'établissement et je vous recontacterai après. On trouvera une solution.

Elle avait l'air enthousiaste, et alors que je reprenais l'ordinateur et que je le remettais dans le carton, son expression se fit plus sérieuse, et je me demandai ce à quoi elle pensait. Jetant un coup d'œil à John, je vis le même trouble sur son visage.

— Pourquoi faites-vous cela ? demanda Kiya, l'air sérieux. Pas que je sois ingrate, mais cela fait quatre mois que vous connaissez mon fils, et vous lui proposez un emploi, l'aidez à obtenir la garde des enfants et maintenant vous proposez d'aider les enfants de la réserve.

— Maman ! répliqua John d'un ton sec. À cheval donné on ne regarde pas les dents.

— Il le faut bien, tu le sais, dit-elle, ne répondant pas à la colère de John, puis elle posa son regard sur moi.

Mon estomac se tortilla, parce que je n'avais jamais réellement pensé à la raison pour laquelle je faisais ces choses. Je me contentais de les faire.

— Cela va peut-être vous sembler un peu mièvre, parce qu'en quelque sorte c'est l'effet que cela me fait, mais je veux que la famille de John soit la mienne. Il est mon autre moitié, parfois la meilleure.

Je fixai John du regard et je souris, lui prenant la main.

— Je n'ai pas de famille. Ils m'ont tourné le dos il y a des années, mais j'aime votre fils.

Je serrai la main de John et je le sentis faire de même en retour.

— Je ne vous en veux pas d'être méfiante, tout comme l'était le conseil lorsque j'ai parlé avec eux, mais Akecheta connaît mes sentiments, tout comme je connais les siens

Kiya nous balaya tous deux du regard, et j'eus envie de me tortiller. Cependant, je me forçai à me retenir et à attendre patiemment sa réponse. Je m'attendais à ce qu'elle dise quelque chose, mais elle se contenta d'un hochement de tête et d'un léger sourire avant de se lever pour quitter la pièce.

— Allons nous coucher, dit John, et je le suivis le long du couloir.

Nous jetâmes un coup d'œil aux enfants, qui étaient profondément endormis. Puis, nous entrâmes dans la chambre et fermâmes la porte derrière nous.

Je m'assis sur le côté du lit, regardant John ouvrir notre valise.

— Pourquoi est-ce que j'ai l'impression que c'était une sorte de test ?

— C'en était probablement un. Maman a toujours été protectrice, et comme Papa n'était pas souvent là, ça n'a fait qu'empirer, expliqua John tout en retirant sa chemise.

La lumière de son chevet faisait luire sa peau bien colorée. Je le regardai finir de se déshabiller et se coucher.

— J'aimerais bien savoir si j'ai réussi, dis-je en me tournant pour regarder John.

— Oh, c'est le cas, dit John, embrassant et léchant la naissance de mon cou. Tu as assurément réussi, ajouta-t-il tout en m'attirant à nouveau sur le matelas.

Je tombai de bonne grâce, ma tête reposant sur les genoux de John. Levant le regard vers lui, je me demandai ce qu'il avait en tête lorsque mes oreilles frôlèrent la peau chaude de ses jambes. J'aimais le toucher de toutes les façons possibles, et mes yeux se fermèrent dès que je sentis les doigts de John caresser mes tempes.

— Tu es un homme extraordinaire, Jerry Lincoln, me dit John.

Je fis un bruit de gorge alors que John touchait une zone juste derrière mon oreille qui m'envoya un électrochoc dans tout le corps.

C'était un peu comme gratter le dos d'un chien et lui faire dégourdir ses pattes, sauf qu'au lieu de me dégourdir les pattes, cela m'excitait. Lorsque je sentis les mouvements de John cesser, j'ouvris les yeux. Il était penché sur moi, son torse occupant tout mon champ visuel.

Il se mit à défaire les boutons de ma chemise, tout en touchant et en caressant ma peau. Je ne pus m'empêcher de retenir ma respiration, me demandant jusqu'où il allait aller.

— Nous sommes chez ta mère, gémis-je doucement lorsque ma chemise s'ouvrit et que John caressa mon torse de haut en bas, puis s'arrêta pour taquiner la peau juste au dessus de ma ceinture.

Je le désirai tellement. Il me fallut tout mon contrôle pour m'empêcher de me lever d'un bond et de le clouer au lit pendant que je l'utilisai pour me satisfaire. La seule chose qui me tint immobile fut la main de John.

— Je t'en prie, le suppliai-je, et je l'entendis glousser doucement.

— Nous sommes chez ma mère, me taquina-t-il, s'étirant afin que ses mains parviennent jusque sous ma ceinture, et je poussai mes hanches vers le haut pour ressentir encore un peu plus cette sensation. Nous devons rester silencieux, ajouta-t-il tout en remontant ses mains et en tenant avec tendresse ma tête entre elles avant d'unir nos bouches.

Je me déplaçai pour avoir un meilleur accès, et notre baiser fut long et passionné.

— Et si on te débarrassait de ces vêtements ?

Je bafouillai mon accord et je commençai à chercher à tâtons ma boucle de ceinture. Il était impossible de faire ça de manière élégante, alors je glissai hors du lit, me débarrassant de ma chemise et tirant sur mon pantalon pendant que John me regardait.

— Et les enfants ? demandai-je en le rejoignant dans le lit et ses bras m'enveloppèrent immédiatement.

— Ils sont tellement épuisés, ils dormiront toute la nuit, et s'ils font le moindre bruit, ma mère sera là en deux secondes. Elle meurt d'envie de passer du temps avec eux, tout comme j'étais impatient de t'avoir pour moi tout seul pendant quelques heures.

John m'embrassa et me pressa ensuite contre le matelas.

— Tu sais que tu es charmant ? me demanda-t-il juste avant de refermer sa bouche sur l'un de mes mamelons.

— Non, ce n'est pas vrai, gémis-je doucement. C'est toi qui es charmant.

Je passai les doigts à travers ses longs cheveux noirs et soyeux dont les pointes me chatouillaient la peau. Je n'avais jamais été réellement quelqu'un que l'on regardait.

John s'immobilisa.

— Pour moi, tu l'es, dit-il d'un ton taquin tout en étirant mes bras au-dessus de ma tête.

Je tentai de me débattre, mais John se contenta de sourire avant de passer sa langue le long de mon côté.

— La beauté est dans l'œil de celui qui regarde, et c'est ce qui est à l'intérieur qui compte.

J'eus un gloussement et je me tortillai alors que John me chatouillait tout en descendant le long de ma hanche.

— Donc si je ressemblais à Quasimodo, tu me dirais que je suis beau ? le taquinai-je, et John gloussa tandis qu'il léchait le coin juste à la naissance de ma hanche.

Je crus que mes yeux ne cesseraient jamais de loucher.

— Tu parles trop, dit John qui lécha le long de mon corps, surtout lorsque nous sommes dans une chambre au calme sans personne pour nous déranger.

John embrassa mon deuxième mamelon puis déplaça sa langue en une traînée ardente de mon cou à ma bouche. Il avait raison, et je me tus et fis un meilleur usage de mes lèvres. Le poids de John était divin, et je gardai mes mains là où il les avait mises pour la seule raison qu'il avait l'air de les vouloir à cet endroit. Je ne voulais rien de plus que de le rendre aussi heureux que je l'étais à chaque caresse ou à chaque baiser.

— À quoi penses-tu ? me demanda John tout en s'arrêtant, son regard rencontrant le mien. Tu avais l'air d'être parti bien loin.

— Ce n'était pas le cas. Je pensais à toi, lui dis-je honnêtement, et je reçus un sourire en réponse.

— Je me demande si je ne devrais pas me sentir insulté, lança-t-il malicieusement.

Je baissai les bras, les enroulant autour de lui.

— Je pensais à toi et à quel point tu me rends heureux.

John gloussa à nouveau.

— C'est toi qui me rends heureux.

Il tortilla ses hanches et je sentis son membre glisser le long du mien. Ma respiration se fit plus courte.

— Comme je te l'ai dit, tu parles trop.

John chassa le reste de nos mots d'un baiser, et j'enroulai mes jambes autour de sa taille, le désirant tellement que je pouvais à peine le supporter.

John ondula le long de mon corps, ses cheveux traînant sur ma peau. Je retins mon souffle, l'attendant. Il descendit le long de mon ventre en l'embrassant, puis me prit en bouche, ses lèvres glissant doucement sur ma verge. Je fermai les yeux et ma bouche s'ouvrit en un halètement muet alors que John me prenait profondément. Je poussai mes hanches et reposai mes mains sur sa tête. D'habitude, John m'arrêtait, mais cette fois-ci il me laissa prendre le contrôle. Il avait presque toujours besoin de maîtriser la situation lorsque nous faisions l'amour, mais pas cette fois-ci, et ce cadeau me galvanisa.

— Fais-moi l'amour, John.

Lorsqu'il releva la tête, mon sexe glissa de ses lèvres et je poussai un gémissement à cette sensation de manque même si je savais ce qui allait suivre. Ce à quoi je ne m'attendais pas, c'était que John pose les mains sur ma poitrine pour m'immobiliser avant de placer ses genoux de chaque côté de mon corps.

— John, est-ce que tu… ? haletai-je, et il hocha la tête, son regard me brûlant.

Je tentai de reprendre mon souffle tandis que John tendait le bras vers la table de chevet. Il y eut un petit clic et il ouvrit la bouteille et versa le fluide sur ses doigts. Je pouvais à peine y croire lorsqu'il reposa la bouteille sur la taille et que sa main disparut ensuite derrière lui. Je voulais me tordre comme un bretzel afin de pouvoir le voir enfoncer ses doigts en lui, voir son corps alors qu'il se pénétrait ainsi. Au lieu de cela, je le vis lever les yeux au ciel et entendis l'accroc dans sa respiration. Je me demandai bien ce qu'il pouvait ressentir à cet instant précis.

L'avait-il déjà fait auparavant, ou étais-je le premier ? Honnêtement, je n'en avais aucune idée. Il ne s'était jamais confié à moi à ce sujet, et bien que nous ayons parlé d'un grand nombre de choses, celui-ci en particulier n'avait jamais été évoqué. Il semblait avoir toujours besoin de maîtriser la situation, et cela me convenait parfaitement.

Je sentis la prise de John autour de moi, ses doigts glissants qui coulissaient de haut en bas sur mon sexe. J'avais des palpitations à chaque contact. J'entendis le bruit d'un emballage que l'on ouvre et il déroula un préservatif le long de mon membre. Puis il se déplaça et il me maintint en place tandis que je me sentais appuyer contre ses fesses. Je n'avais aucun contrôle sur notre accouplement – même maintenant, c'était John qui l'avait – alors je saisis ses jambes et fis de mon mieux pour me délecter de la sensation d'avoir ce corps qui s'ouvrait autour de moi.

— John, tu n'es pas obligé, dis-je, même si je priais en silence pour qu'il ne s'arrête pas.

— Je sais, murmura-t-il alors qu'il s'empalait plus profondément. Tu m'as plus donné que quiconque, et je veux t'offrir ça.

Il s'enfonça encore plus profondément et ne s'arrêta que lorsque ses fesses reposèrent contre mes hanches.

— Je t'aime, Jerry.

— Je t'aime aussi, haletai-je tout en cambrant le dos, rejetant la tête en arrière pendant qu'il se soulevait lentement au-dessus de moi.

Nous nous regardâmes droit dans les yeux, et John tendit la main vers moi. Je levai les miennes pour aller à la rencontre de la sienne et enlaçai nos doigts ensemble. John donna des coups de hanches, et je voulus fermer les yeux, mais je n'osai pas. L'amour qui brûlait dans ses yeux m'attirait comme un aimant. Nous étions liés par nos corps, nos mains et nos cœurs. Je sentais la dernière connexion, toute aussi forte et réelle que les autres. J'attirai John vers l'avant, levai les jambes afin de changer l'angle de pénétration et commençai à l'embrasser de toutes mes forces.

Je m'émerveillai de voir sa peau luisante et son torse puissant, ses cheveux qui tombaient en cascade sur ses épaules, lorsqu'il se redressa.

Jamais de ma vie je n'avais eu vision aussi merveilleusement attirante. Je sentis le poids de John bouger.

— Non, lui dis-je, et il s'arrêta. Je te veux juste comme ça.

— Mais j'ai pensé que tu pourrais…

Je fis non de la tête.

— Juste comme ça. Un guerrier fort et beau, *mon* guerrier.

John relâcha mes mains et je passai mes doigts le long de sa peau.

— Te sentir autour de moi, c'est bouleversant, comme si j'étais à l'intérieur d'une fournaise humaine.

John se remit doucement à balancer ses hanches et cette fois-ci, il émit de petits halètements et gémissements tandis que nous bougions ensemble.

— Tu es mon guerrier John, et tu le seras toujours.

— Et tu es à moi ! répondit-il alors qu'il se resserrait autour de moi.

Je haletai et tins fermement mes yeux fermés, la pression commençant déjà à monter.

— Je pensais que j'étais faible parce que je désirais ça, je désirais un autre homme.

— Non, gémis-je alors que John s'empalait profondément et sans douceur. Il faut de la force pour être soi-même et se battre pour ce que l'on veut.

Je n'arrivais pas à croire que nous étions en train d'avoir cette conversation alors que j'étais au plus profond de lui, et pourtant cela semblait tellement juste et vrai. Pour une raison étrange que j'ignorais, cela rendait même la situation plus excitante. Nous étions en train de partager notre cœur avec l'autre, tout comme nous partagions nos corps.

— Tu es un guerrier, répétai-je tandis que John ondulait des hanches une fois de plus.

J'eu le souffle coupé alors que les muscles de son ventre ondoyaient tels des vagues. J'essayai de repousser l'orgasme qui était imminent, mais je n'avais pas le contrôle, John me l'avait retiré, alors je m'y abandonnai et le laissai mener le désir comme à son habitude.

— Mon guerrier, murmurai-je, poussant mes hanches vers le haut tandis que je commençai à perdre tout contrôle. Je t'aime, mon guerrier, haletai-je au moment où la jouissance me submergeait.

J'entendis la respiration lourde de John, puis je le sentis jouir à son tour, et son orgasme fulgurant enduisit mon ventre.

Je n'avais aucune idée d'où elles venaient, mais mes yeux se remplirent de larmes, et elles coulèrent le long de ma joue. Je sentis le poids de John se déplacer, puis il caressa ma joue, essuyant mes larmes avant de nettoyer mon torse avec sa chemise.

— Tu es *mon* guerrier, murmura-t-il alors que, le souffle lourd, je me retirai de son corps. Tu t'es battu pour les enfants et moi alors que tu ne savais pratiquement rien de nous.

John se déplaça et s'installa près de moi sur le lit. Je respirais à grand-peine, mais cela n'avait que peu d'importance tandis qu'il se pelotonnait contre moi.

— Tu l'as fait parce que c'était ce qu'il fallait faire, et ce faisant, tu as conquis mon cœur. Ma mère était peut-être en train de te mettre à l'épreuve, mais à mon avis cela fait longtemps que tu as réussi le test.

John se décala et nos regards se croisèrent.

— Peu importe ce que racontent ou font les autres, tu fais partie de ma famille, au même titre que Mato et Ichante. Personne ne t'enlèvera à moi, pas plus qu'ils seront en mesure de nous prendre ces enfants.

John m'embrassa puis tendit le bras pour éteindre la lumière.

— Je t'aime, me dit-il dans le noir.

— Je t'aime aussi, lui dis-je et je m'installai sur le lit. Cela me semble étrange de parler comme ça dans la maison de tes parents, avouai-je.

— Cet endroit a toujours été le cœur de ma famille, alors pour moi cela me semble juste. Tu es de la famille.

Je sentis John se retourner et m'attirer à lui. Je fermai les yeux et sentis mes lèvres s'étirer en un sourire.

ÉPILOGUE

— MATO, ICHANTE, descendez. Il faut que l'on se prépare pour partir, appelai-je.

Des portes se fermèrent et des petits pieds se dépêchèrent de descendre l'escalier. John prit Mato dans ses bras, et j'attrapai Ichante alors qu'elle atteignait le bas des marches.

—Votre grand-mère vous attend, et nous ne voulons pas être en retard.

Les deux enfants étaient tellement différents de ceux que j'avais rencontrés quelques mois auparavant lorsqu'ils étaient en famille d'accueil. Les cheveux de Mato étaient en train de pousser et atteignaient presque son col, et Ichante les avait quasiment aux épaules. Mais les changements physiques n'étaient rien comparés à la lumière qu'il possédait désormais en eux. Ils riaient librement, jouaient, courraient, et se disputaient même comme des enfants normaux. C'était magnifique.

— Oncle Jerry, on va rester combien de temps ? demanda Mato, et j'eus un sourire.

Depuis que l'adoption des enfants par John avait été conclue un mois plus tôt, ils avaient pris l'habitude de m'appeler Oncle Jerry. Personne ne m'avait jamais appelé comme ça avant, et cela me surprenait toujours de la meilleure des manières.

— Eh bien, puisque Oncle Akecheta et Bryce m'ont aidé à finir plus tôt cette grosse tâche, nous allons rester une semaine entière, et vous jouerez avec vos cousins, et il se peut même que vous alliez faire du camping.

Je regardai John, et il sourit. Cet homme était extraordinaire. Lui et Bryce avaient travaillé comme des forcenés pour obtenir le résultat que le client voulait avec des mois d'avance.

— Je pourrai aller camper moi aussi ? demanda Ichante.

— Nous irons tous ensemble, si c'est ce que tu veux, dis-je, et je la portai jusqu'à la porte d'entrée.

Je la reposai. Elle enfilait son manteau lorsque j'entendis une voiture s'arrêter dehors.

— Oncle Bryce est là, annonçai-je, et les enfants se précipitèrent vers la porte.

Bryce s'était retrouvé seul pour Thanksgiving. Percy devait travailler la majeure partie de la semaine et faisait des heures supplémentaires. Au début, Bryce avait été contrarié, mais Percy lui avait apparemment expliqué qu'il voulait prendre ses congés à Noël. Mais il fallait que quelqu'un travaille à chaque période de fêtes.

Bryce entra dans la maison en bondissant.

— Mets tes affaires dans la camionnette, et on y va, lui dis-je, et il ressortit en courant.

— Est-ce qu'on a oublié quelque chose ? demanda John.

Je secouai la tête.

— J'espère que non. Sinon il n'y aura plus de place pour nous, dit John.

J'entendis un véhicule se garer dans l'allée et je m'avançai vers la porte d'entrée.

— Salut tout le monde, dis-je tandis que Peter et Leonard sortaient du pick-up de ce dernier.

— Je ne vous attendais pas ce matin.

Je fouillai rapidement mes souvenirs pour m'assurer que je n'avais rien oublié.

Leonard s'avança sur le porche.

— Nous avons tenté notre chance, expliqua-t-il. Je viens de finir un travail pour toi et je pensais que Thanksgiving était le bon moment pour te le donner. Contente-toi d'attendre ici, on revient tout de suite.

Il avait l'air excité tandis qu'il se dépêchait de descendre l'escalier, et je regardai Leonard et Peter faire le tour jusqu'à l'arrière du pick-up. J'entendis le vieil hayon grincer alors que Leonard l'abaissait. La porte qui se trouvait derrière moi s'ouvrit, et je me retournai au moment où John sortait de la maison.

— Les enfants sont prêts dès que tu l'es, me dit-il.

Je lui répondis d'un hochement de tête avant de regarder Leonard et Peter porter un long banc en bois jusqu'à l'escalier. Ils le déposèrent contre la maison, près de la balançoire.

— Ce banc était l'un des projets que ton grand-père avait commencés mais qu'il n'a pas achevés, me dit Leonard.

Lui et Peter se reculèrent.

— Tout ce que j'ai fait c'est de fabriquer les quelques derniers morceaux, de les assembler et de le vernir.

Je m'avançai et passai la main sur les vignes gravées qui longeaient l'arrière du banc.

— C'est magnifique, remarquai-je doucement.

— C'est ton grand-père qui a fait toutes les gravures. Il était très doué, dit Leonard derrière moi.

Je me retournai alors et le serrai fort dans mes bras.

— J'ai pensé que tu aimerais l'avoir.

— Merci, répondis-je, le prenant lui puis Peter dans mes bras avant de m'asseoir sur le banc.

J'aurais probablement dû appliquer une couche de vernis dessus celui-ci, mais cela n'avait aucune importance. Je passai la main sur l'accoudoir lisse du banc et fis de mon mieux pour ne pas fondre en larmes comme une gamine. Cela me faisait tout drôle, mais alors que je fermai les yeux, je pouvais presque voir mon grand-père travailler dans son atelier, façonnant et ponçant le bois à la main. D'une certaine manière, c'était un peu comme si Leonard m'avait rendu un peu de mon grand-père.

— Merci beaucoup, dis-je.

J'entendis ensuite la porte s'ouvrir. Mato et Ichante accoururent, me rejoignant tous les deux sur le banc. John hissa Ichante sur ses genoux puis s'assit à côté de moi, enroulant un bras autour de ma taille. *Ma famille.*

—Est-ce que l'on peut aller chez mamie maintenant ? demanda Mato.

Je ris et me relevai, prenant Mato dans mes bras. Je dis au revoir à Leonard et Peter, la tête de Mato reposant sur mon épaule, et je me servis de lui comme d'un bouclier pour que personne ne voie mes larmes. Je fis un geste de la main tandis que la voiture de Leonard et Peter s'éloignait. Je portai Mato jusqu'à la camionnette, m'assurant que sa ceinture soit bien attachée pendant que John apprêtait Ichante et vérifiait que tout était chargé. Je contrôlai une dernière fois la maison, sortant par la porte d'entrée pour jeter un ultime coup d'œil au banc, et ensuite nous nous en allâmes.

Bryce joua avec les enfants pour les occuper dans la voiture jusqu'à ce qu'ils s'endorment, et je conduisis jusqu'au moment où j'eu des fourmis dans les jambes. Nous nous arrêtâmes pour manger à Wall. John prit le volant pour le reste du trajet jusque chez sa mère. Comme je m'y attendais, la famille était présente au grand complet, et il y avait plein d'enfants dans la cour. Dès que la voiture se fut arrêtée, Mato et Ichante se détachèrent. Une fois que John eut ouvert la portière, ils se précipitèrent dehors. Me tenant près de lui, je les regardai courir et jouer avec les autres enfants.

— Alors qu'y a-t-il de prévu cette semaine ?

— Eh bien, dis-je en jetant un coup d'œil à ma montre, nous avons environ une heure pour décharger nos affaires et ensuite il faut que nous partions. Grand-mère surveillera les enfants pendant notre absence.

Je m'appuyai contre John l'espace de quelques secondes puis nous nous mîmes au travail.

Kiya nous accueillit à la porte puis nous montra nos chambres. Après avoir déballé rapidement nos valises, nous nous retrouvâmes dans la cour et remontâmes dans la camionnette.

— Les garçons, nous vous verrons à votre retour, dit Kiya, s'appuyant sur la vitre ouverte de John pour le prendre à nouveau dans ses bras.

Dès qu'elle eut reculé, je démarrai le moteur et suivit les indications de John jusqu'au centre communautaire. Une fois que je me fus garé, John me conduisit à l'intérieur et nous fit traverser un couloir avant de pousser une porte.

Dans la pièce étaient installées une douzaine de tables, avec un ordinateur sur chacune d'elles. Ce n'était pas une salle informatique coûteuse, où tout le matériel était le même et dernier cri. Les ordinateurs étaient tous vieux, et il n'y en avait pas deux identiques, mais cela n'avait aucune importance. John et moi avions obtenu chacun d'eux grâce à des dons et avions ensuite œuvré à les rénover avant de les envoyer.

— Alors déjà, qu'est-ce qu'on va faire ? demanda Bryce.

— John enseigne à une classe de débutants en informatique, et nous allons l'assister. Nous nous sommes arrangés pour que les ordinateurs donnés aillent aux enfants de l'école, lui expliquai-je tout en commençant à faire le tour de la salle pour allumer les machines. La réponse à l'appel aux dons a été si importante que nous proposons également des ordinateurs aux adultes. Tout ce dont ils ont besoin, c'est de prendre quelques cours afin que nous puissions leur montrer les bases, et ensuite nous donnerons à chacun leur propre ordinateur.

— Alors c'est ça que vous faisiez pendant tous ces week-ends où vous étiez injoignables, dit Bryce tout en nous donnant un coup de main.

— Oui, répondis-je gaiement tandis que nous finissions de mettre en place la salle.

Lorsque je m'étais lancé, j'ignorai jusqu'à quel point le programme serait accepté de manière positive, mais la réponse avait été extraordinaire. Nous venions tout juste de finir lorsque les gens commencèrent à arriver, et bientôt chaque poste fut pris, et John commença son cours. Les étudiants allaient des jeunes aux grands-parents, chacun tout aussi excité que son voisin. Ils n'eurent de cesse de nous prendre de court tous les trois avec leurs questions, et lorsque le cours se termina ces dernières affluaient toujours.

Bryce était assis entre deux personnes et travaillait avec les deux à la fois tandis que John et moi aidions les autres. Une fois que le cours fut terminé, John tendit à chacun des étudiants un ordinateur portable et reçut des sourires reconnaissants ainsi que des remerciements de la part de chacun d'eux. Une femme nous prit tous les trois dans ses bras avant d'annoncer que maintenant elle serait en mesure d'envoyer des e-mails à ses petits-enfants à Omaha.

— Ça a vraiment changé les choses, observa Bryce alors que nous fermions la salle informatique.

— C'est ce que je pense, dit John. Les gens à l'école ont dit que les ordinateurs que l'on avait envoyés pour les étudiants avaient fait toute la différence.

Il éteignit la lumière et nous sortîmes du centre, disant au revoir à la réceptionniste avant de traverser le parking jusqu'à la camionnette.

— Parfois, j'aimerais que d'autres choses puissent changer aussi facilement, constata John alors qu'il ouvrait la portière côté conducteur.

Je savais qu'il parlait de la situation des familles d'accueil des enfants amérindiens. Le fait que le cas de John ait attiré l'attention des médias avait eu un effet, bien qu'il restât encore à déterminer si c'était temporaire ou durable.

— Nous faisons de notre mieux pour améliorer les choses, dis-je à John.

Il s'installa ensuite sur son siège et se pencha pour un baiser, que je lui accordai volontiers.

— Et nous faisons tout notre possible.

— Tout ça c'est grâce à toi, me dit John, et je crus qu'il allait m'embrasser à nouveau, mais au lieu de cela il démarra le moteur et conduisit jusque chez sa mère sans rien dire de plus.

Lorsque nous arrivâmes, la cour était silencieuse, mais à l'intérieur, la maison était pleine à craquer. Kiya mijotait des petits plats. Mato attrapa Bryce par la manche et le conduisit à une des chambres, et John me prit par la main et nous mena à notre chambre.

— J'ai cru comprendre que tu voulais me dire quelque chose. Tu n'as rien dit depuis que nous avons quitté le centre communautaire, dis-je alors que John fermait la porte de la chambre.

— J'ai beaucoup réfléchi. D'une certaine manière tu changes les choses pour tous ceux qui t'entourent.

— Je n'ai rien fait de spécial, dis-je.

— Oh que si, reprit John. Tu donnes de toi chaque jour, cela va de prendre soin de moi et des enfants à donner un coup de main là-bas, en passant par forcer la main de quelques personnes pour obtenir des dons d'ordinateurs, et je voudrais faire quelque chose juste pour toi.

Je regardai autour de moi, me demandant bien ce que John pouvait avoir en tête, lorsque je le vis mettre un genou à terre.

— John, murmurai-je.

— Je ne te demanderai pas de m'épouser, mais de me prendre comme compagnon pour le restant de nos jours.

Le regard de John rencontra le mien et je l'aidai doucement à se relever.

— Oui, mon guerrier, lui dis-je tout en l'attirant vers moi pour l'embrasser.

ANDREW GREY a grandi dans l'ouest du Michigan auprès d'un père qui aimait à raconter des histoires et d'une mère qui adorait les lire. Depuis, il a vécu un peu partout aux USA et a roulé sa bosse dans le monde. Il a obtenu un master à l'Université de Wisconsin-Milwaukee et travaille dans le département informatique d'une grande entreprise. Ses loisirs : collectionner les antiquités, jardiner et laisser traîner ses assiettes sales n'importe où sauf dans l'évier, surtout lorsqu'il est en train d'écrire. Il pense qu'il a de la chance d'avoir une famille tolérante qui l'accepte tel qu'il est, des amis fantastiques, et le compagnon le plus solidaire et le plus aimant du monde. De nos jours, Andrew vit à Carlisle, en Pennsylvanie.

Son site internet : http://www.andrewgreybooks.com ; son blog : http://andrewgreybooks.livejournal.com/

La série Amour d'ANDREW GREY

http://www.dreamspinnerpress.com

Cœur DE LOUP

ANDREW GREY

http://www.dreamspinnerpress.com

Les arômes de l'amour d'ANDREW GREY

http://www.dreamspinnerpress.com

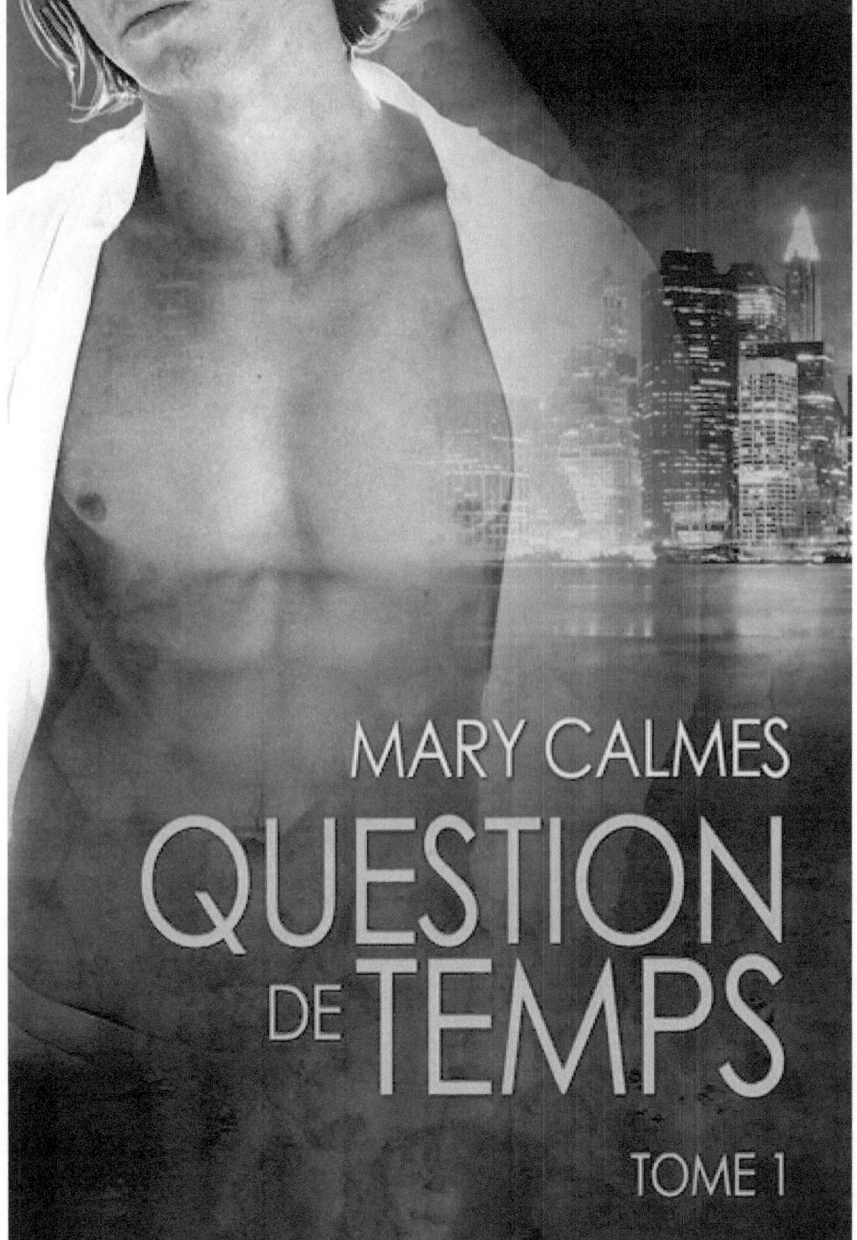

MARY CALMES

QUESTION
DE TEMPS

TOME 1

http://www.dreamspinnerpress.com